KB077638

FANTASTIC
ORIENTAL HEROES

마도쟁패

마도쟁패 3

장영훈 新무협 판타지 소설

초판 1쇄 찍은 날 § 2007년 6월 28일
초판 1쇄 펴낸 날 § 2007년 7월 5일

지은이 § 장영훈
펴낸이 § 서경석

편집장 § 문혜영
편집책임 § 유경화
편집 § 이재권 · 유혜림

펴낸곳 § 도서출판 청어람
등록번호 § 제1081-1-89호
등록일자 § 1999. 5. 31
어람번호 § 제2-1240호

주소 § 경기도 부천시 원미구 심곡1동 350-1 남성B/D 3F (우) 420-011
전화 § 032-656-4452 팩스 § 032-656-4453
http://www.chungeoram.com
E-mail § eoram99@chollian.net

ISBN 978-89-251-0671-7 04810
ISBN 978-89-251-0668-7 (세트)

장영훈 新무협 판타지 소설

魔刀爭霸

FANTASTIC ORIENTAL HEROES

마도쟁패

3

청어람

目次

第二十一章

비검

魔刀霸爭

뒤로 자빠져도 코가 깨진다는 말이 있다.

일반인이라면 그저 재수없는 날이라며 침 한번 뱉고 말 일이지만 도산검림(刀山劍林)을 살아가는 강호인이라면 그 정도는 애교스런 일이라 할 수 있다. 일류든 삼류든 일단 강호인이 되는 순간, 재수없는 날은 자신의 제삿날과 아주 가까워지면서 매우 경계해야 할 날이 되기 때문이다.

여기 난주 거리를 거침없이 걸어가는 이 사내, 구환도(九環刀) 적표(赤豹).

난주 주민들이 지친 하루 일과를 정리하던 늦은 저녁. 그는 매우 위험한 하루를 시작하고 있었다. 물론 그는 오늘이 자신에게 어떤 의미가 될지 전혀 모르고 있었다.

언제나 그렇듯 재수없는 날은 예고 없이 찾아오며, 하루가 다 지난 후에야 비로소 그 박복한 하루에 의미를 붙일 수 있기 때문이다.

적표는 난주제일표국인 청풍표국의 다섯 표두 중 하나였다. 괄괄하고 거친 성격으로 대인 관계가 썩 훌륭하진 않았지만 자신이 청풍표국의 표두란 사실만큼은 매우 자랑스럽게 여기는 열혈 사내였다.

그의 허리에 매달린 유엽도에는 아홉 개의 고리가 달려 있었는데 짤랑거리는 소리가 그의 급한 마음만큼이나 커지고 있었다.

뒤따르는 젊은 표사 소명(召明)의 다급한 만류가 그림자처럼 따라붙었다.

"형님, 이러시면 안 됩니다."

적표는 들은 척도 하지 않고 발걸음의 속도만 높이고 있었다. 마음 같아선 경공으로 한달음에 달려가고 싶었지만, 소명의 만류처럼 욱하는 마음을 참지 못하고 대형 사고라도 칠까 애써 마음을 다스리는 중이었다.

그가 향하는 곳은 바로 유설표국이었다.

지금 그의 마음을 표현할 수 있는 단 하나의 단어가 있다면 바로 이것일 것이다.

'감히!'

한 달간의 긴 표행을 끝내고 돌아왔을 때 적표는 난주에 새로운 표국이 들어선다는 소식을 접했다. 거기까진 그래도 괜찮았다. 자신의 국주, 그러니까 십오 세에 표국 일에 뛰어들어 보란 듯이 성공을 거둔 회륜장(回輪掌) 이염(李炎)의 성격과 야망을 잘 알았기 때문이었다. 절대 호락호락 난주에 또 다른 표국이 서는 것을 허용할 사람이 아니었다. 막연한 소문과는 달리 발 빠르게 정치적인 압력을 가하고 있을 것이다.

한데 그게 아니었다. 새로운 표국 측에서는 청풍표국을 찾아와 인사조차 하지 않은 채 독단적으로 사업을 진행시키고 있다는 것이었다.

결국 적표의 혈압이 머리 꼭대기까지 뻗쳤다. 적표는 국주를 찾아가 언성부터 높였다. 국주는 그저 일단 지켜보자란 말로 그를 달랬다. 물론 난주제일표국인 청풍표국의 주인쯤 되면 수하들에게 보여야 할 대범함만큼이나 지켜야 할 체면이 큰 자리란 것을 적표는 잘 알고 있었다.

하지만 적표는 이염의 진짜 속내를 읽을 수 있었다. 그가 자신보다 더 화가 난 상태란 것을.

자리를 박차고 나온 자신이 뻔히 유설표국을 찾아갈 것을 짐작했으면서도 말리지 않은 것도 다 그러한 마음 때문이리라.

"어차피 그 유설표국은 이곳에서 자리 잡을 수 없습니다. 저희가 이미 손을 써놨기 때문에 표사는커녕 쟁자수 하나 구하기 어려울 겁니다."

평소 자신을 형님처럼 따르는 소명은 진심으로 자신을 걱정하고 있었다.

'그것만으론 부족하지.'

본보기를 보여줘야 했다. 그래야 제이, 제삼의 표국이 설 기회를 주지 않는다.

두 사람이 실랑이 아닌 실랑이를 벌이며 기어이 유설표국까지 도착했다.

정문에 달린 현판만 봐도 당장 뛰어올라 박살 내고 싶은 심정인데 안에서는 흥청거리는 풍악 소리까지 들리고 있었다.

적표가 거칠게 문을 열고 들어섰다.

과연 그곳은 연회가 한창이었다. 백여 명의 손님들이 너른 마당에 마련된 탁자에 앉아 술을 마시고 있었다.

고 노인이 황급히 달려와 그들을 맞이했다.

난주에서 오랜 세월 만물상을 운영한 그가 청풍표국의 표두를 못 알아볼 리 없었다.

"어이쿠, 적 표두께서 오셨구려. 어서 오십시오."

분명 기꺼운 마음이 아니었을 텐데 반가이 맞이하는 그를 보자 적표가 흥하는 표정을 지어 보였다. 마음 같아선 귀싸대 기부터 올려놓고 주인 나오라고 소리를 치고 싶었지만 웃는 얼굴에 대뜸 침부터 뱉기에는 그간 쌓아온 명성이 아까웠다.

고 노인이 그와 소명을 한옆 빈 탁자로 안내했다.

"우선 자리에 앉으시지요."

혹여 사고라도 칠까 소명이 적표를 잡아끌어 일단 자리에 앉혔다. 적표가 못 이기는 척 자리를 잡고 앉자 고 노인이 부산을 떨기 시작했다.

"여기 귀한 손님이 오셨으니 거하게 한 상 내오시오."

고 노인의 외침에 술과 안주를 나르던 노씨의 발걸음이 바빠졌다. 적표를 알아본 주위의 사람들이 자리에서 일어나 정중하게 인사를 건넸다. 그 바람에 적표의 노기가 일단 한풀 꺾였다.

"형님, 일단 숨 좀 돌리시죠."

적표가 주위를 돌아보았다. 못마땅한 마음이 이내 의아함으로 바뀌어갔다.

개업 연회를 한다고 들었는데 어쩨 아는 얼굴이 드물었던 것이다. 그나마 안면이 있는 자들은 모두 시장에서 장사를 하는 이들이었으니 연회에서 만날 만한 이는 한 명도 없다 해도 과언이 아니었다. 혹여 청풍표국과 거래를 하는 이가 버젓이 이곳 손님으로 와 있었다면 한마디 모질게 쏘아붙일 요량이었건만 그럴 만한 대상은 전혀 없었다.

"이상한 일이군."

"그러게 말입니다. 아는 얼굴이 전혀 없습니다."

소명 역시 의아한 얼굴로 주위를 살폈다.

"혹 따로 자리를 마련한 것이 아닌가?"

그러한 생각이 들자 적표의 주먹이 불끈 쥐어졌다. 만약 그러하다면? 게다가 자신을 그곳으로 안내하지 않고 장사치들과 같은 취급을 했다면 오늘 곱게 돌아가지 않겠다는 결심이 들었다.

"설마 그럴 리가 있겠습니까? 형님을 못 알아본 것도 아닌데."

"흐음."

적표는 반신반의했다. 싸가지없는 이곳 국주란 자가 별채에 난주 유지들을 모아놓고 청풍표국보다 싼값을 제시하며 그들을 구워삶고 있는 그림이 자꾸만 그려졌다.

사실 의아한 마음은 오늘 초대된 이들 역시 다르지 않았다.

연회의 손님은 대부분 난주에서 장사를 하는 이들이었는데 그들은 자신들이 초대받은 사실에 대해 꽤나 놀라고 있었다. 무릇 그 규모의 크고 작음을 떠나 표국은 한 지역을 대표하는 사업체라 할 수 있었다. 대부분 표국의 연회는, 그것도 개업 연회라면 그 지역에 큰 영향력을 미치는 이들이 초대되기 마련이었다.

설령 표국주가 아주 겸손하고 훌륭한 인품을 지녀 시장의 장사하는 이들을 초대하고 싶다 하더라도 그건 불가능했다. 그와 함께 초대받는, 그야말로 목이 뻣뻣한 이들의 불만을 감당할 수 없기 때문이다.

그렇기에 오늘 시장 상인들이 초대받은 일은 그야말로 큰 화젯거리라 할 만했다.

　"많이들 드시게."

　노씨는 술상을 오가며 접대에 한창이었다. 평소 사람 좋고 인심 좋던 그였는지라 반가운 인사와 술잔이 오고 갔다.

　노씨가 적표가 앉은 탁자에 간단한 술과 음식을 가져와 정중한 인사를 건넸다.

　"자네는 미곡상을 하는 노가가 아닌가?"

　"네, 알아봐 주시니 영광입니다."

　적표가 어찌 그에게 영광을 주려고 아는 척했을까? 처음 자신을 맞은 사람은 만물상을 하던 늙은이요, 다시 접대를 하고자 온 자는 쌀집 주인이었으니 이상한 마음이 든 까닭이었다.

　이어지는 노씨의 말은 적표의 마음을 더욱 혼란스럽게 했다.

　"고 형님과 함께 소인이 오늘 접대를 맡고 있습니다."

　도무지 이해가 되지 않는 상황이었다. 어찌 표국의 개업 연회에 장사치 따위가 손님을 맡는단 말인가? 달려나가 입구의 현판을 다시 한 번 올려다보고 싶은 마음이 들 정도였다.

　이상한 점은 그뿐만이 아니었다. 평소 자신과 눈이 마주치기가 무섭게 고개부터 숙였던 노씨가 제법 책임감있는 눈빛으로 자신을 바라보고 있었다.

적표는 내심 불쾌한 마음이 솟구쳤다.

사실 노씨의 행동은 당연한 것이었다. 왕 노대의 암수에서 가족이 파탄나는 위기를 벗어난 후, 그는 비설과 흑풍대원들을 주인처럼 섬기고 있었다. 목검 한 번 휘둘러 본 적 없는 그였지만 그 나이까지 어찌 듣고 본 것이 없으랴.

그간 밥을 해주고 빨래를 해주며 경험한 흑풍대원들이 보통 강호인이 아니란 것을 확실히 깨닫고 있었다. 하루아침에 왕 노대와 그 수하들을 세상에서 사라지게 해버린 이들이었다.

자연 노씨는 오늘 큰 중임을 맡은 것을 자랑스러워하고 있었다.

자신을 노려보는 적표의 눈총을 피해 노씨가 돌아서려는데 옆 탁자에 앉아 있던 사내가 그를 잡아끌었다.

그는 바로 태백루의 주인장인 맹달이었다.

"이보게, 노씨."

맹달은 궁금했다. 불과 얼마 전에 자신의 객잔에서 노씨가 유성회 사람들에게 죽도록 얻어맞는 것을 목격하지 않았던가?

"도대체 어떻게 된 일인가?"

맹달이 속삭여 묻자 노씨가 미소를 지었다.

"뭐가 말인가?"

무슨 의도로 묻는지 모를 리 없었지만 노씨는 시치미를

떴다.

맹달이 더욱 안달이 나 재빨리 속삭였다.

"유성회 놈들은? 어떻게 자네가 여기 와 있느냔 말이네."

그러자 노씨가 목소리를 낮췄다.

"그렇게 되었네."

"허허. 이 사람."

"그냥 작은 인연이 있었네."

맹달이 나라면 입이 무거워 걱정 안 해도 된다는 짠한 눈빛을 애타게 보냈지만 노씨에게는 수다쟁이의 집요한 정보수집으로 보였나 보다. 노씨가 술잔을 권하며 미소만 지었다.

건너편에서 술을 마시던 떡장사 감씨가 술잔을 들고 그들 옆으로 다가왔다.

"근데 노 형, 아까 그 말이 무슨 뜻이오? 유설표국에서 사람만 실어 나른다니?"

살짝 취기가 오른 그의 큰 소리에 주변에 있던 사람들의 시선이 집중되었다.

그 말을 들은 적표와 소명이 놀란 얼굴로 서로를 마주 보았다.

"이건 또 무슨 개소리란 말이냐?"

"그러게 말입니다."

앞서 적표와 소명이 도착하기 전, 고 노인이 일일이 술자리를 돌며 간단히 유설표국의 개업 취지를 설명했었는데 사람들은 그게 잘 이해가 되지 않는 모양이었다. 아니, 이해는 했어도 그 내막이나 전후 사정이 궁금한 것이리라.

자신에게 시선이 집중되자 노씨가 뭐라 설명을 할까 잠시 망설이던 그때였다. 뒤쪽에서 누군가 명쾌한 어조로 말했다.

"거, 쉽게 말하면 난주 서민들의 발이 되겠다 이 말이겠지? 적은 돈으로 안전하게 난주를 오고 가라, 이거지?"

모두들 돌아보자 그곳에는 송옹이 미소를 지으며 서 있었다. 마교의 난주 분타주이자 송가장 증축을 했던 바로 그였다.

"송 대인, 오셨습니까?"

사람들이 송옹을 알아보고 자리에서 일어나 인사를 건넸다. 적표가 들어섰을 때보다 더 많은 사람들이 인사를 했고 확연히 비교가 될 만한 환대였다.

그도 그럴 수밖에 없는 것이 송옹은 난주 장사치들 사이에서 인망이 두터운 사람이었다. 팔이 안으로 굽는다고, 그들에게 적표는 다리 건너 강호란 마을에 사는 그저 무서운 사람이었지만 송옹은 어려움을 함께한 가족 같은 사람이었다.

자연히 적표의 인상이 확 찌푸려졌다. 장사치 따위에게 대인이란 말이 오가는 것부터 마음에 안 들었다. 그의 기분은 뭐랄까? 끼지 않아야 할 자리에 끼어 푸대접을 받는 느낌이랄까? 뭔가 잔뜩 기대하고 간 모임이 자신의 의도와 전혀 다른 분위기로 흘러갈 때의 그 난감함과 비슷했다.

"이거 도대체 무슨 분위기랍니까?"

소명이 적표의 마음을 짐작하고 어이없다는 표정을 지었다.

"사람을 실어 나르는 표국은 또 무슨 미친 소릴까요?"

그들의 마음을 아는지 모르는지 술기운이 오른 감씨가 송옹의 손을 붙잡아 술자리로 끌었다.

"우선 제 술 한잔 받으시지요."

"허허, 주인에게 인사부터 해야지."

송옹이 예의 그 사람 좋은 얼굴로 손길을 뿌리치지 못하고 그들 사이에 앉았다.

오늘 송옹이 이곳을 방문한 이유는 비설에게 정식으로 인사를 하기 위함이었다. 물론 천하제일미녀라 알려진 천마의 천금을 만나는 것도 설레었지만 그가 진짜 보고 싶어하는 사람은 흑풍대주였다. 변방의 분타주로 썩어가는 늙은이였지만 결국 그도 마인이었고, 또 강호인이었다.

술을 한잔 받아 마신 후 송옹이 흡족한 듯 말했다.

"아주 좋은 의도라 생각하네. 솔직히 그간 우리가 녹림에게 얼마나 피해를 많이 받았나? 자시 넘어 느티재를 넘어본 적도 까마득하군."

그러자 모두들 고개를 끄덕이며 그 말에 공감했다. 느티재는 난주에서 외곽으로 나가는 몇 갈래 길 중 하나였는데, 외부로 나가는 가장 가까운 길이었음에도 밤이 되면 일반인들은 그 고개를 쉽게 넘지 못했다. 몇 년 전부터 출몰하기 시작한 녹림들 때문이었다.

노씨가 재빨리 송옹의 말을 거들었다.

"갈수록 흉흉한 세상이지요. 제자가 스승을 패고, 열 살도 안 된 어린애들이 겁탈을 당하는 미친 세상입니다. 배가 고파 강도짓을 하는 것이 아니라 재미로 사람을 죽입니다. 하다못해 출가한 딸아이가 놀러 왔다가 돌아갈 때도 걱정이지요. 요즘 도적들은 밤낮을 가리지 않으니 해가 쨍쨍할 때 돌려보내도……."

노씨가 뒷말은 긴 한숨으로 대신했다. 과연 그의 말에 동의한다는 듯 여기저기서 이런저런 이야기들이 쏟아져 나왔다. 물가는 끝없이 치솟고 젊은이들은 일자리가 없어 놀고, 관리는 부패하고 강호인들은 날로 흉포해진다는 말까지.

"이런 시기에 우릴 위해 유설표국이 문을 연 것은 그야말로 축하할 일이 아닐 수 없소."

송옹의 말에 한껏 분위기를 탄 주민들이 박수를 쳤다.

타악!

거칠게 술잔을 내려놓은 사람은 바로 적표였다.

불만 가득한 그의 얼굴에 모두들 찔끔 놀라 눈치를 살폈다.

평소 청풍표국과 안면이 깊었던 누군가가 슬그머니 적표와 소명의 비위를 맞췄다.

"하지만 이곳 유설표국에서 그들 녹림을 확실히 막아줄 수 있겠소? 청풍표국과 같은 큰 명성을 지닌 표국이라면 모를까."

아직 정체불명의 유설표국과 난주에서 단단히 자리를 잡은 청풍표국 중 하나를 선택하라면 장사치들이 선택할 곳은 당연히 청풍표국이었다. 그들에게 밉보였다간 후환을 당할 것이 자명한 일이었으니까.

"하긴, 느티재의 악적들도 감히 청풍표국의 영웅들을 막아서진 못하지요."

"새 표국은 아직 시기상조입니다."

"아무렴, 청풍표국과 같은 명성은 하루아침에 만들어지는 것이 아니지."

송옹은 그들의 마음을 이해할 수 있었다. 일반 서민들에게 강호인이란 세 글자가 가지는 공포감이 얼마나 큰지.

다른 자리였으면 자신 역시 그들처럼 청풍표국의 비위를 맞췄겠지만 지금의 사정은 크게 달랐다.

하늘 같은 교주의 딸이 세운 표국이었다. 수십 년간 감춰온 정체를 드러내 일장에 적표를 때려죽인 후 마기를 뿜어낸다 해도 손해 볼 장사가 아닐 정도로 중요한 일이었다.

송옹이 담담하게 그들을 달랬다.

"세상에 확실한 일이라 할 만한 것이 얼마나 있겠나? 조금씩 나아지는, 적어도 지금보다 발전할 것을 희망하는 거지. 게다가 우리 같은 장사치들을 이렇게 귀한 손님으로 초대한 것만 봐도 이곳 주인의 됨됨이를 짐작할 수 있지 않겠는가?

난 유설표국이 난주의 새로운 역사가 되리라 믿는다네."

마음으로 수긍하는 사람들은 많았지만 누구도 감히 나서서 동조하진 못했다.

적표의 가늘어진 눈이 이미 송옹을 찢어발길 듯 노려보고 있었다.

혹여 송옹이 적표에게 수모라도 당할까 다들 걱정하고 있을 때, 그곳으로 두 사람이 들어왔다.

오갈 데 없이 난처하던 시선이 그들에게 집중되었다.

그들은 유월이 지하비무장에서 목숨을 구해주었던 신범과 조막이었다.

지하비무장을 떠난 이후 난주에 숨어 지내던 그들은 유설표국이 새로 생겼다는 말을 듣고 이곳을 찾은 것이다. 신범은 눈을 크게 뜨고 있으면 만나게 된다는 유월의 말을 정확히 이해했고 또한 정확히 그 길을 찾아낸 것이다.

"허, 뭐가 이리 북적대누?"

한껏 건들거리며 주위를 돌아보던 조막이 적표와 눈이 마주쳤다.

조막이 살짝 인상을 찌푸렸다. 하지만 그 못마땅함은 적표에 비할 바가 아니었다. 조막은 감옥에 끌려가기 전에 청풍표국의 쟁자수였다.

조막이 사고를 치자 적표는 그를 쓰레기 취급을 했다. 그가 청풍표국의 명예를 더럽혔다며 방방 뛰던 그였다.

적표가 싸늘하게 내뱉었다.

"아직도 뒈지지 않았군."

그 빈정거림에 조막이 시큰둥하게 반응했다.

"더럽게 질긴 목숨이라 사신도 거부하더이다."

적표의 인상이 자연 사나워졌다.

"여긴 어쩐 일이냐?"

"일자리를 구하러 왔소."

그러자 적표가 버럭 소리를 내질렀다.

"네놈은 영원히 표국에 들어오지 못한다고 말했을 텐데?"

"그건 그쪽 입장이고. 이곳에서 일하기로 미리 약조가 되었소."

조막 입장에서는 없는 약속까지 끌고 올 수밖에 없었다. 유월과의 일은 일단 찾아오라였지 고용하겠다는 약속을 한 것은 아니었으니까. 기죽기 싫어 내뱉은 말이었다.

꽈직.

적표가 앉아 있던 탁자가 부서졌다. 지금까지 벼르고 벼르던 일이 드디어 시작된 것이다.

"이런 개 같은 표국이 감히 허락도 구하지 않고 문부터 쳐 열었단 말이지."

적표의 입에서 막말이 쏟아져 나온다는 것은 이제 완전히 분위기 파악이 끝난 상태란 뜻이었다.

하긴 그의 입장에서 보자면 쌀 팔던 놈이 나와서 손님을 맞이하고, 조막 같은 파락호 따윌 고용하는 곳이라면 자신의 성질대로 해도 뒤탈이 없으리란 확신이 들 만했다. 적표는 오늘 이곳을 확실히 뒤엎고 이염에게 확실히 점수를 따야겠다고 마음먹었다.

적표가 성큼성큼 조막에게로 다가갔다. 조막이 흠칫 놀랐지만 달아나거나 뒤로 물러서지 않았다. 조막의 눈에 힘이 들어갔지만 날아드는 손길을 피하진 못했다.

빠악!

사정없이 조막의 뺨을 후려친 적표가 싸늘하게 내뱉었다.

"다시 내 눈에 띄면 죽는다."

옆에 서 있던 신범의 표정이 굳었다. 조막에게 동료란 마음까진 가지지 못했지만 숨어 지내는 동안 나름대로 정이 든 조막이었다.

소심한 그가 할 수 있는 나름의 저항이었는데 결국 그의 뺨마저 돌아갔다.

"시팔!"

조막이 참지 못하고 욕설을 내뱉었다.

퍽! 퍽!

그 대가는 적표의 매서운 주먹질이었다.

두들겨 맞던 조막이 섭섭한 눈빛을 소명에게 보냈다. 소명은 자신이 복날 개타작을 당해도 그냥 지켜만 보고 있었다.

예전 자신이 청풍표국에 일할 때, 애송이 표사로 들어왔던 소명이었다. 자신에게 꽤나 큰 도움을 받으며 형님 대접을 하던 그였기에 조막은 씁쓸함을 감추지 못했다.

쟁자수와 표사의 차이. 결국 타고난 신분의 한계였다.

퍽! 퍽!

매섭게 이어졌지만 조막은 감히 덤비지 못했다. 적표가 진짜 눈이 돌아가 무공이라도 썼다간 개죽음을 당할 것이 뻔했기 때문이었다.

조막이 얼굴을 싸매며 주저앉았다. 신범이 끼어들어 말리려다 적표의 발길질 한 방에 바닥을 뒹굴었다.

이제 막 달아오르던 흥겹던 연회는 매타작과 함께 파장으로 치닫기 시작했다.

지켜보던 몇몇 소심한 사람들은 슬그머니 자리를 떴다.

그 모습을 지켜보던 송옹이 주위를 살폈다. 이쯤 되면 어떤 식으로든 흑풍대 쪽에서 나설 법도 한데 아무 반응이 없었던 것이다.

'어라, 그러고 보니.'

장내의 사람들 사이에서도 흑풍대로 보이는 이들을 찾아볼 수 없었다.

의아한 마음으로 고개를 갸웃하며 유심히 주위를 살폈지만 정말 흑풍대는 단 한 명도 그곳에 없었다.

'무슨 일이 벌어졌다!'

송옹은 확신했다. 그렇지 않고서야 흑풍대가 이런 상황을 방관할 까닭이 없었다.

한바탕 매타작을 한 적표가 소명에게 귓속말을 건넸다.

"너, 지금 돌아가서 쉬고 있는 애들 몇 명만 불러와라."

"형님?"

"시키는 대로 해. 내가 책임진다."

소명이 한숨을 내쉬었다. 이래선 안 된다 싶었지만 그래도 자신 역시 청풍표국의 표사였다. 한편으론 적표의 행동이 이해가 가기도 했다. 자신이 봐도 이곳 유설표국은 어설퍼도 한참 어설펐던 것이다.

"알겠습니다. 대신 저희가 올 때까지 자중하십시오. 혹시 숨은 고수가 나설 수도 있으니까요."

말은 그러했지만 소명은 크게 걱정하진 않았다. 구환도 적표는 차기 대표두를 노릴 만한 표국 내에서도 알아주는 고수였기 때문이었다.

소명이 밖으로 나가자, 적표가 이번에는 손가락을 까닥거려 노씨를 가까이 오게 했다.

조금 두려운 마음으로 노씨가 다가가자 적표가 큰 소리로 말했다.

"국주에게 안내해라."

난처한 얼굴로 어쩔 줄 모르는 노씨의 구원자는 고 노인이었다.

"제가 안내하겠소이다."

과연 산전수전 다 겪은 늙은이답게 고 노인은 침착함을 잃지 않았다. 한 시진 전까지만 해도 손님들 사이에 끼어 있던 흑풍대들이 모두 사라진 것을 그도 알고 있었다.

웬만하면 자신의 선에서 처리하면 좋을 일이었지만 평소 적표의 성격을 소문으로 잘 알고 있는 그였다. 말리면 더욱 길길이 날뛸 것이 틀림없었기에 일단 흑풍대주에게 데려가야겠다고 마음먹은 것이다.

고 노인이 앞장서자 적표가 그 뒤를 따라 걸었다.

"나도 함께 가겠소이다. 이곳 국주께 인사도 드릴 겸."

슬그머니 송옹이 그 뒤를 따랐다. 고 노인은 그가 마교의 난주 분타주란 사실을 이미 알고 있었기에 내심 조심하고 있던 터였다. 송옹을 생각하면 고 노인은 마교란 조직의 무서움을 새삼 느낄 수 있었다.

송옹과 고 노인은 거의 비슷한 시기에 이곳 난주에 터전을 잡았다. 그랬기에 난주의 그 누구보다 송옹의 삶을 오랜 시간 지켜봤다고 할 수 있는데, 그 오랜 기간 단 한 번도 송옹이 마인이란 상상을 해본 적이 없었다.

적표는 굳이 그가 뒤따르는 것을 막지 않았다. 오히려 내심 잘됐다는 생각이었다. 누군가 자신이 이곳 국주를 따끔하게 다루는 것을 보고 소문을 내줘야 했으니까.

기세 좋게 걸어가는 적표의 뒤를 따라 걸으면서도 송옹은 여전히 의아한 마음이었다. 분명 곳곳에 감시의 눈이 있을 법했음에도 매복한 흑풍대원들은 아무도 없었다.

송웅이 흑풍대를 만난 것은 별채로 향하는 어둑한 후원에서였다.

흑풍대원 여덟 명이 몇 개의 상자를 나눠 들고 어디론가 바쁘게 달려가고 있었다.

그들을 지휘하는 사람은 바로 진패의 오른팔 서웅이었다.

서웅이 힐끔 고 노인과 그를 따르는 두 사람을 바라보았지만 그는 아무런 반응도 보이지 않았다. 마치 길가에 졸고 있는 늙은 개를 본 행인처럼 바쁘게 지나쳐 갔다.

'이런! 사고가 터졌다!'

송웅은 이제 확신했다. 그들이 들고 가는 상자는 일전에 송가장 공사를 할 때 자신이 본 물건이었다. 그것은 바로 폭살시와 독살시가 담긴 상자인 것이다.

"어이, 거기 멈춰!"

적표가 소리쳤지만 그들은 일언반구 대꾸도 없이 어둠 속으로 사라졌다.

자연 적표는 더욱 화가 났다.

"저 망할 놈들은 누구냐?"

고 노인 역시 조금 긴장한 상태였다. 뭔가 분위기가 심상치 않음을 직감한 탓이었다.

고 노인이 적표를 향해 돌아섰다.

"적 표두님, 오늘은 본 국에 일이 있는 듯하니 내일 다시 방문해 주시면 안 되겠습니까?"

공손한 부탁이었지만 이미 사신에게 홀린 적표였다.

"개소리 말고, 앞장서라."

고 노인이 난감한 표정을 지었다. 이대로라면 자신이 이들을 사지로 몰고 가게 될지도 모른다는 생각이 든 것이다. 고노인이 송웅에게 시선을 보내며 의사를 물었다. 적표 뒤에 서있던 송웅이 가볍게 고개를 끄덕였다. 적표가 원하는 대로 해주란 의미였다.

고 노인이 내심 한숨을 삼키며 다시 발걸음을 옮기기 시작했다.

그렇게 그들이 도착한 곳은 별채로 향하는 문 앞이었다.

횃불조차 켜지 않은 어둠 속에 두 사람이 서 있었다.

"정지."

짤막한 경고가 들려왔다.

고 노인과 송웅은 발걸음을 멈췄지만 적표는 성큼성큼 그들에게로 걸어갔다.

"물러나시오."

다시 한 번 경고한 사람은 삼조의 엽평이었다. 엽평 옆에 서 있던 사람은 검운이었다. 부상 중인 그는 창백했는데, 어두워서 그런 상황을 알아보긴 어려웠다.

누군지 묻지도 않고 다짜고짜 물러나라는 말에 그렇잖아도 짜증스럽던 적표의 인상이 본격적으로 험악해졌다.

고 노인이 서둘러 적표를 소개했다.

"이분은 청풍표국에서 나온 적 표두입니다. 국주님을 뵈러 왔습니다."

말은 그러했지만 적표의 흉흉한 분위기로 봐서 검운과 엽평은 어떤 상황이 벌어졌는지 짐작이 갔다.

엽평 역시 정중하게 말했다.

"지금 본 국에 사정이 있어 국주님을 뵐 수 없습니다. 내일 다시 방문해 주시길 바랍니다."

그 말을 고이 들을 적표가 아니었다.

그가 구환도를 뽑아 들며 위협적으로 다가섰다.

"문 열어!"

엽평이 슬쩍 검운을 바라보았다. 문 옆에 비스듬히 기댄 채 팔짱을 끼고 있던 검운이 고 노인에게 말했다.

"수고하셨소."

그 말은 곧 물러가란 소리. 고 노인이 가볍게 한숨을 내쉬고는 미련없이 돌아섰다. 송옹은 몇 발짝 떨어진 곳에 그대로 서 있었다.

고 노인이 물러나자 검운이 싸늘하게 내뱉었다.

"돌아가라. 들어가면 죽는다."

목소리는 작았지만 창백한 표정만큼이나 섬뜩한 경고였다.

삼류든 일류든 무인이라면 자연 기도란 것이 존재한다. 그것은 강호인들에게 있어 상대를 파악하게 만들어주는 일종의 명함과도 같은 것. 지금 내밀어진 명함은 분명 수십 수백 번 핏물 속에 담겨졌다 꺼내진, 매우 위험한 것이었다.

그러나 적표에겐 그렇잖아도 못마땅한 집구석의 간이 배 밖에 나온 문지기의 시건방으로 보였다.

결국 그는 해서는 안 될 선택을 하고 말았다.

그의 구환도가 검운의 목에 겨눠졌다.

검운의 눈가에 살짝 짜증이 스쳤다. 그 짜증이 무엇을 말하는지 잘 알았기에 이번에는 엽평이 나섰다.

"이러지 마시고……."

엽평은 더 이상 말을 잇지 못했다. 적표가 구환도의 도신으로 그의 볼을 툭툭 때렸던 것이다.

검운이 나직이 말했다.

"그냥 열어줘."

동시에 검운의 전음이 엽평에게 전해졌다.

"어차피 두들겨 패서 보내면 문제가 더 커져. 열어."

엽평이 가볍게 한숨을 내쉬며 문을 열었다.

끼이익.

적막을 깨고 문이 열렸다. 적표가 그럼 그렇지 하는 표정으로 안으로 들어섰다. 안으로 몇 발짝 들어선 적표의 발걸음이 딱 멈췄다. 상상도 못한 광경이 그를 기다리고 있었던 것이다.

어둠 속.

백여 명의 흑의복면인들이 별채 사방에 흩어져 있었다. 그들은 수호갑까지 착용한 흑풍대였는데 별채 주위를 완전히 포위한 상태였다.

마기를 감추지 않은 그들이었다. 시퍼런 기운이 흘러나오고 눈빛은 야수와 다름없었다.

그 백여 개의 시선이 일제히 적표를 향했다.

어둠 속의 맹수처럼 빛을 뿜어내는 그 눈빛에 적표의 심장이 철렁 내려앉았다.

거기에 그와 가까이 있던 십여 명의 흑풍대원들의 비격탄이 일제히 그에게 겨눠졌다.

휘이이잉—

스산한 바람이 흑풍대와 적표 사이에 불었다.

적표의 손에 들린 구환도의 고리가 딸랑거리기 시작했다. 공포에 질려 온몸이 떨려오기 시작한 것이다.

딸랑거리는 소리가 문밖까지 들렸다.

그 소리를 들은 송옹이 나직이 검운에게 물었다.

"무슨 일이 있소이까?"

"관여하실 일이 아닙니다."

검운의 사무적인 대답에 송옹은 그저 입맛만 다셨다.

안에서 공포에 질린 적표의 목소리가 들렸다.

"당, 당신들 뭐야?"

대답 대신 들려온 것은 날카로운 바람 소리였다.

쉭쉭쉭쉭쉭쉭!

비격탄의 위력에 뒤로 튕겨지듯 뒷걸음질을 치고 나온 적표의 몸에는 수십 발의 화살이 박혀 있었다.

쿵!

쓰러지기 전에 이미 목숨을 잃은 그가 피웅덩이를 만들기 시작했다.

문안에서 진패가 걸어나왔다. 그 역시 복면에 수호갑까지 착용하고 있었고 평소와는 달리 서늘한 눈빛이었다.

"무슨 일이냐?"

건조한 물음에 송옹이 마른침을 꿀꺽 삼켰다.

상대가 누군지 확인도 하지 않고 일단 죽여 버리는 상황이라면 보통 심각한 상황이 아닌 것이었다.

송옹이 사뭇 긴장한 얼굴로 말했다.

"청풍표국에서 온 자요. 난장을 부리는 통에 어쩔 수 없었소."

그의 말에는 흑풍대든 조장이든 손님을 맞이하는 곳에 아무도 없었으니 어쩔 수 없었다는 뜻이 담겨 있었다.

청풍표국이란 말에 진패가 살짝 인상을 찌푸렸지만 이내 아무것도 아니란 표정으로 바뀌었다. 그가 적표의 시체를 보며 나직이 말했다.

"송 타주께서 뒤처리를 해주시오."

지체없이 송옹이 고개를 끄덕였다. 지금 분위기로 봐선 적표는 문젯거리도 아니었고, 이런 상황에서 진패의 부탁은 곧 명령과 다름없었다.

"알겠소이다."

송옹은 아무것도 묻지 않았다. 송옹이 적표의 시체를 옆구리에 낀 채 훌쩍 뒷담을 넘어 사라졌다.

그가 사라지자 검운과 엽평이 다시 문을 닫았다. 피곤한 듯 문 옆 기둥에 기대앉으며 검운이 말했다.

"넌 정이 너무 많아."

앞서 몇 번이나 망설인 일에 대한 말이었다.

"죽일 정도는 아니라 판단했습니다."

"가려서 사람을 죽이면 어디 그게 마인인가?"

말은 그러했지만 사실 검운은 엽평의 그런 다정(多情)을 좋아했다.

엽평이 문가에 기대 초저녁 별들을 올려다보았다. 평소와는 조금 다른 모습에 검운이 가만히 그를 응시했다. 엽평은 분명 무슨 할 말이 있는 얼굴이었다.

"말해!"

"무슨 말씀입니까?"

"말하라니간!"

"…마누라가 둘째를 가졌답니다. 이번 하산길에 알았습니다."

"아… 그랬군. 축하한다."

이제야 검운은 엽평이 적표를 돌려보내기 위한 노력을 이해할 수 있었다. 뱃속의 아이를 위해서 최대한 불필요한 살생을 피하고 싶었던 것이리라.

엽평의 표정에는 숨길 수 없는 걱정이 묻어나고 있었다.

"왜? 걱정돼?"

"하나 제대로 키우기도 어려운 세상입니다만… 마누라가 워낙 억척이니 그건 걱정이 안 됩니다. 다만……."

뒷말을 잇지 못하는 엽평의 걱정을 검운은 알 수 있었다. 언제 죽을지 모를 자신의 삶에 대한 걱정이리라. 아비 없는 자식을 또 하나 만든 게 아닌가 하는.

엽평은 기억하지 못하겠지만 첫 아이를 낳았을 때 축하 술자리에서 만취했던 그가 했던 걱정이기도 했으니까. 이제 그 걱정이 두 배가 된 것이다.

이번에는 검운이 밤하늘을 올려다보았다.

"걱정 마. 넌 좋은 아버지가 될 거야."

엽평이 피식 웃었다.

"장가도 안 간 분이 어떻게 알아요?"

"장가야 안 갔지만 너에 대해선 잘 아니깐."

어둠 속에서 엽평의 미소가 빛났다.

"조장님도 늦었습니다. 빨리 형수님 뵙고 싶습니다."

"같이 고생하자?"

"그게 의리지요?"

두 사람이 동시에 웃음을 터뜨렸다. 분위기에 맞지 않았다는 생각이 들었는지 엽평이 힐끔 문 쪽을 돌아보았다.

그의 걱정을 읽었는지 검운이 기지개를 켜며 대수롭지 않게 말했다.

"걱정 마. 괜찮을 거야. 대주님은 지지 않아."

"걱정 안 합니다. 제 걱정만 해도 산더밉니다."

바람이 불어왔다. 그 바람은 두 사람의 머리카락을 날리며 다시 문 너머 긴장감이 가득한 그곳으로 날아갔다.

검운을 제외한 네 조장들 사이에서 운기조식 중이던 유월의 머리카락이 바람에 날렸다.

호법을 서듯 사방에 늘어선 네 조장들의 표정에서 평소의 여유로움은 찾아볼 수 없었다. 한옆에서 서웅이 흑풍대원들에게 폭살시의 탄창을 지급하고 있었다. 십여 명씩 교대로 탄창을 지급받은 대원들이 다시 제 위치로 돌아갔다.

그들의 비격탄이 겨눠진 곳은 별채 건물이었다.

흑풍대는 전원 별채를 완전 포위한 상태였고 한옆에는 비설이 타고 왔던 천마의 방탄 마차까지 대기되어 있었다.

"무슨 일인가?"

눈을 감고 운기조식을 하던 유월이 묻자, 진패가 대수롭지 않다는 듯 대답했다.

"별일 아닙니다."

진패가 적표의 난입으로 인해 중단되었던 보고를 계속했다.

"일조는 필살시로, 이조는 독살시, 나머지 조는 모두 폭살시로 무장했습니다. 아가씨가 무사히 나오시면 일조가 아가씨를 모시고 송가장으로 돌아갈 겁니다. 그 뒤를 이, 삼, 사조가 따르고 오조가 남아서 뒤처리를 할 겁니다."

보고가 끝났을 때, 드디어 네 시진이나 계속된 긴 운기가 끝이 나고 유월이 눈을 떴다.

자리에서 일어나는 유월의 눈빛은 운기조식을 하기 전과는 비교할 수 없을 정도로 맑았다. 조장들에게 지급된 모든 소마환단을 한꺼번에 복용한 것이다.

하지만 그것만으로 유월의 내력을 완전히 채울 수는 없었다. 귀면과의 일전에서 거의 모든 내력을 다 소모한 탓이었다.

유월이 진패에게 말했다.

"그것 좀 빌려주지."

놀랍게도 유월이 빌려달라고 한 것은 진패의 수호갑이었다. 진패가 두말없이 자신의 수호갑을 벗어 유월에게 건넸다. 다른 세 조장들이 서로를 돌아보며 놀란 표정을 지었다. 대주가 된 이후, 단 한 번도 유월이 수호갑을 착용한 적이 없었던 것이다. 그만큼 적이 강하다는 소리였다.

비호가 걱정스럽게 물었다.

"혼자 들어가시겠습니까?"

별채 건물을 노려보며 수호갑을 착용한 유월이 고개를 끄덕였다. 그리고는 자신의 비격탄을 진패에게 맡겼다. 비격탄이 통할 상대가 아니었다.

"아가씨가 무사히 나오면… 그 길로 전 대원들은 송가장으로 돌아간다. 그리고 곧바로 기관 발동하도록."

비설의 호칭이 아가씨로 바뀌었다. 그 말은 곧 공식적인 명령임을 강조하는 것이었다.

"알겠습니다."

든든한 진패의 대답에 유월이 믿음직한 눈빛을 보냈다. 하지만 이어지는 유월의 말은 조장들로서는 상상하기도 싫은 말들이었다.

"그럴 가능성은 희박하지만… 만약 내가 죽고 아가씨만 살아 나온다면… 그 길로 당장 귀교한다. 아가씨의 의견은 무시해라. 이 명령은 교주 명을 제외한 그 어떤 명령보다 우선하며 절대 예외는 없다."

복수 따윈 꿈도 꾸지 말라는 엄명이었다.

"알겠습니다."

"나와 아가씨가 모두 죽는다면… 반드시 그녀를 죽여라. 모든 폭살시를 한꺼번에 쏟아 부어서라도."

생각하기도 끔찍한 일이었지만 역시 진패가 믿음직한 대답을 했다.

"걱정 마십시오. 만약 그런 일이 생긴다면 그 누구도 살아서 이곳을 나가지 못할 겁니다."

네 조장들이 서로 시선을 나눴다. 지금까지 유월과 함께하면서 이토록 긴장하는 모습을 본 것은 오늘이 처음이었다.

모두의 눈빛은 그들의 복면 아래 쓰인 두 글자와 같은 빛을 내고 있었다.

필살(必殺).

유월이 건물 안으로 천천히 걸어 들어갔다.

이 모든 일은 뜻하지 않은 한 방문자로 인한 것이었다.

네 시진 전, 유설표국.

표사와 쟁자수를 뽑던 뒤채 쪽에서 비호와 백위가 기지개를 켜며 걸어나오고 있었다.

"정말 난주 여자들이 그렇게 매력있어?"

백위의 물음에 비호가 당연하다는 얼굴로 대답했다.

"그럼요. 강남 쪽의 요조숙녀들하곤 또 다른 매력이 있지요. 겉은 거친데 속은 일편단심. 사실 그런 여자들이 멋지잖아요!"

"흐흐, 그렇지."

헤벌쭉 벌어지던 백위의 입이 다시 의심을 품으며 가늘어졌다.

"근데 네가 어떻게 알아? 난주에 작전 나온 적 없었잖아?"

"어휴, 저놈의 의심병. 형님, 하나만 물을게요. 형님은 갑자기 칼이 날아들면 어떻게 피해요?"

"그야 당연히 본능적으로 피하는 거지."

"그럼 믿어요. 여자에 대한 제 본능을."

그 비유가 나름 와 닿았는지 백위가 공감의 미소를 지었다.

"야! 너 혼자 놀러 나가면 안 돼! 나도 데려가!"

"걱정 말아요. 전 형님처럼 그렇게 비겁한 사람이 아니니깐."

일전에 회식 자리가 다시 거론되자 백위가 불퉁한 표정을 지었다.

"그때 너 작전 나갔을 때라니깐. 몇 번이나 말해."

"돌아왔을 때 하면 되죠."

"술이란 게 어디 그렇게 되냐? 당길 때 먹는 거지. 아! 술 얘기 하니까 또 술 먹고 싶다."

"형님은 검사 한 번 받아봐야 해요. 틀림없이 중증 술 중독 판정이 날 거요."

"시끄러! 술 맛 떨어지게."

"건강할 때 건강을 지켜요."

"보신주의자!"

"몸에 좋은 충고는 쓰기 마련이지요."

두 사람이 대화를 나누며 별채와 본채 중간 통로에 왔을 때 그곳에는 유월과 다른 세 조장들이 함께 서 있었다.

그들이 건들거리며 들어서자 진패가 당장 물었다.

"아가씨는 어쩌고?"

"애들이 지켜보고 있어요. 걱정 마요. 아, 운 형님. 몸은 좀 어때요?"

검운이 주먹을 쥐어 보이며 걱정없다는 표정을 지었다.

"다행입니다요."

비호가 다시 백위를 놀렸다.

"형님이라도 건강해야지, 여기 곧 부들부들 손 떨며 활시위도 못 당길 형님이 한 분 대기 중이거든요."

부웅―

백위의 발길질을 살짝 피하며 비호가 말했다.

"그나저나 걱정입니다. 사람이 있어야 표국을 운영할 텐데. 사람 모으는 게 만만치 않겠습니다."

비호에 비해 백위는 아무 걱정도 없어 보였다.

"뭘 고민해. 청풍표국인지 뭔지 거길 족쳐 버리면 간단하지. 대가리 쳐내고 고대로 인수인계받자고."

"형님은 좋겠수."

"뭔 소리야?"

"곧 반로환동하실 거니까. 신선이 별거요. 아무 걱정 없이, 생각없이 살면 그게 신선이지."

"흥! 고민해서 해결될 일이면 애초에 고민할 필요가 없잖아. 고민해도 안 될 일은 어차피 고민해도 안 되는 거고."

"결국 세상의 어떤 일도 고민할 필요가 없는 거군요."

"살아가는 이치랄까?"

"단순함의 극치겠죠."

백위가 비호의 뒤통수를 가볍게 때리려 하자 비호가 몸을 비틀어 피했다.

"역시 단순함은 폭력으로 발전하는군요."

두 사람의 장난을 지켜보던 진패가 못 말린다는 듯 고개를 내저었다. 하지만 그들에게 잔소리를 하진 않았다. 오늘은 유설표국이 문을 연 경사스런 날이었다. 오늘만큼은 조원들에게 마음 놓고 술 한잔 먹게 할 생각이었던 것이다.

바로 그때였다.

우우우웅—

나락도가 진동하며 울음을 토해냈다.

순간 유월의 신형이 그림처럼 멈췄다. 그 소리는 주위에 있던 조장들까지도 느낄 수 있을 정도였다. 나락도가 이렇게 크게 반응한 적은 처음이었다.

유월의 긴장에 조장들의 눈빛이 달라졌다.

나락도와 한 몸이 된 채 유월이 정신을 집중하기 시작했다.

거대한 마기.

지금까지 경험한 마기가 아니었다. 귀면과의 일전에서도 경험하지 못한 엄청난 마기였다.

뭐라 표현할 수 없는 위화감으로 유월의 심장을 억누르는 거대한 존재감.

그리고 그 마기는 분명 자신을 부르고 있었다.

유월이 허공을 박차고 그대로 날아올랐다. 한 번 도약으로 지붕 위로 내려선 유월의 신형이 다시 허공을 갈랐다.

뒤채 건물의 지붕 위에 깃털처럼 가볍게 내려선 유월을 기다린 하나의 광경.

연못 앞에 비설과 비검이 마주 보며 웃고 있었다.

"뽑아만 주시면 열심히 일하겠습니다."

포권을 취하며 해맑게 웃고 있는 비검을 보는 순간 유월의 심장이 철렁 내려앉았다.

길을 가다 마주쳤으면 유월조차 돌아봤을지도 모를 젊은 미녀.

마기는 분명 그녀에게서 나오고 있었다. 그리고 그녀와 한 걸음 떨어진 곳에서 자신이 목숨을 걸고 지켜야 하는 비설이 서 있었다.

힐끔.

환하게 미소 짓는 비검의 눈동자가 비설의 어깨를 넘어 지붕 위 유월에게로 쏘아지듯 들어왔다. 얼음장처럼 차가운 눈빛.

그 순간.

빛처럼 빠르게 유월의 고개가 한옆으로 젖혀졌다. 본능적인 몸의 반응이었다. 무엇인가 자신을 향해 쏘아져 날아왔다고 착각을 했지만 정작 날아든 것은 아무것도 없었다.

유월의 표정이 무겁게 가라앉았다.

'귀면보다 고수다!'

한눈에 유월은 비검의 무공 수위를 파악했다.

그때 비설의 맑은 목소리가 들려왔다.

"자, 이렇게 인연을 맺은 기념으로 우리 술 한잔해요."

비설은 자신의 머리 위 지붕에 선 유월의 존재를 알지 못했다. 비설이 앞장서서 별채의 건물 안으로 들어섰다. 진명과 무옥이 그 뒤를 따랐고 한 걸음 뒤처져 비검이 뒤따랐다.

안으로 들어서려던 비검이 잠시 발걸음을 멈추고 힐끔 유월을 올려다보았다.

유월은 그녀의 눈빛을 피하지 않았다.

그녀의 마기는 너무나 크고 강렬해서 오히려 지붕과 담벼락에 매복한 흑풍대원들은 느끼지 못하고 있었다.

유월이 하늘을 올려다보며 한숨을 내쉬었다.

그런 유월의 행동이 재밌었는지 비검이 피식 웃었다.

비검이 먼저 들어간 비설 일행을 따라 별채 안으로 들어갔다.

"대주님."

뒤를 돌아보니 지붕의 반대쪽 끝에 진패를 비롯한 다섯 조장들이 걱정스런 얼굴로 서 있었다. 세영의 부축을 받으며 검운까지 날아 올라온 상황이었다.

지평선 너머로 사라지기 시작한 해를 응시하며 유월이 짤막하게 말했다.

"완전무장해서 애들 집합시키도록."

다섯 조장의 눈빛이 하나로 통일되었다.

그보다 열 배는 더 결연한 눈빛으로 유월은 그저 말없이 하늘만 올려다볼 뿐이었다.

第二十二章

오색천마혼

魔刀
霸爭

바깥 사정은 까마득히 모른 채 비설은 비검과의 조촐한 술자리에 빠져들고 있었다. 낮에 시작한 술자리는 해가 질 때까지 이어졌다.

주인 된 입장으로 유설표국에 초대받은 손님들을 접대해야 할 상황이었음에도 비설이 술자리를 마련한 것은 비단 비검이 첫 번째 응모자란 사실 때문만은 아니었다.

비검의 아름다움에 흘린 듯 빠져든 것이다. 비설은 왠지 비검이 낯설지 않았다. 낯설지 않을뿐더러 알 수 없는 호감이 끝없이 솟아났다.

여인으로서, 아니, 강호제일미라 불려도 좋을 만큼 아름다운 그녀로서 비검과 같은 아름다운 여인의 등장은 왠지 마음에도 없는 질투심이라도 생길 법했는데 전혀 그런 마음이 들지 않았다. 오히려 지금까지 외로웠던, 홀로 주목받던 그 외로움을 함께할 동지가 생겼다는 마음까지 들었다.

하지만 비설은 알지 못했다. 그 호의적인 마음의 정체를.

그것이 자연스런 마기의 반응이라는 것을.

작은 시냇물이 숲을 돌아 바다로 향하게 되는 자연의 순리처럼 자신의 구화마공이 그녀의 마공에 반응하고 있다는 것을. 그녀 몸속의 구화마공이 본능적으로 원하고 있었다. 눈앞의 비검처럼 강해지고 싶다고. 원래라면 비검의 마공을 경계하는 마음에서 반응했을 터인데, 두 여인의 무공 차이가 워낙 크다 보니 구화마공의 반응이 오히려 호의적으로 바뀐 것이다. 이런 현상은 구화마공이 강호에서 첫손가락을 꼽을 수 있는 극강의 무공이었기 때문에 가능한 일이었다.

게다가 비검이 들려준 이야기는 믿기 어려울 정도로 신기한 것들이었다. 북해빙궁에 얼음으로 만들어진 성에 대한 이야기나 내단을 지닌 영물의 싸움, 강호에서 홀연히 실종된 고수들의 뒷얘기 등은 그야말로 흥미진진했던 것이다.

게다가 비검은 유설표국의 취지를 듣자 매우 감탄하며 긍정적인 반응을 보였다.

"멋진 생각이에요."

비검의 목소리는 비설의 맑고 투명한 목소리와는 달랐다.

차분하면서도 매혹적인 느낌이랄까? 뭔가 부탁을 받으면 들어주고 싶은 신뢰감이 담긴 목소리.

"아, 정말 그렇게 생각하세요?"

살짝 취기가 오른 비설의 홍조가 더욱 붉어졌다.

"그럼요. 강호에 이런 사업을 생각해 낸 것은 국주님이 최초일 것 같은데요?"

"어색하네요, 국주란 호칭."

"익숙해지셔야죠."

술자리 내내 진명과 무옥은 두 사람의 대화를 듣는 입장이었다.

아니, 정확히 말하자면 진명은 비검을 훔쳐보고 있었다. 옆에 무옥이 앉아 있음에도 시선은 자꾸만 비검에게 향했다. 앞서 비검이 자신을 향해 살짝 미소를 지은 후부터는 더욱 그러했다.

'못났다. 진명, 뭐 하는 짓이야.'

스스로를 꾸짖고 책망해도 어느새 정신을 차리면 시선은 비검 쪽을 향해 있었다.

천마의 딸이기 때문이었을까? 비설을 볼 때는 조심스런 면이 분명 있었다. 하지만 비설보다 더욱 성숙해 보이는 비검의 매력은 팔팔한 스무 살 청년이 의지로 극복할 만한 것이 아니었다.

'이래선 안 돼!'

진명이 슬그머니 무옥의 눈치를 살폈다. 자신의 행동을 알아챈 것일까?

무옥의 표정은 그리 밝지 않았다. 눈치 빠른 무옥이 볼까지 빨개져서 넋을 놓고 있는 진명의 행동을 모를 리 없었다.

차라리 무옥은 진명을 이해할 수 있었다. 여인인 자신이 봐도 빠져들 만한 외모였으니까. 아름다운 여자를 좋아한다고 해서 남자를 평가하는 데 나쁜 점수를 줄 만큼 무옥은 어리지 않았으니까.

정작 그녀가 섭섭한 것은 오히려 비설이었다.

비검에 대한 비설의 호감이 아름다움에서 시작된 것이라 생각이 들자 왠지 모를 쓸쓸함이 밀려들었다.

비록 비검이나 비설처럼 아름답진 않았지만 열심히 자신의 삶을 살아왔다고 자부하던 그녀였다. 하지만 세상은 언제나 아름다운 여인의 손을 들어준다는 것을 무옥은 몇 번이나 경험했다.

오늘의 자리도 그렇다고 생각했다.

불공평하다고 말하기에는 너무나 자존심 상하는 현실. 그것이 무옥의 잔을 빠르게 비워내고 채우고를 반복하게 만들고 있었다.

비검이 살짝 미소를 지으며 말했다.

"그 면사 벗으면 안 될까요?"

"그건 좀 곤란해요. 약속을 했거든요. 허락없이 벗지 않겠다고."

말은 그러했지만 비설은 면사를 벗고 싶다는 욕망에 휩싸였다. 비검의 말이라면 무엇이든 들어주고 싶다는 생각.

그건 자신이 유가상회의 여식이란 말을 들은 비검이 아닌 것 같다며 미소를 지을 때도 마찬가지였다. 자신의 정체를 밝혀 버리고 싶은 심정.

"근데 왜 유설표국이죠?"

"아, 큰오라버니 성과 제 이름을 합친 거랍니다."

그러자 비검의 눈빛이 기묘하게 빛을 냈다.

"오호, 어떤 분인지 기대가 되는데요."

그 말에 비설은 그녀에게 유월을 소개해 주고 싶다는 생각이 들었다.

"명아, 가서 오라버니 모셔올래?"

술잔을 내려보며 상념에 잠긴 진명은 비설의 말을 듣지 못하고 있었다.

"명아? 뭐 해? 오라버니 모셔오라니까."

비설과 무옥의 시선이 집중되고 나서야 진명이 자리에서 일어났다.

"아, 미안. 내가 바로 모셔올게."

진명이 나가자 비설이 살짝 입술을 내밀며 말했다.

"미리 말씀을 드리자면 오라버니는 그다지 재미없는 분이랍니다. 냉정하고, 여자 마음도 잘 몰라주는."

"그런데도 그 성을 따서 이름을 지었군요?"

"그건⋯⋯."

비검은 당황한 비설의 모습이 재밌다는 얼굴이었다. 듣고 있던 무옥이 끼어든 것은 바로 그때였다.

"무례하군요."

취기 탓이었다. 아니, 취기를 빈 질투였다.

비검이 슬쩍 고개를 돌려 무옥을 바라보았다.

환한 미소를 짓던 비검이 무옥 쪽으로 완전히 고개를 돌렸을 때는 완전히 무표정해 있었다. 비검의 검은 눈동자를 들여다보는 순간.

철렁.

무옥의 가슴에 한기가 밀려들며 반사적으로 어렸을 때의 기억이 떠올랐다.

마가촌 인근 산을 왈패처럼 사내애들과 뛰어놀던 예닐곱 무렵, 숲에서 넘어져 다리를 다친 적이 있었다.

계집애라 운다라는 소리를 듣기 싫어 이를 악물고 참던 그때.

어디선가 나타난 알록달록한 뱀이 자신의 다리를 넘어 지나갔다.

무옥은 아직도 그 무섭던 느낌을 잊지 못했다. 온몸이 얼어 목에서는 말조차 나오지 않던 공포. 그 미끈거리던 차가운 촉감.

백 명의 적에게 포위된 두려움과는 차원이 다른 공포였다.

뱀이 사라지고도 한참 동안 자리에서 일어나지 못했다. 결국 울음을 터뜨렸고 그날 이후 그녀는 뱀이라면 몸서리를 쳤다. 이제 수백 마리의 뱀도 무섭지 않은 무공을 익혔지만, 그래도 뱀이라면 기겁을 할 수밖에 없는 인간 본성에 닿아 있는 근원적 공포심.

비검의 그 눈빛을 대하는 순간 그 모든 것이 떠올랐다. 분명 그때의 공포와 비슷했다. 상대가 고수라서 무서운 것이 아닌, 상대 그 자체가 무서운 경우.

새파랗게 질린 무옥이 엉거주춤 자리에서 일어났다.

이미 비검은 다시 원래의 미소 띤 얼굴이었고 비설은 조금 이상하다는 표정이었다.

"제, 제가 술이 과해 실례를 했습니다."

무옥의 목소리는 떨리고 있었다.

"저야말로 무례를 범했군요."

비검이 정중하게 사과를 했다.

"잠시 바람 좀 쐬겠습니다."

무옥의 머릿속은 복잡했다. 우선 이 자리를 떠나고만 싶었다.

무옥이 방문을 열고 밖으로 나왔다.

다리의 후들거림이 멈추지 않았다. 비설을 혼자 두고 나와

선 안 되었지만 유월을 찾아야 한다는 생각만 앞섰다.

'저 여자, 위험해!'

그녀가 몇 발짝 걸음을 옮겼을 때 누군가 뒤에서 자신을 감싸 안으며 입을 틀어막았다.

"쉿!"

귀에 익은 목소리의 주인공은 바로 유월이었다.

유월의 뜻이 무엇인지 짐작한 무옥이 고개를 끄덕였다.

그세야 유월이 막은 입을 풀어주었다. 그리고는 밖으로 나가는 통로를 손가락으로 가리켰다. 조용히 밖으로 나가란 뜻이었다.

무옥이 안도하며 밖으로 나가는 것을 확인한 유월이 그녀가 나온 방으로 걸어갔다.

방문 앞에 잠시 멈춰 선 유월이 호흡을 가다듬었다.

구화마도식의 초식들이 무의식적으로 떠올랐다. 긴장하고 있다는 증거였다.

유월이 천천히 문을 열었다.

스르륵.

사랑하는 정인 앞에 선 여인의 옷자락이 흘러내리듯 부드럽게 문이 열렸다.

유월이 안으로 들어서자 방 안의 풍경이 들어왔다.

면사를 벗은 비설이 의자에 앉은 채 잠이 들어 있었고 비검이 그녀의 얼굴을 응시하고 있었다. 아마도 언제 당했는지도 모르게 수혈을 제압당했을 것이다.

"예쁜 아이군요."

한참을 비설의 얼굴을 관찰하듯 응시하던 비검이 이윽고 유월에게 시선을 돌렸다.

"애 보기 피곤하죠?"

그 어떤 적의도 담겨 있지 않은, 마치 오랜만에 만난 벗에게 하는 말처럼 들렸다. 나이를 가늠할 수 없었다. 보기에는 이십대로 보였지만 유월은 그녀가 삼십대, 혹은 그 이상일지도 모른다는 생각이 들었다.

유월의 마음이 어두워진 것은 그녀의 나이를 짐작하지 못해서가 아니었다.

그녀의 정중함.

강한 자의 마지막 약점이 될 오만함이 그녀에게 느껴지지 않아서였다. 강한 자의 겸손은 언제나 무서운 법이니깐.

유월이 나지막이 대답했다.

"이 아이라면 얼마든지."

잠든 비설을 바라보는 유월의 눈빛에 살짝 애틋함이 스쳤다. 탈없이 지켜주리라 마음먹은 여행이었건만 사건은 그들의 하산만을 기다린 듯 끝없이 이어지고 있었다. 몇 번이나 더 이런 일을 겪어야 무사히 돌아갈 수 있을까?

문득 떠나기 전, 비운성이 자신에게 했던 말이 떠올랐다.

"살려서 데려오게."

그때는 그 말의 뜻을 진정으로 알지 못했다. 이제는 알 것 같았다. 이번 여정이 단순한 비설의 사업을 지켜주는 것이 아니란 것을. 알지 못할 여운을 남기던 귀면의 마지막 모습이 스쳐 지나갔다.

"앉으세요."

비검의 권유에 유월이 담담히 응대했다.

"그 아이는 내보내도 되겠나?"

비검이 묵묵히 유월을 응시했다. 그저 바라보는 것만으로 절로 온몸이 흥분되는 그런 강렬한 눈빛이었다.

보통의 사내라면 반드시 보였을 반응 대신 유월이 담담한 눈빛을 고수하자 비검의 눈빛과 표정이 바뀌었다. '제법이군' 이란 속마음이 드러나는 표정이었다.

비검이 미소를 지으며 가볍게 고개를 끄덕였다.

"내 고용주니까… 귀하게 모셔야겠지요?"

그녀가 표사로 채용되었다는 것은 앞서 나온 진명을 통해 들었다. 당장 비설을 죽이지 않을 것이라 안심이 되었지만 그 의도를 알 수 없는 만큼 불안감도 커진 상황이었다.

어쨌든 내보내도 좋다는 허락이었다.

"진패, 자네만 들어오게."

건물 밖의 진패를 부르는 천리전음술(千里傳音術)이 펼쳐졌지만 그 놀랄 만한 한 수는 곧바로 초라한 것이 되었다.

"진패란 분을 가장 믿나 보죠?"

입술조차 까닥하지 않은 최상승의 전음을 마치 똑똑히 들었다는 듯 비검은 환하게 웃었지만 유월은 웃지 않았다.

'전음도청(傳音盜聽)!'

비검이 펼쳐 낸 것은 바로 다른 이의 전음을 훔쳐 들을 수 있다는 그 전음도청이었던 것이다. 천리전음술보다 더 높은 경지의 무공이었고 출도 이후 유월이 단 한 번도 겪어보지 못한 것이기도 했다. 게다가 다른 사람의 전음도 아닌 바로 자신의 전음이었다.

놀람은 곧 고마움으로 이어졌다. 어차피 자신보다 강하다는 것을 느끼고 있었으니까.

"고맙군."

비설을 살려준 것에 대한 유월의 진심이었다.

"비설 이 아이는 제게 특별한 존재라고 할 수 있죠. 알아보고 싶은 것도 있고. 그러니 죽이지 않아요. 지금 당장은."

그녀의 덧붙임이 유월의 가슴에 무겁게 다가왔다.

"죽을 사람은 당신이죠."

비검이 유월의 잔을 채워주었다.

또로롱.

술이 채워지는 맑은 소리가 팽팽한 긴장감 속에 울려 퍼졌다.

술을 따르는 그녀의 몸짓은 완전 허점투성이로 보였지만 유월은 기습이라는, 무공 차이가 확연한 상태에서 선택할 수 있는 가장 가능성 높은 한 수를 펼쳐 내지 못했다. 그것은 허점이 아니었다. 완벽함이 지니는 자연스러움. 또한 그것은 곧 천마에게서 느꼈던 기도이기도 했다.

'도대체 누굴까? 이렇게 젊은 여인이 어떻게 이토록 강한 마공을 익혔을까? 귀면과는 어떤 사이일까?'

많은 생각들이 머릿속을 맴돌았지만 유월은 아무것도 묻지 않았다.

유월의 술잔을 채워준 후 비검이 자신의 잔을 채우기 시작했다.

홀로 술을 따르는 모습은 매우 어울렸고 그러한 느낌은 곧 그녀가 꽤나 외로운 사람일지도 모른다는 생각이 들게 만들었다.

그때 진패가 긴장한 얼굴로 안으로 들어왔다.

힐끔 비검을 바라본 진패는 내심 크게 놀랐다. 유월이 그토록 긴장한 상대가 이렇게 젊은 여인인 줄 몰랐기 때문이었고, 그 여인의 미모가 범상치 않았기 때문이었다.

더 이상 전음은 의미가 없었다.

"아가씨를 송가장으로 모시도록. 오늘 연회는 여기까지다."

"알겠습니다."

"자네까지. 모두 돌아가도록."

돌아서던 진패가 흠칫 멈췄다. 비설이 무사한 이상 더 이상 자신에게 신경을 쓰지 말라는 명령이었다.

"진패! 한 명도 남기지 말도록."

자신의 이름을 강조해서 불렀다. 그 말은 곧 절대 명령을 어기지 말라는 암시.

"알겠습니다."

유월에 대한 걱정과 고민은 언제나처럼 짧았다. 다시 한 번 충직한 대답과 함께 진패가 조심스럽게 비설을 안아 들었다.

두말없이 방을 나서려는 그에게 비검이 말했다.

"작별 인사 미리 하시죠."

진패의 발걸음이 딱 멈췄다. 진패는 그녀가 말한 바를 단번에 이해했다. 이제 유월을 죽일 것이니 마지막 인사를 하란 것을.

비설을 안은 채 진패가 돌아섰다.

진패가 비검에게 한쪽 눈을 찡긋하며 말했다.

"작별 인사는 그쪽에 해두지. 예쁜데 아쉽군."

비검의 대답을 듣지 않은 채 진패가 밖으로 향했다.

조금 어이없는 표정을 짓던 비검이 소리 내어 웃었다.

"당신 꽤나 신뢰받고 있군요. 애들도 재밌고. 역시 그쪽 교주의 영향일까요? 우리 애들은 다들 우울해서."

비검은 과연 귀면과 마찬가지로 비운성을 잘 알고 있었다.

"그런데 나… 누군지 묻지 않네요?"

귀면이 했던 말이기도 했다. 묵묵히 비검을 응시하던 유월이 입을 열었다.

"그쪽도 천마신교인가?"

오히려 비검이 놀랍다는 표정을 지었다.

"놀라지 않네요."

유월이 말없이 잔에 비친 자신의 모습을 들여다보았다.

어떻게 받아들여야 할지 사실 정리가 되지 않았다. 그저 무시해 버리기에는 상대들의 무공이 터무니없이 높았으니까.

유월이 아무 대답을 하지 않자 비검이 활짝 웃으며 말했다.

"그래요, 전 천마신교의 비검이에요."

유월의 상처가 꿈틀거렸다. 예상한 일이었지만 막상 직접 듣자 마음이 격동했다.

두 개의 천마신교.

'젠장'이란 말이 절로 나올 법했지만 유월은 그런 마음을 드러내지 않았다.

"난 천마신교의 흑풍대주 유월이다."

유월의 소개에 비검이 피식 웃었다.

"그쯤은 알고 왔지요."

"그런가?"

"사안이 사안인만큼. 자, 한잔하죠."

두 사람의 잔이 허공에서 부딪치면서 맑은 소리를 내었다. 평범하지 않은 자리였고 관계였다. 어쩌면 마지막으로 마시는 술이 될지 모른다는 생각 탓이었을까? 술맛이 아주 좋았다. 이번에는 유월이 술잔을 채웠다.

비검이 탁자에 턱을 괸 채 유월을 응시했다. 유월이 놀라지도, 천마신교에 대해 묻지도 않자 그녀는 의외란 생각이 든 모양이었다.

"강호에선 칠초나락이라 불린다죠?"

비검이 차분한 음성으로 말을 이었다.

"사실 지난 오 년간 강호가 어떻게 돌아갔는지 알지 못해요. 오 년 전, 무형비(無形匕)를 완성하고 오히려 부족함을 깨달았어요. 다시 오 년간, 폐관에 들었지요."

무형비란 말이 거침없이 나왔다.

비도술을 사용하는 이들이 꿈속에서라도 도달해 보고 싶은 경지. 무형의 기운으로 비수를 만들어 날리는 그 극의의 경지가 부족해 다시 오 년의 폐관을 마쳤다는 말이었다.

자신의 독문무공을 이렇게 서슴없이 알려주는 이유는 오직 하나였다.

자신을 죽이겠다는 의지. 고수의 진정한 여유.

오 년 전, 자신이 흑풍대주가 된 그해. 정사마가 칠년지약을 맺은 그해. 그해는 어떤 의미가 있는 해일까? 혹시 이 모든 일들이 그 오 년 전과 관련이 있진 않을까?

가슴이 답답해져 오자 유월이 다시 술잔을 비웠다.

"수련을 마치고 나오니, 비운성의 딸이 하산했다는 소식이 들리더군요. 위에선 더 지켜보자는 입장인데, 귀면 오라버니가 먼저 움직였더군요. 항명을 한 거죠. 하긴 워낙 제멋대로인 사람이었으니깐."

오라버니란 말이 무겁게 다가왔다. 두 사람의 친분이 얼마나 깊은지를 떠나 이미 돌이킬 수 없다는 느낌이 들었다.

"제가 말리러 왔는데 한발 늦었네요. …역시 귀면 오라버니, 그쪽 손에 죽었죠?"

유월이 고개를 끄덕였다. 절로 나락도를 쥔 오른손에 힘이 들어갔다.

"아, 제가 너무 늦었어요."

아쉬움이 가득한 말이었지만 여전히 그녀는 하나의 표정만을 고수하고 있었다. 그것은 담담함이었다.

"오라버니는 어려서부터 절 싫어했어요. 왜 그런지 알 수 없었지요. 언젠가 그 이유를 물어보려고 했었는데… 이젠 그 기회조차 잃었군요."

비검의 이야기가 길어질수록 유월은 자신감을 잃고 있었다.

'이 싸움… 내가 진다.'

고수의 예감은 언제나 정확한 법. 더구나 아직 내력이 완전히 회복이 되지 않은 자신이었다. 귀면과의 일전 후, 정확히는 칠초연격술을 사용하고 난 후 자신의 무공이 증진했음을 유월은 느끼고 있었다. 딱히 초식이 정묘해졌거나 내력이 늘어난 것은 아니었다. 그냥 기분이었다. 이제는 지금껏 자르지 못했던 그 단봉을 잘라낼 수 있으리란 막연한 자신감.

하지만 완전히 회복되지 못한 내력은 분명 이 싸움에 큰 영향을 미칠 것이다.

내력이 주체할 수 없이 넘쳐흘러도 쉽게 이길 수 없는 상대였다.

죽는 것은 두렵지 않았다.

복수를 끝내지 못하고 죽는 것 역시 그렇게까지 원통하다는 생각은 들지 않았다. 죽은 가족들을 생각하면 잠이 오지 않았던 적이 있었다.

하지만 이젠 달라졌다. 어쩌면 이 지친 행보를 끝내고 그들을 만나러 가고 싶다는 생각이 가끔 들었다. 지난 이십 년의 세월이 자신에게 가져다준 변화였다.

오히려 자신이 죽을 수 없는 이유는 이제 다른 곳에 있었다.

자신이 죽는 순간, 비설을 포함한 모든 흑풍대가 죽게 될 것이다. 무슨 의도로 비검이 표사로 일하겠다고 했는지 몰라도 그 결과가 바뀌진 않을 것이다. 단지 시간문제일 뿐.

그 깜찍하고 귀엽고 착한 비설이 자신의 삶과는 전혀 상관없는 은원으로 죽게 된다면? 진패가 아들에게 만들어준 나무

칼이 마지막 선물이 된다면? 세영, 검운, 백위, 비호…… 그리고 또 다른 백 개의 사연들이 '전멸'이란 보고서의 한 줄 글귀로 남게 된다면?

젠장. 그건 절대 원하는 바가 아니었다. 운명이란 놈에게 농락당하고 진흙 구덩이를 끌려 다니게 된다 하더라도. 마지막까지 싸워야 하는 그 이유가 나락도를 움켜쥔 손에 힘을 더하는 이유였다.

"오라버니가 죽었다는 사실을 알고는… 당신과 흑풍대 애들 목부터 따려고 했지요. 사실 이런 자리까진 예상하지 못했죠."

비검의 표정이 처음으로 진지해졌다.

"그런데 문득 궁금해지더군요. 귀면 오라버니가 왜 스스로 목숨을 버렸는지."

비검은 귀면이 자살을 했다고 확신하고 있었다. 그만큼 귀면의 무공을 믿고 있었단 뜻이기도 했다.

그건 유월 역시 마찬가지였다.

'오색혈수인'이란 말이 목구멍을 간질이고 있었다. 귀면이 알고 있다면 비검 역시 알고 있으리란 확신이 들었다. 상대의 진의를 떠나 그 모든 궁금증을 풀기 위해서라도 자신의 가슴을 풀어헤치며 보여주고 싶었다.

하지만 유월은 애써 그런 욕망을 참았다.

이 싸움은 패를 많이 내놓는 쪽이 지는 싸움이었다.

또다시 한 잔의 술을 비운 비검이 다시 말을 이어갔다.

"궁금한 점은 그뿐만 아니죠. 비운성, 그자는 왜 자신의 딸을 내려 보냈을까요? 우리를 끌어내리려는 의도는 알겠는데, 그렇다고 딸을 죽여서까지?"

비검이 고개를 가로저었다.

"비운성은 그런 사람이 아니지요. 그럼 왜 내려 보냈을까요? 설마 흑풍대 따위를 믿고?"

비검이 가소롭다는 표정을 지었다. 그게 미안했는지 그녀가 술병을 들어 술을 권했다.

지금까지 그랬듯 무심코 유월이 술잔을 들어 올리는 순간,

쐐애애액—

전광석화처럼 빠르게 무엇인가 유월에게로 날아들었다.

따앙!

이어지는 시원한 격타음.

나무에서 쇳소리가 났고 나락도로 튕겨냈음에도 부서지지 않은 젓가락이 한쪽 벽에 박혔다.

술을 따르려던 비검이 날린 젓가락을 유월이 튕겨낸 것이다. 진마의 경지에 든 사령각주가 앉아 있었다 하더라도 손한 번 써보지 못하고 죽었을 그런 무시무시한 공격이었다.

졸졸졸.

아무 일도 없었다는 듯 술을 따르는 비검의 눈빛이 아까와는 달라져 있었다.

"역시 당신을 믿고 내려 보냈군요."

술병을 내려놓는 비검의 눈빛에서는 서늘한 기운이 흘러나오고 있었다.

그녀의 기도가 완전히 바뀌었다. 방금 전까지의 그 사근사근한 예의 따윈 이미 사라진 후였다.

"너 누구지?"

만난 이후 첫 반말이 비검의 입에서 나왔다.

"니 뭐냐고 물었다!"

메마른 감정이 폭발하는 순간 비검의 신형이 흐릿해졌다.

쫘악.

어느새 탁자 너머로 날아온 비검은 유월의 멱살을 움켜쥐고 있었다.

동시에 유월의 왼손도 그녀의 멱살을 움켜쥐었다.

그 놀라운 반응 속도에 비검의 눈빛에서 한기가 쏟아졌다.

"비운성의 의도가 뭐지?"

그것은 유월이 묻고 싶은 말이었다.

쫘아앙!

비검이 유월을 밀어붙였고 벽이 부서질 듯 진동하며 흔들렸다.

두 사람의 몸에서 마기가 솟구쳐 올랐다. 유월의 호신강기가 극으로 올려지자 온몸에서 푸른빛이 흐르기 시작했다. 그에 반해 비검의 호신강기는 붉은 빛깔이었다. 두 개의 색이 얽히면서 싸움이 시작되었다.

쐐애애액!

유월의 나락도가 허공을 갈랐다.

비검의 예상을 뛰어넘는 엄청난 속도였지만 놀람이 죽음으로 이어지는 것은 하수들의 이야기.

따앙—

비검이 손가락으로 나락도를 튕겼다.

손아귀가 찢어졌지만 유월은 나락도를 놓치지 않았다.

쐐애애애액!

다시 한 번 그녀의 가는 허리를 양단하려던 순간, 나락도가 허공에서 멈춰 섰다.

어느새 비검의 눈빛에서 붉은 광채가 흘러나오고 있었다.

마안(魔眼), 상대의 정신을 지배하는 혈령인혼술(血靈引魂術)이 펼쳐진 것이다.

"네가 아는 모든 것을 말하라."

깊은 동굴 속의 메아리처럼 울리는 그녀의 목소리에는 거부할 수 없는 권위가 담겨 있었다.

어떤 대답이라도 반드시 나와야 할 절대마공이었음에도 유월은 비검의 상식을 깨뜨리고 있었다. 어금니를 악문 유월의 입은 열리지 않았다.

비검의 눈에서 폭사되는 붉은 광채가 더욱 강렬해졌다.

"꿇어라!"

유월의 신형이 미친 듯이 떨리기 시작했다.

"혈령인혼술은 그 누구도 저항할 수 없다."

그러나 이내 그녀의 그 말은 허언이 되었다.

금방이라도 무릎을 꿇을 것 같았던 유월이 고개를 번쩍 쳐들었다. 그와 동시에 유월의 두 눈에서 푸른 광채가 뿜어져 나왔다.

"…설마? 이런 미친!"

비검의 놀람은 충격을 넘어 경악으로 치달았다.

유월의 눈에서 푸른 광채가 쏟아져 나온 것이다.

마안. 유월 역시 마안을 펼쳐 낸 것이다.

비검이 펼친 혈령인혼술과 같은 성격의 절대마공인 제혼마령술(制魂魔靈術)이 펼쳐진 것이다.

이번에는 유월의 목소리가 웅혼하게 울리기 시작했다.

"네 진정한 정체가 뭐지?"

제혼마령술 역시 거부할 수 없는 절대마공.

상식을 깨는 것은 유월만이 아니었다.

"지랄!"

대답 대신 비검의 입에서 앙칼진 욕설이 터져 나왔다.

마안 대 마안의 대결이 계속 이어졌다.

붉고 푸른 두 광채가 그들 주위를 휘몰아치며 맴돌기 시작했다. 마치 두 마리의 용이 두 사람의 사이를 날며 자웅을 겨루는 그런 형상이었다.

유월의 제혼마령술은 그녀의 혈령인혼술의 위력과 박빙이었다.

상대의 혼을 지배하는 마공은 내공보다 시전자의 정신력과 깊은 관련이 있기에 가능한 결과였다.

유월의 눈이 귀신처럼 찢어지기 시작했다.

그 강력한 위력에 비검이 서서히 밀리기 시작했다. 설마 자신의 혈령인혼술을 감당해 내는 인간이 있으리라 생각하지 못한 탓이었을까?

결국 비검이 먼저 마안을 풀며 일장을 날렸다.

쐐애애앵!

비검의 마안이 풀리는 순간 유월의 마안도 사라졌다.

퐈아아앙!

날아드는 장력을 왼손으로 맞받아치며 유월이 뒤로 튕겨져 날아갔다.

그와 동시에 나락도가 허공을 가르며 뇌격세를 쏟아내기 시작했다.

번쩍! 번쩍!

섬광이 연이어 번쩍였다.

파파파파팍!

유월에게서 떨어져 나간 비검이 이형환위(移形換位)의 보법으로 허공을 누볐다.

사방 벽에 연이어 벼락 문양이 찍히며 타오르기 시작했지만 일곱 평 공간의 주인은 비검이었다.

파앙!

쏟아지는 벼락을 피해낸 비검의 장력이 다시 한 번 발출되었다. 앞서와는 비교할 수 없을 정도로 매서운 공격이었다.

'피할 수 없다!'

호신강기를 극으로 끌어올린 유월의 가슴에 장력이 강타했다.

꽝!

유월이 뒤쪽 벽을 부수며 날아갔다.

분명 그 공방의 승리자는 비검이었다. 하지만 그녀의 눈빛은 승자의 그것이 아니었다.

"흑풍대주 따위가 구화마도식을 익히고, 제혼마령술로 날 잡아먹으려 들었단 말이지. 그런 너와 맞서야 할지도 모르는데 내게 한마디도 해주지 않고 내려 보냈단 말이지?"

유월이 해야 할 말을 그녀가 하고 있었다. 아마도 비검을 보낸 쪽도 자신을 보낸 비운성처럼 모든 것을 말하지 않고 내려 보낸 모양이었다.

충성스런 유월이 그저 목구멍으로 삼켰던 말이 그녀의 입을 통해 나왔다.

"노인네… 도대체 무슨 생각을 하는 거지?"

그녀가 말한 노인이 누군지 알 수 없었지만 유월의 입장에서 그는 바로 비운성이었다. 그녀의 의문보다 유월의 의문은 훨씬 컸다.

강호서열 칠위란 극강의 무공으로도 바닥을 구르고 아픈 상처를 참으며 흙먼지를 털어내야 하는, 그야말로 미쳤다고밖에 표현할 수밖에 없는, 미친 마인들이 날뛰는 곳에 비설을 내려 보낸 비운성의 속마음은 그야말로 짐작조차 할 수 없었다.

만약 자신을 믿고 내려 보냈다면 그건 잘못된 선택이었다.

이대로라면 결국 죽게 될 테니깐.

부서진 파편 사이에서 유월이 서서히 일어났다.

얼굴의 흙먼지를 스윽 닦아내는 유월의 눈빛은 달라져 있었다.

온몸의 내력이 미친 듯 날뛰고 있었다. 강한 상대를 만날수록 더욱 강한 마기를 발휘하는 것이 구화마공. 그것이 만년한철보다 강한 유월의 마음과 만나자 엄청난 마기를 쏟아내기 시작한 것이다.

찌이이익.

유월이 옷자락을 찢었다. 그리고 그것으로 나락도가 떨어지지 않도록 손잡이와 손을 칭칭 감았다.

질끈.

유월이 나락도를 동여맨 천을 입으로 잡아당겨 단단히 매었다. 주인의 결연한 마음을 느꼈는지 움켜쥔 나락도가 길게 울기 시작했다.

부서진 벽의 구멍으로 비검이 걸어나왔다.

"가짜 주제에 이 정도란 말이지."

꿈틀.

유월의 상처가 일그러졌다.

가짜란 말이 비수처럼 날아와 심장에 박혔다. 상처난 심장에서 귀면의 마지막 물음이 피처럼 흘러나왔다.

"난 천마신교의 귀면이네. 자넨 누군가?"

그때 하지 못한 대답을 이제 할 때이다.

유월이 쩌렁쩌렁하게 소리쳤다.

"난 천마신교의 유월이다! 이십 년을 그렇게 살아왔고 또 앞으로도 그렇게 살아갈 것이다!"

비검의 표정에서 읽을 수 있는 감정은 구 할의 비웃음과 일 할의 연민이었다.

"넌 이십 년을 속은 거야."

거짓이 아니란 느낌이 유월을 괴롭혔다.

한줄기 밤바람이 불어왔다. 유월의 복잡한 심정을 바람은 그저 시원하게 감싸 안아줄 뿐이었다.

"어쩌면… 그럴지도 모르지."

자연스럽게 유월의 시선이 하늘을 향했다.

반짝이는 별들이 묻는 것만 같았다. 그녀의 말이 진실이라면 어찌하겠냐고?

유월 특유의 그 무뚝뚝한 미소가 달빛 아래 번져 나갔다.

그 미소를 보는 순간 비검의 마음이 살짝 아려왔다. 죽음을 앞두고 저런 미소를 짓는 사내라면? 죽이고 싶지 않다는 무의식의 반응이었다. 비검의 미간이 살짝 좁아졌다. 불쾌한 감정이었다.

그 분노의 불씨에 유월이 기름을 부었다.

"난 교주님을 믿는다. 앞으로 백 명의 또 다른 네가 나타나 개소리를 하더라도 난 교주님을 믿는다. 오늘 죽어 염왕이 날 비웃는다 하더라도 난 거부한다. 속고 있는 것은 바로 너다!"

비검의 눈빛이 살짝 흔들렸다. 어리석은 발악이라 확신했지만 유월의 말에는 진실조차 부정하는 믿음이 담겨 있었다.

"개소리 마."

말이 끝나는 순간 이미 비검의 주먹은 유월의 가슴에 박혀들고 있었다.

본능적으로 몸을 비튼 유월의 팔꿈치가 비검의 안면을 강타했다.

두 공격 모두 허공을 격했다.

가아아앙―

두 호신강기가 스치며 괴이한 소리를 만들어냈다.

꽈앙!

다시 혼신의 힘이 담긴 두 주먹이 허공에서 격돌했다.

꽈르릉!

뒤로 튕겨 나간 유월이 이번에는 별채를 둘러싼 담벼락을 무너뜨리며 쓰러졌다.

비검 역시 주르륵 뒤로 밀렸지만 고작 다섯 걸음 정도였다.

"날 밀어내?"

그녀의 놀람은 어김없이 분노로 이어졌다.

비검이 땅을 박차고 허공으로 날아올랐다.

퍼엉! 퍼엉!

그녀의 쌍장이 교차하며 연이어 허공을 격했다.

무너진 담장이 가루가 되어 날아올랐다. 마치 모든 것을 소멸시켜 버리겠다는 의지처럼 그녀의 장력이 비처럼 쏟아졌다.

파파파파!

피어오르는 먼지 속에서 섬광이 번쩍했다.

기이이잉—

그녀의 팔목에서 기이한 소리가 울려 퍼졌다. 뇌격세가 다시 날아들었고 미처 피하지 못한 그녀가 호신강기로 막아낸 것이다.

유월의 무공은 그녀의 예상을 훨씬 뛰어넘고 있었다.

은은히 피어오르던 그녀의 호신강기가 붉게 타오르기 시작했다.

가라앉기 시작한 먼지 속에서 유월이 걸어나오고 있었다.

극성으로 끌어올린 호신강기 탓에 내력의 반이 달아났지만 유월의 기세는 두 배가 되어 있었다. 어둠 속에서 푸른 마기를 뿜어내는 유월의 모습은 그야말로 마귀의 모습이었다.

비검은 심장이 차가워짐을 느꼈다.

싸움을 시작한 이래 처음으로 살기가 솟구쳤다. 이제 여유가 사라진 것이다.

비검의 입에서 섬뜩한 말이 흘러나왔다.

"방금 발악으로 지옥문이 열렸다."

유월이 씩 웃었다. 이미 자신은 들어갈 준비가 되었다는 미소였다.

두 사람이 서로를 향해 박차고 날아올랐다.

빠악!

날아드는 나락도를 피하며 비검의 수도가 유월의 목을 강타했다.

튕겨져 날아가던 나락도가 혈격세를 뿜어냈다.

쇄애애애액!

수십 가닥의 강기가 그녀에게 쏟아졌다.

그녀가 양손으로 얼굴을 보호했다.

펑! 펑! 펑!

혈격세를 호신강기로 모두 튕겨낸 그녀가 고개를 처들었다.

나락도가 그녀의 머리를 쪼개기 위해 날아들고 있었다.

깡!

살과 칼이 부딪쳤지만 들리는 소리는 쇳소리였다.

비검이 맨손으로 나락도를 움켜쥐었다. 마치 자력에 이끌린 쇠붙이처럼 나락도는 그녀의 손에서 떨어지지 않았다.

그녀를 떼어놓기 위한 유월의 발길질이 날아들었다.

쉬이잉!

순간 그녀의 몸이 공중제비를 돌았다.

빠악!

먼저 공격을 가했지만 턱을 강타당한 것은 유월이었다. 속도의 차이였다.

우우우웅!

나락도를 잡아당기자 유월이 끌려왔다.

빠악!

다시 비검의 주먹이 유월의 가슴을 강타했다.

울컥.

유월의 입에서 뿜어져 나온 피가 비검의 얼굴을 덮쳤다.

비검이 고개를 돌려 피를 피했지만 몇 방울 얼굴에 튀었다. 처음 겪는 그 불쾌함이 그녀의 마음을 지배한 그 찰나의 순간.

빡!

유월의 이마가 비검의 턱을 강타했다.

나락도를 놓은 비검이 순식간에 몇 장 뒤로 날아갔다.

낭패한 얼굴의 비검이 인상을 찌푸렸다. 설마 유월이 박치기라는 삼류들의 싸움 방식을 걸어올 줄은 상상하지 못한 것이다.

한마디 욕설을 내뱉으려던 비검이 입을 닫았다.

"후우, 후우."

나락도에 의지한 채 거칠게 숨을 몰아쉬며 자신을 노려보는 유월의 눈빛.

욕설 따윌 들을 눈빛이 아니었다. 오직 상대는 자신을 죽이기 위해 모든 정신을 집중하고 있었다.

비검의 붉은 안광이 서서히 원래의 모습으로 돌아갔다.

입가의 피를 스윽 닦으며 비검이 차분하게 말했다.

"이제 진짜로 해볼까?"

그녀가 품속에서 무엇인가를 꺼냈다.

그 어떤 장식조차 달리지 않은 검붉은 빛을 내는 한 자루의 비수였다.

"내 진짜 무공을 보여주지."

지금까지 간신히 버텨온 것도 기적 같은 일이었다. 구화마공의 호신강기였기에 가능한 싸움이었다.

이제 본 무공이 나온다면 그 결과는 두말할 필요가 없을 것이다.

게다가… 유월은 그녀가 꺼낸 비수가 무엇인지 정확히 알 수 있었다.

간신히 호신강기로 버텨온 그였기에 그 허탈함은 이루 말할 수 없었다.

절대비도(絶對飛刀).

혈옥수, 아수라와 함께 그 어떤 호신강기도 무시한다는 강호삼대비도 중의 하나인 절대비도.

그것이 강호서열 오위인 비검의 손에 들린 것이다. 비도술의 극의인 무형비를 버리고 다시 한 자루의 유형의 비수로 되돌아간 그녀의 무공이었다.

수십 가닥의 무형 강기가 비수가 되어 날아드는 최강의 무형비는 이제 그녀가 보여줄 위력에 비하면 잔칫날 연희거리에 불과할 것이다.

그녀의 손바닥 위에 절대비도가 떠올랐다.

유월이 정신을 집중하고 나락도를 가슴 앞으로 치켜세웠다.

비검의 입가에 비웃음이 서리는 순간.

쉥!

따앙!

유월의 가슴 앞에 비껴 세워진 나락도가 부들부들 떨리고 있었다.

날아든 절대비도를 유월은 볼 수 없었다. 단지 본능만으로 그것을 쳐낸 것이다. 튕겨냈던 비도는 어느새 비검의 손에 다시 들려 있었다.

우우우우우웅―

나락도의 구슬픈 울음이 밤하늘에 울려 퍼졌다. 위기를 감지할 때마다 울었던 평소의 울음이 아니었다. 상대를 제압하기 위해 울었던 그 웅장한 울음도 아니었다.

그것은 분명… 아파서 우는 울음이었다.

'…나락.'

유월이 나락도에 내력을 주입했다. 친구의 어깨를 두드려주는 마음이 담긴 내력이었다.

유월의 마음을 느낀 것일까? 나락도의 울음소리가 잦아들었다.

성!

번쩍!

뇌격세와 무형비가 허공을 교차했다.

서걱.

밤공기에 기다란 핏줄기가 흩뿌려졌다.

반쯤 몸을 비튼 유월의 어깨에서 피가 흘러내리고 있었다. 호신강기가 찢기고 어깨에 차고 있던 수호갑은 걸레가 되어 어디론가 날아가 버렸다. 피하지 못했으면 가슴이 꿰뚫렸을 것이다.

반면 비검은 붉은 안광을 내뿜으며 제자리에 그대로 서 있었다. 그녀의 뒤쪽 벽에서 벼락 문양이 타오르고 있었다. 그녀는 벼락을 피했고 그 와중에 절대비도까지 회수한 상태였다.

유월이 차분하게 어깨의 혈도를 짚어 지혈했다.

비도술을 사용하는 고수와의 싸움에서 이기려면 방법은 오직 하나뿐이었다.

'거리!'

비도를 날릴 거리를 주지 않으면 되는 것이 일반적인 무리(武理)였다.

문제는 그 일반론이 통하지 않는 상대란 것이었다. 오히려 달아나야 했다. 지금보다 가까워지면 피하는 것조차 불가능해질 것이다.

셩!

깡!

나락도로 튕겨낸 비도가 허벅지를 찢고 지나갔다. 어떤 식으로 쳐내도 절대비도는 반드시 비검에게 회수되고 있었다. 마치 그녀에게 수십, 수백 자루의 절대비도가 있다는 착각이 들 만큼.

유월이 다시 혈도를 짚어 출혈을 막았다.

이제 바닥을 드러낸 내력으로 몇 번의 공격을 막아낼 수 있을까?

그나마 나락도였기에 부러지지 않고 버티고 있었다.

절대 이길 수 없는 상대란 생각이 들면서 강철 같은 유월의 마음에 금이 가기 시작했다.

'이길 수 없다.'

죽음에 대한 두려움 따윈 없었다. 그저 조금 서글픈 정도였다.

'그래. 이만하면 됐어.'

죽음을 각오하자 오히려 마음이 차분해졌다.

가슴을 수비하던 나락도가 아래로 내려왔다.

수우욱.

나락도가 땅바닥에 박혔다. 유월이 한 손으로 나락도를 의지한 채 하늘을 올려다보았다.

절대비도는 날아들지 않았다. 유월이 싸움을 포기했다는 것을 느낀 것이다. 비검의 시선이 잠시 유월을 따라 밤하늘로 향했다.

귀면과의 일전 때처럼 밝은 달이 두 사람을 내려다보고 있었다.

유월은 문득 비운성의 얼굴을 떠올랐다. 언제나 자신을 믿어줬던 주인이었다. 때론 큰형님처럼, 때론 아버지처럼. 그 모든 것이 위선이었을까?

'그렇다 하더라도.'

상관없다는 생각이 들었다. 그걸로 족했다.

어차피 사람들은 저마다 살아가는 방식이 다른 법이다. 사도빈과 같은 사람이라면 두 팔과 두 다리가 모두 잘린다 하더라도 숨을 쉬는 마지막 순간까지 모든 음모를 끝까지 파헤치려 할 것이다. 그게 그 사람의 성격이니까.

하지만 자신은 달랐다. 비운성이 지금까지 보여준 사랑만으로도 충분했다. 그게 진실이든, 위선이든.

유월이 두 손을 앞으로 내밀었다.

우우우웅―

마지막 남은 한 방울까지 쥐어짜듯 모든 내력을 끌어올렸다. 그의 손바닥을 통해 남아 있던 모든 내력이 허공으로 흩어져 나갔다.

언제나 유월을 지켜주었던 푸른빛의 호신강기가 서서히 옅어져 사라졌다.

이제 유월의 몸에는 그 어떤 내력도 남아 있지 않았다.

죽는다면 단 한 줌의 구화마공의 내력을 남겨둬서는 안 된다고 생각했다.

이 싸움에 지는 것은 구화마공이 아니라 자신이라는 상징적인 의미였고 그것이 바로 비운성에 대한 마지막 예의였다.

내력을 모두 버리자 오히려 마음이 편안해졌다.

화끈.

기이한 열기가 가슴에서 일었다. 그것이 무엇인지 유월은 느낄 수 있었다.

오색혈수인의 상처가 뜨거워지기 시작한 것이다.

복수를 하지 못하고 죽게 되어서일까?

달 속에서 환하게 미소 짓는 동생의 얼굴이 떠올랐다.

'이제 만나러 간다!'

마교에 들어온 이래 가장 평온한 미소가 지어졌다.

"칼을 들어!"

비검의 카랑카랑한 외침에도 유월은 들은 척도 하지 않았다.

쉉!

퍽!

왼쪽 어깨가 꿰뚫리며 피를 뿜어냈다. 끔찍한 고통이 밀려들었다. 호신강기 없이 이렇게 살이 찢겨본 적이 언제였던가?

유월은 이제 지혈조차 하지 않았다.

쉉!

퍽!

다시 날아든 절대비도가 허벅지를 꿰뚫었다. 피가 분수처럼 일었다. 크게 휘청거렸지만 나락도에 의지한 채 유월은 쓰러지지 않았다.

우우웅―

내력을 주입하지 않았음에도 나락도가 울기 시작했다.

'그동안 수고 많았다.'

유월은 그저 유일한 친구였던 나락도에 의지한 채 하늘만

올려다보았다. 계속되는 출혈에 서서히 시야가 흐려지기 시작했다.

비검이 악을 쓰듯 소리쳤다.

"칼을 들어 막으라고 했다!"

여전히 달을 응시하며 유월이 물었다.

"왜 망설이지?"

쉽게 대답할 수 없는 물음이었다. 그녀가 입술을 지그시 깨물었다.

죽이고 싶지 않다는 자신의 마음을 어떻게 설명할 것인가? 오늘 유월을 죽이면 평생의 상처가 될 것 같은 그 마음을 어떻게 전할 것인가? 그녀의 마음은 유월이 귀면을 죽인 후의 그 후회스런 마음과 비슷했다.

유월이 고개를 내려 비검을 바라보았다.

유월이 희미하게 웃었다. 마지막으로 하고 싶은 말도, 묻고 싶은 말도 많았지만 미련 따윌 안고 죽고 싶지 않았다.

"누구의 믿음이 옳은지 모르겠지만… 너도 마인이고, 나도 마인이다."

마인이란 말에 비검의 마음이 울컥했다. 유월의 눈빛이 말하고 있었다. 각자의 믿음대로 살다 가자고. 마인답게 화끈하게 보내달라고.

비검은 더 이상 망설이는 것은 상대를 모욕하는 행위에 불과하다는 생각이 들었다.

생기를 잃어가는 유월의 눈빛이 마지막 빛을 발했다.

"…괜찮아."

절대비도가 비검의 손바닥 위에 떠올랐다.

"젠장! 안 괜찮으면!"

비검이 비도에 자신의 모든 내력을 실었다. 돌아가면 이후 십 년간은 강호에 나오지 않겠다는 다짐을 하면서.

쉬이이이이잉!

유월의 심장을 향해 절대비도가 그녀의 손을 떠났다. 자신조차도 막지 못하는 혼신의 힘을 다한 공격이었다.

동시에 비검이 돌아섰다. 유월이 쓰러지는 것을 보고 싶지 않았다.

그녀의 오른손이 빈 허공을 움켜쥔 순간.

그녀의 가슴이 철렁 내려앉았다. 회수되어야 할 절대비도가 돌아오지 않은 것이다.

그녀가 서서히 돌아섰다.

그녀의 두 눈이 부릅떠졌다.

유월이 합장하듯 모은 양손에 들린 것은 분명 절대비도였다.

'이거 뭐지?'

경악보단 혼돈이 앞서는, 그것은 절대 불가능한 광경이었다.

유월의 두 눈에서 붉은 광채가 쏟아져 나오기 시작했다. 유월이 지닌 강기와 기운은 푸른빛, 분명 그것은 유월 고유의 기운이 아니었다.

과연 비검을 바라보는 유월의 눈동자는 이미 이지(理智)를 상실한 상태였다.

"으아아아아아악!"

유월의 입에서 참혹한 비명이 터져 나왔다.

화르르르륵!

가슴의 오색혈수인이 온몸을 태울 것처럼 타오르고 있었다.

유월의 비명이 극에 달하는 순간 유월의 마기가 폭발했다.

쏴아아아아아앙!

마치 태양이 폭발해 사방으로 불덩이가 날아가듯 유월의 마기가 물결처럼 사방으로 터져 나갔다.

비검이 마기에 휩쓸려 뒤로 날아갔다.

와직.

별채 기둥을 부수고도 그녀는 다시 뒤쪽 벽을 부수며 쓰러졌다.

반쯤 무너져 내린 건물 사이에서 비검이 일어났다.

울컥.

비검이 한 사발의 피를 토해냈다. 칼날처럼 날아든 마기로 기혈이 뒤틀리고 큰 내상을 입은 상태였다.

"…말도 안 돼!"

그녀가 비틀거리며 밖으로 걸어나왔다.

거대한 존재감이 그녀를 엄습했다.

그녀의 시선이 서서히 유월을 향했다.

무엇인가 거대한 것이 유월의 뒤에 서 있었다.

비검의 시선이 다시 위쪽으로 향했다.

"서, 설마?"

경악에 찬 비설의 음성이 덜덜 떨리기 시작했다. 온몸의 솜털이 일제히 곤두섰고 심장이 미친 듯이 뛰었다.

사람의 열 배쯤 되는 거대한 무엇인가가 유월의 뒤에 서 있었다.

"천, 천마혼!"

구화마공이 극성에 달하면 만들어낼 수 있다는 마교 무공의 극의.

바로 천마혼이었다.

마존들조차 마주 보면 오금이 저려 제대로 서 있을 수조차 없다고 알려진 무서운 악귀상의 천마혼.

하지만 지금의 천마혼은 비운성의 그것과 달랐다.

대대로 전해져 온 구화마공의 천마혼이 검은빛을 낸다면 지금의 것은 한 가지 색이 아니었다.

달빛 아래 도도하게 선 천마혼이 은은하게 스스로의 빛깔을 바꾸고 있었다.

적, 황, 청, 자, 흑.

그것은 유월의 가슴에 새겨진 오색혈수인의 색과 같았다.

"오색천마혼!"

여전히 유월의 눈에서는 붉은 광채만이 뿜어져 나오고 있었다.

유월이 손을 내미는 순간.

휘리리리릭.

그녀의 몸이 무기력하게 유월에게로 날아갔다.

유월이 그녀의 목을 거칠게 움켜쥐었다.

금방이라도 목을 부러뜨릴 것 같은 강력한 힘에 비검은 숨이 막혀왔다.

비검이 억지로 내력을 끌어올리려 했지만 극심한 고통과 함께 다시 피를 토해냈다.

유월이 얼굴에 피를 뒤집어썼고 그 모습은 그야말로 지옥에서 바로 튀어나온 악귀의 모습과 다르지 않았다.

유월이 바닥에 박혀 있던 나락도를 뽑아 들었다.

나락도가 허공으로 치켜들렸다.

동시에 오색천마혼 역시 유월과 같은 동작으로 손을 치켜들었다. 그것의 손에도 거대한 나락도가 들려 있었다.

'죽는다.'

비검의 두 눈이 질끈 감겼다. 피할 수도 막을 수도 없었다.

마지막 드는 의문이 그녀의 입에서 힘없이 흘러나왔다.

"어떻게 네가… 그분의 무공을 익힌 거지?"

그 말을 듣자 유월이 잠시 망설였다. 찰나간 지배에서 벗어난 것이다.

우우우우웅—

그 순간만을 기다렸다는 듯 나락도가 미친 듯이 울기 시작했다. 마치 지금까지의 구화마공이 아닌 다른 내력을 받아들이지 않겠다는 듯. 변해 버린 유월을 되돌리겠다는 신물의 울음이었다.

동시에 오색천마혼이 으르렁거리기 시작했다.

크아아아아아앙!

분노였다. 자신의 힘을 받아들이지 않는 가소로운 존재에 대한 거대한 분노.

천마혼의 마기에 비검이 다시 피를 토해냈다. 뒤틀린 기혈이 다시 진동하며 극심한 고통이 그녀에게 밀려들었고 서서히 그녀는 정신을 잃어가고 있었다.

우우우우우웅—

나락도가 마지막 힘을 다해 울었다. 금방이라도 부서질 것 같이 나락도가 미친 듯이 진동했다.

쉬이이이익!

유월의 붉은 안광에서 푸른 빛이 새어 나오기 시작했다. 오랜 기간, 구화마공의 내력을 받아왔던 나락도의 힘을 유월이 받아들이기 시작한 것이다.

의식을 잃어가는 과정에서도 비검은 느낄 수 있었다. 유월이 오색천마혼의 의지와 싸우고 있다는 것을.

"아아아아아아악!"

유월의 비명 소리가 천마혼의 울부짖음과 뒤섞였다.

마지막 순간, 유월의 눈을 푸른 광채가 지배했다.

휘이이이유—

천마혼의 형상이 흩어지며 오색의 기운으로 바뀌었다.

유월의 몸을 뱀처럼 휘감아 돌던 오색의 기운이 몸속으로 빨려 들어갔다.

그렇게 붉은 광채도, 푸른 광채도, 오색의 광채도 모두 사라졌다.

기운이 모두 흡수되는 순간, 유월이 짚단처럼 쓰러졌다.

창백해진 얼굴로 유월을 내려다보던 비검이 힘겹게 입을 열었다.

"…넌… 도대체… 누구……."

말을 채 끝내지 못하고 비검도 쓰러졌다.

주위는 이내 적막에 잠겨들었고, 오직 고고한 달빛만이 나란히 누운 두 사람을 비춰줄 뿐이었다.

第二十三章

청풍표국

魔刀霸爭

"오라버니!"

유월을 애타게 부르며 비설이 눈을 번쩍 떴다.

최악의 악몽이었다. 유월이 참혹한 모습으로 죽음을 맞는.

"나쁜 꿈이라도 꿨어?"

걱정스런 눈빛을 보내온 사람은 침상 옆 탁자에서 옷가지를 개던 무옥이었다. 탁자 위에 놓인 차 주전자에서 모락모락 김이 나오고 있었다.

'왜 그런 꿈을 꾼 거지?'

처음으로 자신의 꿈에 유월이 나왔는데 그 꿈이 악몽이니 왠지 비설은 기분이 좋지 못했다.

비설이 몸을 일으켜 앉았다. 향기로운 차 향이 밤새 악몽에 시달린 그녀의 기분을 위로해 주었다.

"내가 언제 잠이 든 거지?"

"술 마시다 잠들었어. 많이 피곤했나 봐."

진패를 통해 어제 일에 대해 일체 함구하라는 명령을 받은 무옥이었다.

"그래? 이상하네. 한 번도 이런 적이 없었는데."

"아직 새벽이야. 더 자."

"아냐. 꿈자리도 뒤숭숭하고. 그만 일어날래."

비설이 크게 기지개를 켠 후 침상에서 내려왔다. 창문을 활짝 열자 동틀 무렵의 여명이 서서히 지평선을 밝히고 있었고, 송가장의 정경이 한눈에 들어왔다.

"어, 우리 표국이 아니네. 여기 와서 잔 거야? 여긴 어떻게 왔지?"

"내가 부축해 왔지."

저 멀리 요리 재료를 챙겨 들고 정원을 가로질러 걷고 있는 노씨 부부의 모습이 보였다. 표국에서 상주하며 일하기로 한 그들이 송가장에 있으니 조금 의아한 마음이 들었다.

"참, 비검 언니는 돌아갔어?"

옷을 개던 무옥의 손길이 잠시 멈췄다. 이내 그녀가 대수롭지 않게 말했다.

"벌써부터 언니 대접은 조금 이른 게 아닐까? 뭐 하는 사람인지도 잘 모르잖아."

"그렇긴 하지만……."

"미인끼리는 통하는 뭔가가 있다?"

"은근히 뼈 있네."

"예쁜 것들이 싸가지없다는 말은 옛말이잖아. 요즘이야 예쁜 사람이 집안도 좋고, 착하고, 고생없이 자라 구김살도 없고."

"흐음. 어제 내가 술 먹고 실수라도 한 거지?"

무옥이 한옆에 준비된 물이 담긴 큰 그릇을 들고 탁자 위에 올렸다.

"실수 같은 것 안 했습니다요. 자, 우리 아가씨. 세안부터 하시지요."

무옥의 표정은 밝았다. 비설이 무사한 것만 해도 하늘에 감사해야 할 일이었다. 하찮은 질투 따윈 부끄러운 일이었다.

참방참방.

"앗, 고양이 세수 하지 말고."

"그냥 대충해도 예쁘잖아. 아시면서."

"소문낸다. 천하의 비설이 세안도 제대로 안 하고 돌아다닌다고."

"흥! 그럼 널 내 자식의 유모로 삼아버리겠어. 잔소리는 그 애들에게나 하시지."

'풋' 하고 무옥이 웃음을 터뜨렸다. 비설이 손에 묻은 물을 무옥에게 튕겼다.

세안을 마친 비설이 하얀 무복으로 갈아입었다.

창가에 선 비설이 조금 걱정스럽게 말했다.

"아, 오늘은 표사들이 좀 모여야 할 텐데."

아침 햇살에 새하얀 비설의 피부가 반짝였다. 차를 따라 와 건네던 무옥이 다시 한 번 그녀의 아름다움에 감탄했다.

"왜 아침부터 그렇게 쳐다봐?"

"예뻐서."

"싱겁긴."

비설이 차를 마셨다. 새벽 공기의 차가움이 따스한 차와 어울리며 상쾌한 기분을 느끼게 해주었다.

무옥이 개어둔 옷가지를 벽장 속에 정리하기 시작했다.

비설이 문 쪽으로 걸어가자 무옥이 물었다.

"어디 가?"

"어딜 가다니? 표국으로 출근해야지. 오라버니도 뵙고."

"대주님?"

무옥의 표정에 살짝 걱정이 스쳤고 대번에 비설의 눈이 가늘어졌다.

"무슨 일 있어?"

"아니."

"수상해."

"자, 아가씨. 포교 놀이는 그만 하시고 이거나 챙기시지요."

무옥이 비설에게 면사를 챙겨주었다. 비설이 무옥의 얼굴에 바짝 붙어 수상한 눈길을 보냈지만 무옥은 어깨를 으쓱거릴 뿐이었다.

"안 가?"

문을 열고 나가려던 비설이 돌아보자 무옥이 침상 정리를 하며 대답했다.

"먼저 가. 난 치울 게 많아서."

"갑자기 부지런해지셨어. 정말 유모로 인생 설계 새로 한 거야?"

고개를 갸웃거리며 비설이 방문을 열고 나왔다.

"앗?"

비설이 깜짝 놀랐다. 문밖 복도에 십여 명의 흑풍대원들이 늘어서 번을 서고 있었는데 그들은 삼조원들이었다.

복도 끝 작은 의자에 앉아 있던 검운이 그녀 쪽으로 걸어왔다.

"검 오라버니?"

"일어나셨습니까?"

"무슨 일이죠?"

"오늘은 저희 흑풍대의 특별 훈련 날입니다."

다시 한 번 비설이 복도에 늘어선 대원들을 살폈다. 과연 검운의 말처럼 그들은 수호갑과 비격탄까지 갖춰 들고 있었다.

"설마 밤새 절 지켜주고 계셨나요? 아직 몸도 불편하시면서."

"아닙니다. 아침부터 시작된 훈련입니다."

검운이 딱 잘라 말했지만 그의 얼굴에는 숨길 수 없는 피곤함이 서려 있었다. 밤새 한잠도 자지 못한 것이 틀림없었다.

"그럼 전 방에서 못 나가는 건가요?"

"송가장 내에선 자유롭게 다니셔도 됩니다. 단, 훈련이 끝날 때까진 제가 모실 겁니다."

"흐음."

총명한 비설이었다. 확실히 이상한 느낌을 받고 있었다. 무옥의 태도도 그렇고 난데없는 훈련도 그러했다.

"유 오라버니는 어디 계시죠?"

과연 검운의 대답은 한 박자 늦게 나왔다.

"볼일이 있으셔서 잠시 출타하셨습니다."

확실히 어제와는 다른 오늘이었다. 의구심을 감춘 채 비설이 삼조원들을 바라보며 가볍게 목례했다.

"오라버니들, 괜히 저 때문에 고생이 많으세요."

비설이 미안한 표정을 짓자 모두들 송구스런 얼굴이 되었다. 하지만 모두의 마음은 흐뭇해졌다.

세상에는 딸이란 이름의 수많은 여자들이 있지만, 그들에게 있어 천마의 딸이라 이름 붙은 이 아름다운 여인은 나머지

딸들을 모두 합친 것보다 소중한 존재였다. 자신을 아버지라 부르는 존재까지도 포함해서.

비설이 잠꼬대라도 죽으라는 명을 내리면 망설임없이 죽어야 하는 그들로서 그녀의 한마디 치하는 참으로 기분 좋은 것이 아닐 수 없었다.

게다가 오라버니라니. 삼조원들이 서로를 마주 보며 기분 좋은 미소를 지었다.

비설이 복도를 걸어 건물 밖으로 나왔다.

그 뒤를 한 발 뒤처져 따르며 검운이 엽평을 손짓해 불렀다.

"잠시 기관을 끄도록."

"알겠습니다."

지금 송가장은 쥐새끼 한 마리도 허락없이 들어올 수 없는 난공불락의 요새가 되어 있었다.

비설과 검운이 정원으로 나섰다. 과연 평소와는 장의 분위기가 달랐다. 담장 위아래는 물론이고 지붕 위까지 흑풍대원들 전원이 철통같이 지키고 있었다.

"다른 오라버니들은 어디 계시죠?"

"모르겠습니다."

"훈련 중 아닌가요?"

"……."

비설이 걸음을 멈췄다. 그녀가 검운 쪽으로 돌아보지 않은 채 말했다.

"검 오라버니, 무슨 일이 생긴 거죠? 그렇죠? 제겐 말해주셔도 되잖아요."

이미 무슨 일이 생겼다고 확신하는 그녀였다.

검운의 대답은 들리지 않았다. 결국 비설의 주특기가 발휘되었다.

그녀의 시선이 발끝으로 향했고 목소리는 듣는 사람의 가슴을 울릴 정도로 처연해졌다.

"아, 역시 오라버니도 절 어린애로 보시는군요. 그래요. 인정해요. 지금까지 전 철부지였으니까요. 오라버니들은 저를 짐이라 생각하시겠죠. 이럴 땐 아버님이 야속하기도 해요. 저를 강한 무인의 딸로 키우셨으면……."

천마까지 동원해서 비극의 여주인공으로 거듭나던 비설이 금방이라도 눈물을 흘릴 것 같은 얼굴로 몸을 돌렸다.

"앗?"

검운은 십여 걸음 떨어진 곳에서 엽평과 귓속말을 나누고 있었다. 자신의 말은 듣고 있지도 않았다.

원래 목소리로 돌아온 비설이 앙칼지게 소리쳤다.

"너무해요!"

그제야 검운이 미소를 지으며 다가왔다.

"뭐라고 말씀하셨죠?"

"흥! 됐네요."

비설이 성큼성큼 걸어갔다. 잠시 말없이 뒤따르던 검운이 말했다.

"아가씨를 철부지로 생각해서 그런 것이 아닙니다. 그냥 모든 것을 다 아실 필요가 없으신 겁니다. 때가 되면 아실 겁니다."

엽평과 대화를 나누면서도 자신의 말을 모두 들은 검운이었다. 비설의 마음이 조금 누그러지며 발걸음이 느려졌다.

"언젠가 알게 될 일이라면… 지금 숨길 필요도 없잖아요."

그러자 검운이 난데없는 질문을 던졌다.

"아가씨, 돈 버시면 무슨 일을 하실 겁니까?"

"네? 갑자기 그걸 왜?"

"혹시 저희를 무시해서 안 가르쳐 주시는 겁니까?"

"설마요? 그런 것 아니에요! 그냥 전 단지……."

나중에 다 알게 될 거란 말을 하려다 비설이 말문을 닫았다. 그 말은 방금 전 검운이 자신에게 했던 말인 것이다.

"오늘 일도 그런 차원의 일입니다. 그러니 전혀 섭섭해하실 필요가 없으십니다."

본디 말수가 적고 상대에 대한 배려와는 전혀 어울리지 않는 검운이었다. 그런 그가 다시 몇 마디 덧붙였다.

"제가 왜 대주님을 좋아하는 줄 아십니까?"

"왜죠?"

갑자기 유월 이야기가 나오자 비설이 호기심 가득한 눈빛을 반짝였다.

"사안에 따라 다르지만 대부분 대주님은 일일이 저희에게 묻지 않으십니다. 그분을 모르는 사람은 그것을 무관심이라 치부해 버릴지 모르지만 저희는 알고 있습니다. 그게 저희에 대한 믿음이란 것을."

"아."

"좋은 주인이란 그런 것이라 생각합니다. 가끔은 아랫사람의 일을 알면서도 모른 척해줄 수 있는 여유와 아량을 지녀야 한다고. 아가씨께서 좋은 주인이 되기를 바라는 마음에서 몇 말씀 드렸습니다. 죄송합니다."

정중하게 고개를 숙인 검운이 깜짝 놀라 고개를 들었다. 비설이 자신의 팔짱을 낀 것이다.

"아, 아가씨!"

당황해하는 검운에게 환하게 웃으며 그녀가 말했다.

"오라버니, 제 생각이 짧았어요. 앞으로 저, 실수가 많을 거예요. 그때도 꼭 이렇게 알려주셔야 해요. 절대 절 포기하면 안 돼요!"

비설의 진심이 느껴졌다. 사랑하지 않을래야 않을 수 없는 비설의 매력이었다. 주화입마에 빠지기 직전, 비설을 호위해 내려가는 임무에 대해 불만을 터뜨렸던 그였지만 이런 비설이라면 목숨이 아깝지 않다는 생각이 들었다.

검운이 억지로 팔짱을 풀었고 비설이 폴짝거리며 앞서 걸었다.

그렇게 두 사람이 산책하듯 송가장의 뒤채에 도착했을 때, 그곳에서 몇 사람을 만날 수 있었다.

고 노인이 조막과 신범에게 무엇인가를 지시하고 있었다. 어제 적표에게 얻어 터진 조막의 얼굴은 상처투성이였다.

그녀가 그쪽으로 다가가자 고 노인이 허리를 숙이며 정중한 인사를 건네왔다.

"국주님, 기침하셨습니까?"

아직은 어색한 국주란 호칭에 비설이 내심 부끄럽기도 하고, 기분이 좋기도 했다.

"아, 고 총관님. 일찍부터 수고가 많으시네요."

총관이란 말에 고 노인이 깜짝 놀랐다.

"총관이라뇨. 이 쓸모없는 늙은이는 그런 중임을 감당할 수 없습니다."

"헤헤, 죄송하지만 이미 결정을 내렸거든요."

"안 됩니다. 국주님, 재고해 주십시오."

그러자 비설의 태도가 달라졌다. 장난기 가득한 얼굴에 낯선 위엄이 들어섰다.

"제 판단을 믿지 않으시는 건가요?"

고 노인의 허리가 절로 굽혀졌다.

비록 반 장난이었지만 그녀가 지닌 원초적 위엄은 아버지 천마의 그것과 닮아 있었다. 일반인들이 감당할 바가 아니었다.

"목숨을 걸고 중임을 다하겠습니다."

이내 비설의 표정이 원래대로 돌아왔다.

"헤헤. 믿어요. 우리 고 총관님! 우리 힘내서 돈 왕창 벌어요!"

두 팔을 번쩍 치켜든 비설의 시선이 조막과 신범에게로 향했다.

"근데 이분들은?"

비설을 얼이 빠진 채 바라보고 있는 조막과 신범에게 고 노인이 뒤늦게 재촉했다.

"어서 인사들 하게. 국주님이시네."

엉거주춤 인사를 하는 그들의 모습에 간만에 피어올랐던 검운의 미소가 사라졌다.

검운은 그들이 못마땅했다. 그들이 유월과 인연이 닿아 있지만 않다면 결코 자신은 받아들이지 않을 인물들이었다.

물론 검운은 그들을 받아들인 유월의 의도를 이해하고 있었다.

설마 유월이 회계원이나 쟁자수가 없어서 저들을 뽑은 것은 아닐 것이다. 아무리 비설이 천마의 도움을 받지 않기로 약속을 했다지만, 유월이 은밀히 전서구 한 장만 날리면 수십, 수백의 유능하다 못해 하늘을 훨훨 나는 회계원과 쟁자수가 이곳으로 도착할 테니까.

하지만 유월이 그들을 뽑은 것은 최대한 비설이 교의 지원보단 강호인들 사이에서 일을 해나가길 바라는 마음일 것이다. 마기가 덜한 진명과 무옥을 뽑은 것 역시 그러한 이유일 테니까.

하지만 그건 유월의 입장이고 자신의 입장에선 못마땅한 일이었다. 그것은 불꽃의 정수를 향하는 순수, 즉 정통 마를 추구하는 검운의 결벽에서 기인하는 마음이기도 했다.

고 노인이 간단히 두 사람에 대해 소개했다. 앞으로 신범은 유설표국의 회계원으로, 조막은 쟁자수로 일을 하게 되리란 말을 마치자 비설이 미소를 지었다.

"앞으로 잘 부탁드려요."

정중하게 고개를 숙이는 신범에 비해 조막은 원래 기질을 버리지 못했다.

"으하하. 걱정 마십시오. 이렇게 아름다운 분을 위해서라면 불속인들 뛰어들지 못하겠습니까?"

딴에는 대범한 기백을 내세운 것이었지만 검운의 신경만 건드린 셈이 되었다.

고 노인과 간단한 작별을 고하고 비설이 먼저 돌아섰다. 그녀가 조금 멀어지자 검운이 조막에게 나지막이 말했다.

"앞으론 함부로 입을 놀리지 마라."

조막이 내심 발끈했지만 검운의 눈빛은 이미 차가울 대로

차가워져 있었다.

"알겠소… 이다."

그냥 돌아서려던 검운이 나지막이 한마디 내뱉었다.

"분위기 파악할 시간이 필요하겠지. 하지만 하나만은 반드시 알아둬라. 그때도 개지랄 떨면 내 손에 죽는다."

찬바람을 일으키며 검운이 비설의 뒤를 따랐다.

두 사람이 멀어지자 조막이 가슴을 쓸어내렸다.

"시벌. 무지 겁주는구먼."

그러자 고 노인이 차분하게 그를 달랬다.

"자넨 그 성질부터 죽여야 할 거야."

"타고난 것을 어찌 하루아침에 바꾼단 말이오."

"죽기 싫으면… 바꾸게."

딱 부러진 충고와 함께 고 노인이 멀어져 가는 비설과 검운의 뒷모습을 보며 말했다.

"이곳에 자네들이 발을 들인 이상… 자네들 인생은 이미 바뀌었네."

그것은 고 노인이 자신에게 하는 다짐이었다. 자신에게 주어진 마지막 기회를 살리기 위한 노력이기도 했다.

그 시각, 하오문 난주 분타 심을파의 집무실에는 오랜만에 큰손님이 주인의 자리를 차지하고 있었다.

하오문 본단에서 내려온 반월검(半月劍) 반승(班承)이 바로 그였다.

허리에 반달 모양의 검을 찬 반승은 오십대 중년의 옆집 아저씨와 같은 인상을 지녔는데, 그는 자신의 독심과 전혀 상관없이 타고난 그 좋은 얼굴로 지금껏 수많은 적들을 쓰러뜨린 하오문 칠대고수 중 하나였다. 그는 차기 부문주로 내정된 문내의 실력자이기도 했다.

용정차를 입 안에서 몇 번이나 굴려 음미하며 그가 눈을 지그시 감았다.

"대천산 마귀들이 와 있다지?"

"그렇습니다."

"문에서도 이번 일을 중요시 여기고 있네."

심을파가 고개를 끄덕여 공감의 뜻을 밝혔다.

"천마의 여식이 확실한가?"

몇 번이나 반복된 보고에도 반승은 믿기 어렵다는 눈치였다.

"흑풍대 전원이 따라왔습니다."

더 이상 무슨 설명이 필요하냐는 심을파의 말이었다.

천마의 여식이 하산한 이상 일이 잘못되면 혈겁이 일어날 수도 있는 일이었다. 반승이 직접 이곳까지 방문한 이유도 그 때문이었다.

"흑풍대 그 새끼들은… 꽤 사납지."

반승의 호기에 심을파는 필사적으로 비웃음이 나려는 것

을 참았다. 제아무리 하오문 칠대무인 중 하나라고 하지만 격이 다른 문제였다. 그것은 하오문과 천마신교란 두 단체의 압도적인 힘 차이와 같은 비유였다.

"그래, 하산 이유는?"

"아직 밝혀지지 않았습니다."

반승의 찻잔이 바닥을 드러냈다. 심을파가 공손하게 그의 잔을 채웠다.

반승이 개운치 않은 얼굴로 다시 물었다.

"주작단과 뇌각에도 소식이 들어갔겠지?"

주작단은 정도맹, 뇌각은 사도맹의 정보 기구로 사도빈이 평가한 순위는 주작단이 삼위, 뇌각이 사위였다.

"그렇겠지요. 지금쯤이면 촉각을 곤두세우고 있을 겁니다."

"그럼에도 너무 조용하군."

"사안이 사안인만큼 눈치를 보는 것이겠죠. 게다가……."

심을파가 목소리를 더욱 낮췄다.

"제삼세력이 개입해 있다는 것을 그들도 알아냈을 겁니다. 신경이 쓰일 수밖에 없겠지요."

"흑풍대가 밀어버렸다는 그놈들?"

"네. 제 개인적인 생각으론 그들의 정체가 이번 일에 매우 중요합니다."

반승이 그래서 그들의 정체는 밝혀냈냐는 표정을 지었다.

자신이 밝혀내지 못했다는 것을 알고 있음에도 이런 표정을 짓는 반승은 참으로 짜증스런 유형의 상관이었다. 제발 반승이 부문주가 되는 지랄 같은 일이 없기를 바랄 뿐이지만 불행히도 문의 분위기는 그렇게 흘러가고 있었다.

심을파가 조금 면목없는 태도를 보였다.

"놈들의 정체는 아직 밝혀내지 못했습니다. 확실한 것은 정도맹이나 사도맹 애들은 분명 아닙니다. 흑풍대가 개입된 이상 전력으로 파헤칠 수는 없는 처집니다."

반승이 이맛살을 살짝 구겼지만 심을파는 차분하게 자신의 생각을 밝혔다.

"워낙 미묘한 사안이라… 함부로 끼어들었다간 고래 싸움에 끼어 등이 터질 수도 있습니다."

최대한 빨리 결과를 내어 문에 보고해야 하는 반승의 입장에서는 속이 탔지만 심을파의 말에는 전적으로 공감했다.

"그래, 신중해야 하네. 큰 전쟁은 언제나 우리에게 기회이자 위기야. 깨지면 우리부터 깨지고, 살아남아도 우리만 살아남아."

"걱정 마십시오."

찻잔을 들던 반승의 시선이 문 쪽을 향했다.

동시에 문이 스르륵 열렸다. 열려진 문으로 백위가 평소와는 다른 진지한 표정으로 모습을 드러냈다. 백위가 힐끔 반승을 훑어보더니 정중하게 말했다.

"심 타주, 나 좀 봅시다."

백위의 평소와는 다른 정중한 태도가 다행스러우면서도 불안한 마음이 앞섰다. 자신이 알고 있는 백위는 이런 배려와는 전혀 관련이 없는 인물이었다.

"잠시 실례하겠습니다."

의아한 표정의 반승을 남겨두고 심을파가 밖으로 나왔다. 방문한 사람은 백위만이 아니었다. 복도에 세 사람이 서 있었다. 심을파가 전에 보았던 비호와 세영 외에 오늘은 진패가 검운의 자리를 대신하고 있었다.

새벽 일찍, 유설표국을 샅샅이 조사한 그들이었다. 부서진 건물과 담벼락은 어제의 격전이 얼마나 치열했는지를 잘 보여주고 있었다. 하지만 유월과 비검의 모습은 찾을 수가 없었다.

그곳에 떨어진 나락도와 절대비도를 발견한 그들은 적어도 비검이란 여인에게 유월이 끌려간 것이 아니란 사실에 안도했고, 다른 한편으론 독문병기조차 챙기지 못한 채 끌려갈 정도로 큰 부상을 당했으리란 생각에 불안했다.

명을 어기더라도 그곳에 남았어야 했다고 진패는 몇 번이나 후회했다.

만약 이곳이 마교의 지배력이 강한 지역이었다면 그들은 이곳 대신 묵룡단의 지부를 찾았을 것이다. 하지만 이곳 난주는 마교의 세력이 극히 미미한 곳이었다. 결국 다시 하오문을 찾을 수밖에 없었던 것이다.

"오랜만이야."

비호가 손을 흔들며 아는 척을 하자 심을파가 한숨을 내쉬었다. 어린 놈이 반말하는 것은 망할 마교의 내력인 듯싶었다.

심을파가 복도를 앞장서 걸어갔다. 네 조장들이 묵묵히 그를 뒤따랐다. 복도 끝에 다다르자 그제야 심을파가 나직이 물었다.

"무슨 일이야?"

백위는 평소와는 다른 진지한 얼굴이었다.

"네가 좀 도와줘야겠다."

"무슨 일인데?"

"어제오늘 너희 쪽에 들어온 보고서 좀 보여줘야겠다."

순간 심을파의 표정이 굳었다. 일전에 배수를 찾아달라는 부탁과는 차원이 다른 문제였다.

"그새 미친 거야?"

그러자 옆에 있던 진패가 입을 열었다.

"어려운 일인 줄 알지만 부탁 좀 합시다."

진패는 초조해하고 있었다. 비단 유월이 실종되었기 때문만은 아니었다. 언제나 그렇듯 유월은 영원히 죽지 않는 불사신처럼 다시 나타날 것이라 굳게 믿으니까.

그가 초조한 것은 어떤 예감 때문이었다. 폭풍 전야의 고요

함이랄까? 그런 느낌이 그를 자극하고 있었다. 만약 자신의 예감이 정확하다면? 정작 폭풍이 불어왔을 때는 어떤 일들이 일어날까 두려운 것이다.

난처한 표정을 짓던 심을파가 고개를 내저었다.

"안 됩니다!"

심을파가 딱 잘라 거절하자 세영이 웃음기를 거두었다.

"이놈의 강호는 좋은 말로 해서 통하는 법이 결코 없지."

세영이 비격탄을 뽑아 심을파의 얼굴을 겨눴다.

심을파의 얼굴이 분노로 화끈 달아올랐다. 깡다구로 따지면 어디에서도 빠지지 않는 그였다.

심을파가 이를 바득 갈았다.

"지금 협박하시겠다? 그럼 내가 눈이라도 하나 깜박할까봐? 그렇다면 사람 잘못 봤어."

세영의 얼굴이 완전히 무표정해졌다. 한 사람이 어떻게 이런 두 얼굴을 가지고 있을까란 생각이 드는 변화였다.

세영이 차갑게 내뱉었다.

"너 역시 날 잘못 봤군. 난 협박 같은 거 안 해."

팍!

비격탄이 발사되었고 심을파의 머리통 바로 옆에 박혔다. 백위가 세영의 손목을 쳐내지 않았다면 그대로 얼굴에 적중했을 상황이었다.

간담이 서늘해진 심을파가 백위에게 버럭 소리를 내질렀다.

"백 조장, 이 개새끼야! 이거 지금 뭐 하자는 수작이야?"

백위는 아무 변명도 하지 않았다. 미안함이 담긴 눈빛으로 묵묵히 심을파를 바라볼 뿐이었다.

순간 심을파는 흑풍대 내에 큰 사건이 생겼다는 것을 직감했다. 언제나 문짝을 걷어차며 들어선 백위였지만 오늘처럼 경우없는 일 처리는 처음이었던 것이다.

그때 복도 끝에서 문이 열리며 반승이 밖으로 나왔다.

분위기가 심상치 않음을 직감한 그의 눈에 벽에 박힌 화살이 눈에 들어왔다.

그가 일갈을 내지르며 검을 뽑아 들었다.

"뭐 하는 짓이냐!"

날카로운 예기가 흐르는 그의 검에는 이미 짙은 살기가 실려 있었다.

비호가 앞으로 나서며 그에게 비격탄을 겨눴다.

"칼 집어넣어!"

쇠붙이를 겨눈 것도 모자라 반말까지 튀어나오자 반승의 몸에서 살기가 폭사되었다. 일검에 비호를 양단 낼 기세로 몸을 날리는 그에게 심을파가 다급하게 소리쳤다.

"대천산에서 오신 손님들입니다. 검을 거두십시오."

심을파의 입장에서 일단 싸움이 나는 것만은 말려야 했다. 다행히 대천산이란 말은 그야말로 만병통치약과 같은 효과를 지니고 있었다.

달려들던 반승이 복도 절반쯤에서 멈춰 섰다.

'마인들이라면? 흑풍대?'

반승이 마른침을 꿀꺽 삼켰다. 호랑이도 제 말 하면 온다더니.

여전히 비호의 비격탄은 반승에게 겨눠져 있었다.

자존심이라면 하오문에서 둘째가라면 서러운 반승이었다. 부문주를 거쳐 하오문주가 되리란 야망을 가슴에 품고 사는 그였다.

그 사실을 잘 알고 있는 심을파였다. 자연 그의 목소리에 힘이 들어갔다.

"본 문의 고수이신 반월검 선배시오. 그대들이 함부로 대하실 분이 아니오."

비호가 차갑게 내뱉었다.

"반월검이고 만월검이고 간에 칼 다시 심으라고 했다."

반승의 표정이 더욱 굳어졌다. 자신쯤 되는 고수라면 검이 검집에 있든 들고 있든 별 차이가 없었다. 상대 역시 그것을 모를 리 없었다. 문제는 기세였다. 검을 거두는 행위 자체가 닥치고 시키는 대로 하겠다는 그런 뜻이었으니까.

"타주님!"

그 소란에 반승 뒤쪽 복도에서 대여섯 명의 하오문도들이 달려왔다. 반승 뒤쪽에 늘어선 그들이 일제히 병장기를 꼬나들었다.

반승이 차갑게 내뱉었다.

"지렁이도 밟히면 꿈틀하는 법이지."

비호의 몸에서 살기가 솟구쳤다.

"그건 제대로 안 밟아서 그런 거지."

반승의 볼살이 안쓰러운 경련을 일으켰다. 다른 때라면 또 다른 말로 반승의 속을 뒤집어놓았을 비호였는데, 오늘만큼은 더 이상 일을 확대할 생각이 없었는지 그저 냉담한 시선을 반승에게 보낼 뿐이었다.

두 사람 사이의 팽팽한 긴장을 깬 것은 백위였다.

백위가 심을파에게 차분하게 말했다.

"심 타주, 일 크게 벌이지 맙시다."

여전히 백위는 반승과 수하들 앞에서 자신의 위신을 지켜 주려 노력하고 있었다. 심을파의 마음이 조금 누그러졌다. 심적으로는 이해가 가는 상황이었다. 급한 일이 있으니 자신을 찾았을 것이고, 이렇게 막무가내로 밀어붙일 상황이라면 매우 중대한 일일 것이다.

"선배님, 일단 검을 거두시지요."

심을파가 좋은 어조로 반승을 달랬다. 그냥 이대로 검을 거두려니 자존심이 딸꾹질을 해댔고, 버티자니 상대가 마교였다.

'젠장. 개 같은 마교 놈들.'

심을파가 다시 한 번 그를 달랬고, 결국 반승이 못 이기는 척 검을 거뒀다.

다시 심을파가 반승 뒤에 늘어선 수하들에게 소리쳤다.

"모두 물러가라."

그들이 비호를 비롯한 조장들을 지그시 노려보다 모두 물러났다.

이번에는 진패가 나섰다.

"반월검 선배의 명성은 익히 들었소이다. 이렇게 뵙게 돼서 반갑소이다."

정중한 그의 말에도 반승의 노기는 쉽게 풀리지 않았다.

다시 진패가 그를 달랬다.

"심 타주에게 작은 도움을 바라고 방문한 것이니 오해를 푸시길 바랍니다. 호야, 너도 어서 그 흉측한 것 치워라."

그제야 비호가 비격탄을 거두었다. 병 주고 약 주는 더욱 얄미운 짓으로 느껴질 수밖에 없었지만 반승 역시 일을 크게 벌일 입장은 아니었다.

심을파가 최대한 좋은 낯으로 말했다.

"어차피 일이 이렇게 된 것, 안으로 들어가서 이야기합시다."

진패가 흔쾌한 얼굴로 그 말에 따랐다.

여섯 사람이 다시 심을파의 집무실 안으로 들어갔다.

진패와 반승이 마주 보고 앉았고 반승 뒤쪽엔 심을파가, 진패 뒤쪽엔 조장들이 늘어섰다.

심을파가 반승에게 몇 마디 귓속말을 했다. 상대가 누구며 무엇 때문에 방문했는지를 간략하게 보고한 것이다.

대충 분위기를 파악한 반승이 목소리에 힘을 줬다.

"아무리 당신들이라 해도 이거 월권행위 아니오?"

그러자 진패가 단도직입적으로 말했다.

"개인적으로 신세 한 번 진다고 생각합시다."

진패는 개인적이란 말을 강조했다. 과연 그 말은 효과가 있었다.

난감한 표정을 지었지만 이미 반승의 마음은 기울고 있었다. 상대는 흑풍대의 조장이었다. 하오문은 정사마 그 어떤 곳에도 뜻을 두지 않은 독립된 단체였다. 정파와는 가장 거리가 멀었고, 굳이 따지자면 사파 성향이 강한 집단. 마교에, 그것도 요즘 가장 잘나간다는 흑풍대에 개인적인 신세를 한 번쯤 베푼다고 결코 후회할 장사가 아니었다.

반승이 심을파를 힐끔 돌아보며 고개를 끄덕였다.

심을파가 반승의 뜻을 알아챘다. 그가 한옆의 벽장에서 한 뭉치의 서류를 꺼냈다.

순순히 명에 따르면서도 심을파의 마음은 무거웠다.

'젠장!'

반승의 성격을 잘 알고 있었기 때문이다. 오늘 이 일이 나중에 문제가 되면 그는 반드시 그 책임을 자신에게 뒤집어씌울 것이다. 그게 바로 반승이 하오문이란 조직에서 살아

남은 행동 철학이었다. 자신의 책임을 최소화하며 권리만을 극대화하는 것. 누군가는 손가락질을 할지 모르지만 결국은 반드시 통하고 마는 세상의 변치 않는 성공 철학이기도 했다.

서류가 진패의 손에 넘어갔다. 진패가 그것을 네 개로 나눠 조장들에게 주었다.

서류에는 아무개 파락호가 주점에서 난동을 피웠다는 일상적인 일들부터, 기련사패 중 둘째가 만수문을 방문하기 위해 하산했다는 제법 굵직한 정보까지 난주의 일거수일투족이 낱낱이 적혀 있었다.

과연 강호에서 다섯 손가락 안에 드는 하오문의 정보력을 느낄 수 있었다.

네 조장들이 빠르게 읽어나가기 시작했다. 그들이 필요한 것은 오직 유월과 관련된 단서였다.

잠시 후, 세영이 눈을 반짝였다.

"찾은 것 같습니다."

세영이 내민 서류를 진패가 빠르게 읽었다.

서류에 적힌 내용은 청풍표국에 대한 정보였다. 어젯밤 그곳으로 청풍표국 표사들에 의해 일남일녀가 은밀히 호송되었다는 내용이었다.

진패가 '아차' 하는 표정을 지었다. 어젯밤 찾아왔다가 죽은 청풍표국의 표두가 떠올랐다. 그의 시체를 송옹에게 맡긴 것으로 다 해결되었다고 생각했는데 그게 아닌 모양이었다. 죽은 표두를 찾으러 온 이들에 의해 두 사람이 잡혀간 것이 틀림없었다.

'그렇다면?

청풍표국의 표사들 따위에게 끌려갔다면 두 사람의 상태는 정말 좋지 않을 것이다. 진패의 마음이 급해졌다.

진패가 자신이 읽은 것을 포함해 모든 서류들을 바닥에 모았다. 그리고 한옆에 세워진 등잔을 가져와 그 위에 기름을 부었다.

비호가 쌍검을 부딪쳐 불꽃을 내자 불이 타올랐다.

자신들이 이곳에서 어떤 정보를 빼내갔는가 알지 못하게 하기 위함이었다.

진패가 반승에게 가볍게 포권을 하며 말했다.

"흑풍일조장 진패요. 이 신세는 반드시 갚겠소."

반승은 내심 흐뭇한 마음이 되었다. 스스로 이름을 밝혔다는 것은 상대가 오늘 일을 소홀히 생각하지 않겠다는 뜻이었고 더군다나 흑풍일조장이라면 결코 손해 본 장사가 아니었던 것이다.

진패를 선두로 모두들 방을 나섰다. 마지막으로 나가려던 백위가 걸음을 멈췄다. 그의 등을 향해 심을파가 말했다.

"됐어. 그냥 가. 그 못생긴 얼굴 보기 싫으니까."

백위의 등이 웃음으로 흔들렸다. 그 말은 이미 심을파가 자신을 용서하고 이해한다는 소리였다.

방을 나서는 백위의 전음이 심을파에게 전해졌다.

"지랄 같은 하오문 때려치고, 내 밑으로 와라."

뒤늦게 심을파가 전음으로 욕설을 날렸지만 이미 백위는 그곳을 떠난 후였다.

흐뭇한 미소를 짓고 있는 반승의 뒤통수를 후려갈기고 싶다는 욕망을 참으며 심을파가 긴 한숨을 내쉬었다.

*   *   *

심을파가 반승에게 백위와의 개인적인 관계에 대해 대충 둘러대고 있을 그 즈음, 청풍표국주 이염 역시 아주 중요한 손님을 맞고 있었다.

만수문과 더불어 난주의 양대 세력 중 하나인 백화방의 후계자 백상진이 청풍표국을 방문한 것이다.

"그래, 아버님은 무고하신가? 백 대협을 뵌 지도 꽤 되었구먼."

이염은 상진을 극빈으로 대우하고 있었다. 백화방은 청풍표국의 가장 큰 고객이자 든든한 우방이었다. 난주를 통째로 삼키려고 호시탐탐 노리는 기련사패와 만수문을 견제할 수 있는 곳이 바로 공동파의 후원을 받는 백화방이었다.

비호의 손에 죽은 만수문주의 아들 민충식에 비해 백상진은 정의롭고 강호의 예를 제대로 아는 후기지수로 알려져 있었다. 더구나 공동파 이대검객 중 하나인 통천검 목계영의 제자로서 더욱 유명한 그였다.

그런 잘난 아들을 둔 백화방주의 아들 사랑은 그야말로 유명한 것이었고 상진은 그야말로 확고한 백화방의 후계자였다. 버선발로 뛰어나가 맞이한다 해도 이상할 것 없었다.

"여전히 정정하십니다. 그렇잖아도 아버님께서 일간 자리를 마련하시겠다는 말씀을 전하라 하셨습니다."

"나야 언제든지 좋다고 전해 드리게. 허허."

차를 따르던 이염의 손이 잠시 멈췄다.

"날이 덥네. 이른 시간이긴 하지만 차 말고 시원한 술이라도 한잔 내오라 이를까?"

"아닙니다. 제가 요즘 무공에 소홀하다고 사부님께서 금주령을 내리셨습니다."

"목 대협께서? 하하, 자네가 그럴 리가 있겠나? 무공에 대한 자네의 열의는 난주는 물론이고 전 강호에 알려진 바인데."

"하하. 과찬이 심하십니다."

두 사람이 통쾌하게 웃었다.

"참, 소식 들었네. 요즘 만수문 쪽과 문제가 생겼다고?"

만수문 이야기가 나오자 상진의 얼굴이 절로 찌푸려졌다.

"왕가라고, 시전 바닥에서 도박장을 운영하는 자가 실종되었나 봅니다. 그쪽에서는 우리에게 그 혐의를 두고 있답니다."

"그자로 인해 많은 사람들이 피해를 보았다고 들었네. 잘된 일이라 생각하네."

그러자 백상진이 조금 굳은 얼굴로 이염을 물끄러미 응시했다.

"왜 그러는가?"

"국주님도 저희 쪽에서 그자를 처리했다고 믿고 계십니까?"

사실 이염은 그렇게 믿고 있었다. 왕 노대는 자신조차 쉽게 건들기 힘든 자였다. 만수문도 만수문이었지만 그 뒤에 도사리고 있는 기련사패는 절대 감당할 수 없는 이들이었기 때문이다. 왕 노대를 건드릴 수 있는 세력은 이곳 난주에선 백화방 말고는 없었다. 일의 내막이 어떻든 틀림없이 백화방이나 공동파가 개입했으리라.

그럼에도 이염의 입에서는 생각과는 다른 말이 나왔다.

"아, 그럴 리가 있겠나? 백 대협의 광명정대한 일 처리는 누구보다 내가 잘 알고 있는데."

그제야 상진이 미소를 지었다.

그 직선적인 감정 기복에 이염은 내심 흐뭇한 미소를 짓고 있었다.

'역시 아직 풋내기야.'

강호의 풋고추와 매운 생강을 구분하는 가장 빠른 방법은 얼마나 자신의 감정을 잘 숨기는가에 달렸다고 이염은 굳게 믿고 있었다.

"언제든 도울 일이 있으면 청하게나. 내 미약한 힘이나마 사력을 다할 테니까."

"국주님의 절륜한 회륜장이라면 후안무치한 만수문 놈들은 한 놈도 살아남지 못할 겁니다. 말씀만 들어도 든든합니다."

회륜장은 지금까지 성장해 온 가장 큰 힘이 되어준 자신만의 독문무공이었다.

적중당하면 살과 뼈가 회오리 모양으로 뒤틀려 죽게 되는 그야말로 무서운 무공이었다. 거기에 작년을 기해 회륜장을 십이성 대성한 상태였다. 아직 정식으로 붙어보진 못했지만 만수문주 정도는 백 초식 안에 죽여 버릴 자신이 있었다. 만수문주가 그렇다면 상진의 아비인 백화방주 역시 비슷한 결과를 낳을 것이다.

이염이 다시 마음과는 다른 겸손한 미소를 지었다.

"하하, 그 말이야말로 과찬이시네. 난 이제 늙었네. 죽기 전에 십성지경이라도 이뤘으면 하는 바람이지. 이 강호야 자네 같은 젊은이들이 이끌어가는 것 아니겠나?"

강호에서 살아남으려면 자신의 능력을 숨겨야 한다는 철칙은 그야말로 철칙처럼 지키고 사는 이염이었다.

그때 누군가 문을 두드렸다.

"국주님, 준비되었습니다. 대표두께서도 기다리고 계십니다."

정중한 목소리의 주인공은 소명이었다.

"알겠네. 곧 가지."

이염의 표정이 조금 심각해지자 상진이 물었다.

"무슨 문제라도 생겼습니까?"

"별일 아니네만."

이염이 대수롭지 않게 말을 이었다.

"자네 유설표국이라고 들어봤나?"

"아, 저도 소문을 들었습니다. 사람을 실어 나르는 표국이라니? 하하하."

상진이 참지 못하겠다는 듯 크게 웃었다. 그에 비해 이염은 어색하게 미소를 지을 뿐이었다. 이염의 입장에선 억지웃음조차도 나오지 않을 일이었다. 상진이 이내 자신의 실수를 깨닫고 정중하게 말했다.

"천지분간도 못하는 자들이 틀림없습니다. 신경 쓰지 않으셔도 될 듯합니다."

이염이 묵묵히 고개를 끄덕였다.

"나 역시 큰 신경은 쓰지 않네만."

"하오면?"

"자네 적 표두 알지?"

"물론입니다. 구환도 선배 아닙니까?"

"그 사람이 어제 유설표국에 찾아갔다네."

상진이 미소를 지었다. 적표의 성격을 익히 들어 알았기에 찾아간 이유나 가서의 행동이 훤히 그려졌다.

"한데 그 사람이 돌아오질 않았네. 뒤늦게 그 사람을 찾으러 간 소 표사의 말에 의하면 큰 싸움이 난 듯 보였다네."

그제야 상진의 표정이 진지해졌다.

"설마 구환도 선배께서 그들에게 당하셨단 말입니까?"

이염의 이맛살에 주름이 깊어졌다.

"현재 적 표두의 행적이 묘연하니 어떻게 된 일인지 알 수가 없네. 다행히 적 표두와 다툰 것으로 보이는 이들을 일단 이곳에 데려왔네. 큰 부상을 입고 쓰러져 있었다더군."

"그들이 누굽니까? 그 유설표국 사람들입니까?"

"확실하지 않네. 일단 지금 만나러 갈 생각이네."

"저도 함께 가겠습니다."

상진이 분명 도움이 될 것이란 의지에 찬 눈빛을 빛냈다.

"그럼세. 자네라면 큰 도움이 될 걸세."

운명이란 놈이 인간을 대하는 방식이 항상 그렇듯, 그때까지도 그들은 이 우발적인 선택이 어떤 결과를 낳을지 상상조차 하지 못했다.

第二十四章

회룡장

刀霸
魔爭

벽 높이 달린 작은 창에서 햇빛이 들어오기 시작했다.

강기처럼 날카롭게 빛은 어둠을 잘라냈지만 낡은 창고의 눅눅함과 음습함까지 없애진 못했다. 먼지가 수북이 쌓인 상자 뒤에서 바스락거리던 쥐가 음울하게 흘러나온 신음 소리에 놀라 쫑긋 고개를 쳐들었다.

"으으으으……."

그 신음에 담긴 고통의 무게를 감당하지 못해 쥐는 어디론가 사라졌지만 여전히 변함없는 눈빛으로 그 고통을 응시하는 여인이 있었다.

온몸이 쇠사슬로 묶인 그녀는 바로 비검이었다. 심각한 내상을 입은 그녀의 얼굴은 창백해져 있었고, 머리카락은 아무렇게나 흘러내려 있었다.

그녀와 몇 걸음 떨어진 곳에 천장에서 내려온 쇠사슬에 유월이 대롱대롱 매달려 있었다.

"으으으으……."

고통 때문일까? 아니면 악몽이라도 꾸고 있는 것일까?

유월의 입에서는 끊이지 않고 신음이 흘러나왔다.

그런 유월을 바라보는 비검의 눈빛은 어제와는 달라져 있었다.

오색천마혼을 불러낸 사내였다.

자신이 아는 한 천마혼을 불러낼 수 있는 사람은 이 강호에 오직 두 사람이었다. 그리고 그 사실은 앞으로 이십 년, 삼십 년이 지나도 변함없을 거라 믿어왔던 그녀였다. 그 말은 곧 자신이 삼십 년을 폐관 수련해도 도달할 수 없는 경지란 뜻이었다. 이제 그 둘이… 셋이 되었다.

그녀가 진짜 놀란 것은 단지 유월이 오색천마혼을 불러냈기 때문만은 아니었다.

'구화마공을 익힌 자가 오색천마혼을 불러내? 그건 말이 안 되잖아.'

천지가 뒤바뀐다 해도 절대 있을 수 없는 일이었다. 절대로.

한 사람의 얼굴이 떠올랐다. 천지를 경동할 무공을 지니고도 지난 세월을 음지 속에서만 살아온 절대자.

'아버지, 도대체 무슨 일을 꾸미시는 건가요?'

이 싸움은 분명 윗 세대의 싸움이었다.

죽자 살자 싸웠던 유월도, 그런 그가 목숨을 걸고 지키고자한 비설도, 그리고 자신도. 어쩌면 꼭두각시에 불과할지도 모른다는 생각.

문득 비검은 귀면의 얼굴이 떠올랐다. 언제나 자신을 껄끄러운 시선으로 바라보았던, 아니, 그는 자신들이 속한 집단 자체를 언제나 그렇게 바라보았다.

'귀면 오라버니는 과연 어디까지 알고 있었던 것일까?'

거기에 생각이 이르자 머릿속이 복잡해졌다.

그 와중에도 유월의 표정은 시시각각 바뀌고 있었다.

유월은 꿈을 꾸고 있었다.

언제나처럼 여동생의 손을 잡고 갈대밭을 가르며 달려가고 있었다.

하지만 평소에 꿨던 꿈과 달랐다. 동생은 여전히 어린 시절의 그 모습 그대로였지만 자신은 현재 어른이 된 모습이었다.

막아서는 적들을 베어냈다. 지금이라면 동생을 구할 수 있다는 희망에 벅차올랐다.

미친 듯이 나락도를 휘두르며 달렸다. 몰려드는 적들은 한여름 밤 모닥불을 향해 달려드는 벌레들처럼 끝이 없었다.

"헉헉헉!"

꿈속의 급박함만큼이나 현실의 유월도 숨소리가 점점 거칠어졌다.

소리쳐 유월을 깨울 수 있었지만 비검은 그러지 않았다.

무슨 사연이 있을까란 의문은 들지 않았다. 아무리 절실하게 세상의 모든 정당성을 자신에게 부여하며 눈물로 말한다 하더라도, 결국은 한 가지 결론일 것이다.

누군가를 지켜주지 못한 후회.

결국 누군가를 반드시 죽이고 싶다는 갈증.

강호를 이루는 것은 칼을 든 모든 강호인들의 상처, 강호는 그 상처를 먹고 자라는 괴물. 그녀가 생각하는 강호란 바로 그러했다.

유월의 몸부림이 심해지기 시작했고 눈꺼풀 아래 눈동자가 빠르게 움직이고 있었다. 유월이 처절하게 소리쳤다.

"안 돼!"

손을 잡고 있던 동생이 어느 사이엔가 사라진 것이다.

자신을 향해 밀려들던 적들도 거짓말처럼 사라져 있었다.

바람만 부는 빈 들판에 유월은 홀로 서 있었다.

그때 들려오는 동생의 애절한 목소리.

"오라버니!"

저 멀리 갈대숲 너머로 한 사내가 동생의 목을 움켜쥔 채 허공으로 들어 올리는 모습이 보였다.

"안 돼—!"

유월이 미친 듯이 소리치며 그를 향해 달려갔다.

하지만 한 걸음을 다가가면 다시 한 걸음이 멀어졌다. 미친 듯이 몸을 날렸지만 착지하는 곳은 언제나 그 자리였다.

사내의 얼굴은 비어 있었다. 마치 얼굴 부분만 지워 버린 괴이한 인물화처럼.

사내의 손이 동생의 심장을 향하고 있었다.

유월이 미친 듯이 소리쳤다.

"하지 마! 하면 죽인다!"

그 소리를 들은 것일까? 사내가 힐끔 유월 쪽을 바라보았다.

그가 웃는다는 기분이 드는 순간, 비어 있는 얼굴이 채워지기 시작했다.

시시각각 바뀌는 얼굴은 한 명의 것이 아니었다.

낯선 노인의 모습에서 다시 또 다른 중년인으로, 그 얼굴은 다시 비운성으로, 그리고 귀면으로. 얼굴은 끝없이 바뀌어갔다.

푸욱!

사내의 손이 동생의 심장에 박혀들기 시작했다.

"으아아악! 안 돼! 제발, 제발……."

유월의 입에서 제발이란 말이 반복되었다.

비검의 눈빛이 깊어졌다. 참으로 눈앞의 사내와는 어울리지 않는 말이란 생각이 들었다. 그 자신이 죽게 될 때도 하지 않았던 애원이었으니까.

'누굴 지켜주지 못한 것일까?'

몸부림치던 유월의 몸이 딱 멈췄다. 악몽이 절정을 넘어 파국에 이른 것이다.

유월의 입에서 한 사람의 이름이 힘없이 흘러나왔다.

"……설아."

비검에겐 매우 의외의 이름이었다.

왠지 아는 사람의 이름이, 그것도 몇 시진 전까지 함께 술을 마셨던 그 어린 비설의 이름이 나오자 비검의 기분이 묘해졌다.

또다시 기분이 나빠지고 있었다. 전혀 기분이 상할 이유가 없음에도.

경험해 보지 못한 일을 당했을 때, 당황할 수밖에 없는 인지상정은 하늘을 가르는 무공을 지닌 그녀 역시 피해갈 수 없는 일이었다.

사내 따위.

따위란 말은 그녀가 사내를 표현할 때 반드시 붙는 말이었다.

이제 그 사내 따위가 자신의 마음을 묘하게 흔들기 시작한 것이다.

하지만 그녀는 알 수 없었다. 유월이 비설의 이름을 부른 것은 심장이 뽑힌 채 죽어가던 동생의 얼굴에 비설의 얼굴이 겹쳐졌기 때문이란 것을.

다시 비검의 눈에 이채가 발했다. 유월의 감긴 눈에서 눈물이 한 방울 흘러내린 것이다. 유월의 행동 하나하나가 그녀의 마음을 조금씩 흔들고 있었다.

일다경쯤 지났을까? 땀에 흠뻑 젖은 유월이 눈을 떴다. 앞서의 악몽에 비해 평온한 얼굴이었다. 유월에게 악몽은 괴로운 축에도 끼지 못했다. 너무나 오랜 세월을 시달려 왔으니까. 악몽은 곧 유월에게 일상이었다.

두 사람의 담담한 시선이 허공에서 얽혔다.

"잠꼬대가 심하군. 다 큰 어른이."

사생결단을 한 사이에서 나올 말이 아니었기에 유월은 피식 웃을 수밖에 없었다.

대답을 미룬 채 우선 유월이 주위를 돌아보았다.

빛이 어둠을 밀어내기 시작한 낯선 공간.

'또 살아남았군.'

유월이 긴 한숨을 내쉬었다. 참으로 질긴 생명이었다. 스스로 죽기를 각오했건만 운명은 자신을 놓아주지 않았다.

꽤 오랫동안 매달려 있었는지 두 팔이 뻐근했다.

정면 계단 위로 굳게 닫힌 철문이 보였다. 한옆에 쌓인 먼지 가득한 상자들, 무엇이 들었는지 짐작도 되지 않는 가죽 포대, 더러운 물이 담긴 나무통. 깊이 생각해 볼 필요도 없이 어딘가의 허름한 창고가 틀림없었다.

이번에는 유월이 자신의 허벅지와 어깨를 살폈다.

다쳤던 상처는 오래된 상처처럼 이미 거의 아물고 있었다.

건너편에 묶여 있는 비검이 아니었다면 유월은 오랜 세월이 흐른 것이라 착각을 했을 것이다.

그녀와의 혈전.

마지막 기억은 비검의 손바닥 위에 떠 있던 절대비도였다.

"어떻게 된 일이지?"

유월의 물음에 비검이 조금 어이없다는 표정을 지었다.

"내가 묻고 싶은 말이야."

유월은 지금의 상황이 혹시 어떤 목적으로 음모를 꾸미기 위해 만들어진 것이 아닌가 하는 의심이 들었다. 분명 자신은 죽었어야 했다. 더구나 눈앞의 비검은 이런 상태로 묶여 있을 여인이 절대 아니었으니까.

하지만 이내 그 의심은 틀렸다고 생각했다. 그녀는 분명 수작을 부리는 것은 아니었다. 이런 번거로운 연극을 할 필요가 없을 정도로 그녀는 강했으니까. 게다가 한눈에 봐도 그녀는 큰 부상을 당한 상태였다.

누군가 제삼자가 개입한 것이 틀림없었다. 자신조차 느끼지 못할 정도의 실력을 지닌 누군가가. 반은 맞고 반은 틀린 생각이었다. 폭주를 했을 때의 자신은 자신이 아니었으니까.

"여긴 어디지?"

"지금 내 꼴을 보고도 그걸 묻고 싶어?"

도대체 어떻게 된 일일까? 아무리 기억을 떠올려도 그 마지막 순간 이후의 기억은 백지가 되어 있었다.

서로를 말없이 응시하던 두 사람이 동시에 피식 웃었다.

절대 이런 일을 당하지 않을 무공을 지닌 두 사람이 동시에 이렇게 묶여 있어서였을까? 그냥 웃음이 나왔다.

"일단 나가지."

내력을 끌어올리기 전, 조심스럽게 몸 상태를 살피던 유월이 흠칫 놀랐다.

몸을 지배하고 있는 어떤 이질감. 그 이질감은 곧 거대한 힘으로 다가왔다.

어마어마한 공력이 몸 안에서 꿈틀거리고 있었다. 원래 지니고 있던 내공의 양보다 적어도 세 배는 더 큰 내공이었다. 이미 단전은 꽉 차서 넘치고 있었고 남은 내력이 온몸에 흩어져 있었다. 게다가 그것은 다섯 개의 서로 다른 기운을 지니고 있었다.

놀랍게도 그것은 구화마공의 내공이 아니었다.

구화마공의 내공은 귀면과의 일전 때처럼 완전히 사라진 후였고, 그 비어버린 몸을 괴이한 내력이 지배하고 있었던 것이다.

다행한 일이라면 그 내력이 마기를 기초한 마공인 점이었기에 그 넘치는 내공을 자신의 몸이 수용할 수 있다는 점이었다. 만약 이 내공이 정공내공이었다면 그의 몸은 이미 걸레가 되었을 것이다.

마공은 마공이되 구화마공과는 전혀 다른 마공.

지극히 호전적인, 강호에서 극양의 기운을 품고 있다는 구화마공조차 그 내력에 비교하면 얌전하다는 표현이 어울릴 정도의 강맹한 내력. 이 기운이라면 뭐든 부숴 버릴 수 있을 것 같다는 생각이 들었다.

그 강력함이 유월을 유혹했다.

'이 공력이라면!'

내력을 극성으로 끌어올리고 싶다는 욕망이 들었다.

이 힘으로 나락도를 휘두르면 그 어떤 것도 벨 수 있다는 자신감이 생겼다.

유월의 눈에서 서서히 붉은 광채가 흘러나오기 시작했다.

쇠사슬을 끊기 위해 구화마공의 구결에 따라 내력을 끌어올리는 순간.

"크윽."

유월이 묵직한 고통이 실린 단말마의 비명을 내질렀다.

우우우우웅—

이질적인 내력이 전신 혈맥을 두드리며 요동을 친 것이다. 한바탕 진동한 내력이 썰물이 빠져나가듯 빠른 속도로 사라지기 시작했다. 마치 흡성대법에 당한 것처럼 몸 안의 모든 내력이 가슴으로 몰려들었다.

사르르륵.

이내 거짓말처럼 그 거대한 내력이 한순간에 사라졌다.

유월은 그것이 사라졌다고 생각했지만 그것은 사실 사라진 것이 아니었다. 가슴의 오색혈수인 상처로 모두 스며든 것이었다. 마치 구화마공의 구결이 신호탄이 된 것처럼 그것은 그렇게 순식간에 사라졌다.

유월조차도 단 한 번도 경험해 보지 못한 현상이었고, 상식적으로도 이해가 되지 않았다. 그 현상이 착각이 아니었을까란 생각마저 들었다.

어쨌든 유월의 몸에서 그 괴이한 내공은 완전히 사라졌다. 육체의 지배권이 다시 구화마공으로 돌아온 것이다.

'그 기운은 도대체?'

유월이 해답을 원하는 눈빛으로 비검을 바라보았다.

비검은 마치 유월의 피부가 유리로 되어 방금 전 몸 안에서 일어난 상황을 모두 지켜본 사람처럼 담담하게 말했다.

"나도 모르니까 묻지 마."

그녀의 눈빛은 깊어져 있었고 그 말의 진의는 알 수 없다.

유월이 다시 차분하게 몸을 다스렸다.

단전이 텅 비었을 뿐 다행히 선천진기는 아무 이상이 없고, 특별히 느껴지는 내상 역시 없었다.

이렇게 완전히 내력이 고갈된 것은 벌써 두 번째였다. 선천진기가 상하지 않은 채 살아남는다면 무인으로서 결코 나쁘지 않은 경험이었다. 내력의 마지막 한 방울까지 쓸 정도의 싸움을 경험한다는 것이나, 그런 상태에서 새롭게 만들어지는 내공은 앞서보다 더욱 정순한 내공이 되기 때문이었다.

허공에 매달린, 보통 강호인이라면 상상도 못할 자세였지만 유월이 서서히 심법을 운용하기 시작했다. 내력이 일주천하자 작은 내력이나마 단전에서 느껴지기 시작했다.

내상을 입지 않았다면 이곳을 나가는 것은 시간문제일 것이다. 물론 자신들을 붙잡아온 상대가 누군가에 따라 다르겠지만.

하지만 유월은 그 문제 역시 그다지 걱정하지 않았다. 자신과 비검의 정체와 실력을 안다면 자신들을 이렇게 쇠사슬 따위를 믿고 방치해 두진 않았을 테니까.

몸이 어느 정도 안정을 되찾자 유월이 물었다.

"어디까지 알고 있지?"

질문은 간단했지만 대답은 그리 단순하지 않았다.

잠시 유월을 응시하던 비검이 힘없이 대답했다.

"대충 다 알았다고 생각했는데… 지금은 하나도 모르겠군."

창백해진 그녀의 얼굴은 거짓을 담고 있지 않았다.

"많이 다쳤군."

유월의 물음에 비검이 의외라는 듯 눈을 동그랗게 떴다.

"지금 걱정해 주는 거야?"

그녀의 과장된 표정에 유월이 피식 웃었다. 확실히 그녀는 어젯밤보다 더 호의적으로 변해 있었다. 거기에 비검이 뻔뻔함을 더했다.

"여기서 나가면 나 좀 도와주겠어? 그쪽 실력쯤 돼야 제대로 고쳐 줄 수 있을 것 같은데."

자신의 내상을 치료해 달라는 부탁이었다. 자신을 죽이려던 상대였다. 몸이 회복되면 다시 자신을 죽이려 들지 모를 상대였다. 누가 봐도 거절할 것이 분명한 부탁이었음에도 유월은 묵묵히 고개를 끄덕였다. 백 마디 말보다 더 신뢰가 가는 고갯짓이었다.

유월이 흔쾌히 허락하자 비검이 의미심장한 눈빛을 보냈다.

"당신, 마인 주제에… 웃기는군."

하마터면 '매력있군' 이란 말이 나올 뻔한 비검이었다. 추파 따위가 아니었다. 비검의 솔직한 심정이었다.

유월이 농담으로 그 말을 받았다.

"난 가짜 마인이라고 하지 않았나?"

비검은 그 농담을 진담으로 받았다.

"물론. 하지만… 가끔은 가짜가 진짜보다 나을 때도 있지."

무엇이 그녀의 마음을 바꾸게 했을까? 아무리 생각해 봐도 알 수 없는 일이었다. 적어도 한 가지는 분명했다. 앞서의 귀

면이든 지금의 비검이든, 분명 천마신교와 깊은 연관이 있고
또 자신들의 신념을 확실히 믿고 있다는 것을.

그리고 어젯밤에 무슨 일인가 일어났다는 것을.

유월이 담담하게 말했다.

"나도 부탁 하나 할까?"

"조건 달면 매력없지."

애초부터 그녀에게 잘 보일 생각이 없었다는 듯 유월이 망
설이지 않고 말했다.

"설이는 그냥 두지."

비설이 언급되자 비검의 눈빛이 조금 가늘어졌다.

"언제까지?"

"가능한."

"네 목숨보다도 더 걱정되나?"

"…내 임무니까."

"그 아이 좋아해?"

직설적인 비검의 물음에 유월이 피식 웃었다. 좋아한다는
말의 의미를 어디에 두느냐에 따라 대답이 달라질 물음이었
다.

"그렇다면?"

"더 죽이고 싶은데?"

"살기가 뻗쳐 정 못 참겠으면… 나부터 죽여."

비검의 눈빛이 깊어졌다.

"첫 번째도 못 죽였는데… 두 번째라고 죽일 수 있을까?"

유월로서는 이해할 수 없는 중얼거림이었다.

이어지는 그녀의 말이 사실 문제의 핵심이었다.

"보다시피 난 꼼짝도 못해. 그냥 날 먼저 죽이면 간단하잖아?"

유월이 가장 먼저 고민했던 문제였다. 그리고 가장 빠르게 결론을 내린 문제이기도 했다. 적어도 무방비 상태인 그녀를 죽이진 않기로.

"그렇게 죽이긴 싫군."

"왜지?"

"……."

그녀를 통해 알고 싶은 것이 많아서일까? 자신보다 강한 고수에 대한 예의일까? 그녀에 대한 호감일까?

유월 역시 자신의 마음을 정확히 알지 못했다. 그저 이렇게 죽여선 안 될 것 같다는 직감에 따를 뿐이었다.

유월을 바라보는 비검의 표정이 묘하게 변했다. 그녀에게 유월은 단 한 번도 경험하지 못한 유형의 사내였다.

"재밌네. 강호가 이렇게 재밌게 느껴진 적은 처음이야."

농담처럼 말했지만 그녀의 진심이었다.

"넌 어때?"

유월은 단 한 번도 강호가 재미있다는 생각을 해본 적도 없었다. 강호는 그냥 강호일 뿐. 그저 바쁘게 살아왔을 뿐이었다.

유월이 가볍게 한숨을 내쉬었다.

"요즘은… 조금 힘들군."

그 솔직한 태도에 비검이 의미심장한 미소를 지었다.

"내가 재밌게 해줄까?"

유월이 사양한다는 표정으로 고개를 내저었다. 언젠가 다시 서로를 죽여야 할 자리에 서야 한다는 것을 유월은 직감하고 있었다. 아마 그녀 역시 그렇게 느끼고 있을 것이다. 죽여야 할 사람과의 우정은 결국 상처가 될 뿐이다.

비검이 차분하게 말했다.

"약속하지."

유월은 안도했다. 비검은 결코 약속을 어기지 않을 것이다.

서로가 궁금한 것이 많았다. 이제 남은 싸움은 그것을 알아가는 싸움이었다.

그때 두 사람의 시선이 한곳에 모였다. 철문 밖으로 인기척을 느낀 것이다.

비검의 인상이 조금 찌푸려졌다.

"내 얼굴 보면 개지랄 떠는 놈이 반드시 나올 텐데."

정말 밉지 않은 여인이었다. 같은 편이면 좋겠다는 생각이 들 정도로.

비검이 한쪽 눈을 찡긋하며 말했다.

"그러니 조금 서둘러 주겠어?"

유월이 걱정 말라는 얼굴로 고개를 끄덕였다. 내력이 조금씩 쌓이고 있는 한 최악의 상황은 면할 수 있을 것이다.

삐거덕거리는 듣기 싫은 소음을 내며 철문이 열렸고 네 사람이 안으로 들어섰다.

그들은 이염과 상진, 대표두 정원과 두 사람을 데려온 소명이었다.

정원과 소명의 옷차림을 보는 순간, 유월은 이곳이 청풍표국이란 것을 알 수 있었다. 그들의 가슴에는 그들이 그토록 자랑스러워하는 '청풍'이란 글자가 적혀 있었던 것이다.

'의외군.'

정원은 날카로운 눈매에 단단한 근육질의 사내였다. 청풍표국의 모든 표두와 표사들을 한곳에 모아두고 이곳에서 대표두를 찾아내라면 반드시 그를 지목할 것 같은 인상이었다.

힐끔 두 사람을 훑어본 이염이 소명에게 물었다.

"이들인가?"

"네. 동료들과 함께 적 형님을 찾으러 갔을 때는 이미 유설표국은 비어 있었고 이 두 사람이 쓰러져 있었습니다. 분명 격전을 벌인 듯 보이는데 적 형님은 찾을 수 없었습니다."

이염이 턱수염을 매만지며 인상을 굳혔다. 적표 정도의 무공이면 어디 가서 쉬이 매 맞고 다니지는 않으리라 믿었기에 내보낸 것인데 그 믿음이 걱정거리가 되어 돌아온 것이다.

"수고했네. 이만 나가서 일 보게."

소명이 밖으로 나가자 정원이 기다렸다는 듯 성큼성큼 유월 앞으로 걸어왔다.

정원의 거친 손이 유월의 턱을 치켜 올렸다. 유월의 얼굴을 가까이서 보는 순간, 정원이 흠칫 놀랐다.

왼쪽 뺨의 검상. 차가운 눈빛.

처음 유월을 데려온 소명이 바짝 얼어붙은 것에 비해 정원은 산전수전 다 겪은 청풍표국의 대표두였다. 상대의 인상 따위에 겁을 먹을 그가 아니었다. 오죽 못났으면 얼굴에 칼을 맞을까란 생각이 먼저 들었다.

고리눈을 뜬 정원이 목소리에 노기를 실었다.

"이놈! 적 표두는 어찌 되었나?"

평소 호형호제하며 적표와 친분이 깊었던 그였다. 다혈질인 탓에 실수가 잦았지만 정원은 적표의 그런 사내다움을 좋아했다. 그런 그가 실종되었으니 그의 분노는 당연한 것이었다.

금방이라도 주먹질을 할 것 같은 정원을 이염이 말렸다.

"잠깐 기다리시게."

이염이 정원 옆에 나란히 섰다.

반평생을 강호밥을 먹고산 이염이었다. 적표의 실종으로 제대로 된 판단을 하지 못하는 정원에 비해, 이염은 유월이 뜨내기 삼류가 아님을 한눈에 알아보았다. 일류와 삼류는 눈빛부터 다른 법이었으니까.

이염이 좋은 어조로 유월을 달래듯 말했다.

"그대는 유설표국 사람인가?"

유월은 잠시 고민했다. 앞서 소명의 보고를 들으며 적표가 누군지 짐작할 수 있었다. 소마환단을 복용한 후 심법에 빠져 있을 때 흑풍대에 제거된 이가 바로 적표가 틀림없었다. 물론 유월은 심법 중에도 그 사건이 일어났음을 알고 있었다. 하지만 당시에는 오직 비검에게만 집중했기에 그 일을 소홀히 다룬 것이다.

"그렇소."

유월의 짤막한 대답에 이염이 살짝 이맛살을 찌푸렸다. 묶인 자의 대답치곤 너무나 건방진 탓이었다. 하지만 이염은 알지 못했다. 평소라면 유월이 자신의 말 따윈 한마디 대꾸도 하지 않으리란 것을. 설령 대답을 한다 해도, 그렇다가 아니라 반존대라도 해주는 것이 유설표국의 사업을 위해 최대한 문제를 일으키지 않으려는 유월의 노력이란 것을.

"자네가 왜 끌려왔는지 알겠나?"

"모르오."

옆에서 지켜보던 정원의 눈빛이 사나워졌다. 일단 후려갈기고 시작하려는 정원을 이염이 손을 들어 제지했다.

다시 이염이 차분하게 물었다.

"우리 표두 하나가 어제 유설표국을 방문했네. 그를 보았는가?"

"보지 못했소."

유월이 딱 잡아떼자 이염은 내심 노기가 치밀었다. 정황상 상대가 모를 리 없었다. 애써 노기를 참으며 이염이 다시 물었다.

"그럼 자네는 왜 저 여인과 그곳에 쓰러져 있었나?"

유월의 대답은 거침이 없었다.

"그건 개인적인 일이오. 당신에게 말할 이유는 없소."

결국 이염이 인상을 찌푸리며 고개를 내저었다. 정원에게 뒷일을 맡긴다는 눈짓을 하며 돌아서던 이염이 문득 물었다.

"그런데 자넨 누군가? 별호라도 알려주게."

"모르는 것이 좋을 것이오."

그 무엇 하나 마음에 드는 대답이 없었다.

정원은 더 이상 망설이지 않았다.

빠악—

그의 솥뚜껑 같은 주먹이 유월의 얼굴을 강타했다.

유월의 턱이 돌아가며 입술에서 피가 튀었다.

"너희 연놈이 적 표두를 죽인 것이냐?"

대답은커녕 비명 소리 한마디 나오지 않자 정원이 코웃음을 쳤다. 마치 얼마나 견디나 보자는 표정으로 본격적인 주먹질이 시작되었다.

유월은 쇠사슬을 끊고 반격하지 않았다. 한눈에 세 사람의 무공 경지를 파악한 유월이었다. 청풍표국의 국주와 대표두, 그리고 공동파의 무공을 익힌 상진까지. 세 사람의 무공은 그리 만만한 것이 아니었다.

물론 한 줌의 내력만으로도 그들을 상대할 방법이 없는 것은 아니었다. 문제는 그렇게 싸우게 되면 오직 필살의 전술만을 사용해야 한다는 점이었다.

일단 그들을 죽이지 않고 제압할 내력이 모일 때까지 기다려야 했다. 청풍표국이 사단이 나면 분명 그 여파는 유설표국까지 미칠 것이다.

퍽! 퍼억!

매서운 주먹이 연이어 날아들었다.

주먹질에 속도가 더하자 이염이 걱정스러운 듯 한마디 던졌다.

"아직 죽여선 안 되네."

정원이 이염을 돌아보며 걱정 말라는 미소를 지어 보였다.

빠아악!

오히려 매질은 유월을 돕고 있었다. 내력이 실리지 않은 주먹질로는 유월의 강철 같은 육체를 망가뜨리지 못했다. 오히려 그것은 늙은 맹인의 숙련된 손길처럼 유월의 몸을 주물러 주는 역할을 하고 있었다. 온몸의 혈맥을 자극해 더욱 빠르게 내력을 모을 수 있게 만들어주고 있었던 것이다. 유월의 경지는 일반적인 무공의 상식을 벗어나 있었다.

말없이 지켜보고 있던 상진이 드디어 입을 열었다.

"아마도 놈들이 구환도 선배를 합공으로 살해하고, 감당하지 못해 그대로 달아난 것 같습니다."

이염이 무겁게 고개를 끄덕였다. 표국이 텅 비었다는 것이 결정적인 증거였다.

이염이 정원의 매질을 말린 후 버럭 소리쳤다.

"이놈! 정녕 그게 사실이더냐?"

유월은 아무 대답도 하지 않았다. 아니라고 우겨서 쉽게 벗어날 상황이 아니라 판단한 것이지만, 이염 등의 입장에서는 죄를 시인하는 것처럼 보였다.

이염이 충격을 받은 듯 휘청거리자 상진이 그를 부축했다.

이염이 고통스런 표정을 지으며 한숨을 내쉬었다.

"아, 그렇게 갈 사람이 아닌데."

사실 이염은 내심 안도하고 있었다. 사람을 실어 나르든 물건을 실어 나르든 난주에 새 표국이 선다는 것은 청풍표국의 권위와 신용에 큰 타격을 입힐 문제였다. 그런 문제 하나 막지 못하는데 누가 자신의 천금 같은 물건을 맡기려 하겠는가? 표두의 목숨 하나에 그 문제가 해결되었다면 행운이라 할 만한 결과였다. 표두야 또 뽑으면 그만이니까.

추측이 기정사실이 되자 정원이 이를 바드득 갈았다.

"표야! 이놈, 표야!"

그의 눈자위가 붉어졌고 살기가 솟구쳤다.

"국주님, 먼저 올라가십시오."

이염은 그 말뜻을 정확히 알았다. 두 사람을 죽여 버릴 것이니 자리를 피해 구설수에 휘말리지 말라는 뜻이었다. 그것 역시 이염이 바라는 바였다. 두 사람을 살려둬서 청풍표국에서 고문을 당했다는 둥, 이번 일에 관련된 이런저런 말이 나가는 것은 절대 있어서는 안 될 일이었다.

공동파의 진전을 이은 상진이 그대로 두고 보지는 않았다.

"국주님, 그것은 조금 과한 처사가 아니겠습니까?"

이염이 눈시울을 붉히며 목청을 높였다.

"이보게, 만약 이 일이 백화방도에게 일어난 일이었다 해도 그리 쉽게 말할 수 있겠는가?"

과연 아직 젊은 상진이었다. 마음과는 다른 말을 하지 못하는 그였기에 상진은 망설일 수밖에 없었다.

"청풍의 원한은 청풍이 갚아야지."

이염이 그렇게까지 나오자 상진은 더 이상 만류하지 못했다. 거기에 이염은 한 수 더 나아갔다. 상진과 함께 정원이 두 사람을 해치우는 것을 지켜보려 마음먹은 것이다.

순진한 상진은 이런 자리에 함께 있는 것만으로 훗날 자신의 명성에 큰 해가 된다는 것을 직시하지 못하고 있었다. 오늘 이 자린 그의 치명적인 약점이 될 것이고, 그 약점을 쥔 사람은 바로 이염이 될 것이다.

이염이 고개를 끄덕여 허락하자 정원이 검을 뽑아 들었다.

정원이 비검 쪽을 돌아보았다. 비검은 머리카락을 늘어뜨린 채 고개를 숙이고 있었다.

"네 계집인가?"

고개를 숙이고 있던 비검의 등이 살짝 흔들렸다. 화가 난 것인지 아님 웃음을 터뜨린 것인지 알 수 없었다.

정원이 비검에게 한 발짝 옮기려던 순간 유월이 입을 열었다.

"그러지 않는 게 좋아."

진심 어린 충고였지만 이미 돌이킬 상황이 아니었다.

정원의 몸이 회전하며 유월의 복부를 걷어찼다.

퍽—

유월의 신형이 앞뒤로 흔들렸다. 쇠사슬을 고정한 천장의 고리가 삐거덕거리며 비명을 내질렀다.

"똑똑히 보도록. 사랑하는 사람을 잃는다는 것이 어떤 것인지."

그가 검을 치켜들자 비검이 고개를 들었다.

"헛!"

그녀의 얼굴이 드러나는 순간, 머리를 쪼개려 날아들어야 할 정원의 검이 그대로 멈췄다.

비록 엉망인 상태였지만 그것이 그녀 본래의 미모를 가릴 수는 없었다.

놀라기는 이염과 상진도 마찬가지였다. 그야말로 평생 한 번 보기도 힘든 미인이었다.

비검의 입가에 미소가 지어졌다. 남자의 마음을 뒤흔드는 매혹적인 미소였다.

멍하니 있던 정원의 목을 무엇인가 휘어 감았다. 흔들리던 쇠사슬의 반동으로 몸을 날린 유월의 발이었다.

우두둑—

정원의 목이 꺾이는 동시에 유월의 손을 묶고 있던 쇠사슬이 터져 나갔다.

따앙—

순식간에 일어난 일이었다.

비검의 미모에 빠져 있던 두 사람이 정신을 차렸을 때, 이미 정원은 바닥에 쓰러진 후였고 유월은 상진을 향해 미끄러지고 있었다.

"원아!"

자신이 가장 아끼는 사람이 죽자 이염의 눈이 뒤집혔다.

쇄애애애앵—

그의 양손에서 연이어 회륜장이 폭사되었다.

꽝! 꽝! 퍽!

벽이 깨지는 타격음 끝에 이질적인 소리가 터져 나왔다.

"커억."

이어지는 묵직한 비명 소리에 이염의 가슴이 철렁 내려앉왔다.

절대 있어서는 안 될 광경이 눈앞에 펼쳐진 것이다. 이염은
눈앞이 캄캄해지며 머릿속이 하얘졌다.

회류장에 가슴을 맞은 상진이 자신을 멍하니 바라보며 입
을 열었다.

"국… 주님?"

이염의 다리가 휘청거리며 그 자리에 주저앉았다.

상진의 입에서 흘러내린 피가 턱을 따라 바닥으로 뚝뚝 떨
어지고 있었다.

회오리 모양으로 짓이겨진 상처에선 뼈가 살점과 함께 튀
어나와 있었다.

"으으으윽."

그것은 순식간에 일어난 일이었다. 평소라면 이런 최악의
실수를 할 이염도, 실수로 날아든 장력을 허용할 상진도 아니
었다. 비검의 아름다움에 정신이 팔리고, 정원이 죽었고, 그
리고 유월이 쇠사슬을 끊고 달려든, 그 세 가지 요소가 결합
해 최악의 결과를 만들어낸 것이다.

상진이 허물어지듯 맥없이 쓰러졌다. 제아무리 공동파의
진전을 이어받았다고는 하나 아직 호신강기를 일으킬 정도는
아니었다. 살펴볼 필요도 없이 그가 절명했다는 것을 알 수
있었다.

그의 뒤에 유월이 한숨을 내쉬었다. 이런 결과를 바라고 그

의 뒤로 피한 것이 아니었다. 상진을 인질로 잡아 이염을 제압하려 했는데 뜻하지 않은 사고가 발생한 것이다.

멍하니 주저앉아 있던 이염이 벌떡 자리에서 일어났다.

"이 새끼! 죽인다!"

광기 어린 눈을 번뜩이는 이염의 양 장삼이 펄럭였다. 유월이 몸을 비스듬히 세우며 그의 양손에 정신을 집중했다.

그때였다.

철컹.

철문이 거칠게 열렸다.

이염이 고개를 돌리는 순간.

픽!

계단에서 뛰어내리며 날아든 진패의 오른 무릎이 그의 가슴을 강타했다.

내력을 실은 공격이 아니었기에 이염이 벌떡 일어났다.

픽!

다시 진패의 주먹이 그의 가슴을 강타했다.

유월 옆쪽으로 주르륵 밀린 이염이 이번에는 타격이 컸는지 배를 부여 쥐고 쓰러졌다. 사실 이염은 진패보다 한 수 위의 실력을 지니고 있었는데, 죽은 상진에 대한 걱정으로 판단력이 흐려지고 손발이 어지러워진 것이다.

진패는 이염이 움직이지 못하게 몇 군데 혈도를 제압한 후, 다시 수혈을 짚은 후에야 고개를 들어 유월을 쳐다보았다.

"괜찮으십니까?"

유월이 말없이 손을 내밀었다. 그 손을 굳게 잡으며 진패가 일어났다.

"다행입니다."

진패의 목소리가 떨리고 있었다. 얼마나 걱정을 했는지 알 수 있었기에 유월은 마음이 짠해졌다. 일조장으로서 역할을 다하는 든든한 진패가 없었다면 오늘의 흑풍대는 존재하지 않았을 것이다.

계단으로 비호와 세영, 백위가 뒤따라 들어왔다.

유월이 안전한 것을 확인하자 세 사람이 동시에 안도의 눈빛을 주고받았다.

비호가 유월 앞으로 날렵하게 몸을 날렸다. 나락도와 절대비도를 건네며 장난스럽게 말했다.

"요즘 건망증이 심해지셨습니다."

진패가 그의 뒤통수를 가볍게 쳤다.

"까분다."

긴장이 풀린 조장들이 모두 환하게 웃었다.

"다행히 저희가 수거할 수 있었습니다."

진패의 말처럼 분실되지 않은 것이 기적이라 할 만큼 귀한 무기들이었다.

두 무기를 받아 든 유월이 비겸에게로 성큼성큼 걸어갔다. 나락도를 가볍게 휘두르자 경쾌한 쇳소리와 함께 비겸을 묶고 있던 쇠사슬이 끊어졌다.

유월이 절대비도를 그녀에게 내밀었다. 마치 빌려준 물건을 되돌려받는 듯 비검이 망설이지 않고 그것을 받아 품 안에 넣었다.

"혼자 걸을 수 있나?"

"당연히."

하지만 비검의 몸 상태는 의지와는 달랐다. 그녀가 혼자 일어나려다가 다시 주저앉았다.

"그럼 실례하지."

유월이 망설이지 않고 그녀를 안아 들었다. 비검이 살짝 인상을 찌푸렸지만 그렇다고 거절하진 않았다.

비호가 저건 무슨 분위기냔 눈빛으로 나머지 세 조장들을 바라보았다. 그들 역시 분위기 파악이 안 되긴 마찬가지였다.

돌아선 유월이 비호에게 말했다.

"이번 일 뒤처리는 오조장이 하지."

유월이 직접 자신에게 명령을 내리자 비호는 내심 기분이 좋아졌다. 청풍표국 건은 조심스럽게 처리해야 할 사안이었다. 그럼에도 자신을 지목했다는 것은 그만큼 자신의 지혜와 순발력을 믿는다는 뜻이었다.

"앞으로 흑풍대 뽑을 때 필기시험도 쳐야 합니다요. 저 혼자 피곤해 죽겠습니다요."

딱! 딱! 딱!

세 조장들의 사랑스런 손길이 다시 비호의 뒤통수를 어루만졌다.

유월이 비검을 안은 채 계단 위로 걸어 올라갔다.

진패를 비롯한 두 조장이 유월을 호위하며 뒤를 따랐다.

그들이 막 문을 나서기 직전 비호가 다급하게 물었다.

"근데 이자는 누굽니까?"

이제 막 문을 열고 나가던 유월의 발걸음이 잠시 멈췄다. 그가 직접 이름을 밝히진 않았지만 앞서 백화방이 언급되었고 그의 죽음에 이염이 그토록 당황해하는 것으로 유월은 그의 신분을 추측할 수 있었다.

"백화방주의 아들 같다. 다시 확인해 보도록."

"헉! 이런 대형 사고를 쳐놓고 해결하라니요! 해결해! 한마디 하면 다 해결이 된답니까?"

세 조장들이 돌아보지 않은 채 손을 흔들었다.

"우린 필기시험을 안 치고 들어왔잖아."

백위의 말에 모두들 껄껄거리며 밖으로 나갔다.

그들이 모두 떠나자 투덜거리던 비호의 표정이 진지해졌다.

그때 이미 밖으로 나간 유월의 전음이 날아들었다.

"그는 청풍표국주의 회륜장에 절명했다."

거기서부터 해결점을 찾으란 뜻이었다. 굳이 전음으로 그 말을 남긴 것은 다른 조장들 사이에서 자신의 위신을 챙겨주기 위함이리라. 잘 처리해서 인정을 받으라는. 유월의 일 처린 언제나 그랬다.

"또 우리 대주님 안 좋은 버릇 나오시네."

말은 그러했지만 비호의 표정은 밝았다. 백화방주의 아들이 청풍표국주에 의해 죽었다면 이미 절반은 해결된 것이나 다름없었다.

비호가 이염을 끌어다 비검이 앉아 있던 의자에 앉혔다.

그리고 혈도를 짚어 그를 깨웠다.

정신을 차린 이염은 잠시 어리둥절한 눈치였다. 곧 상황 파악을 한 이염이 버럭 소리를 내질렀다.

"네놈들은 도대체 누구냐? 내가 누군지 알고 이따위 짓을……."

비호가 그의 어깨를 두드리며 차분하게 말했다.

"근처에 있는 애들 다 재웠다. 그러니 목 아프게 소리치지 마라."

자신의 의도를 간파당하자 이염이 침을 꿀꺽 삼켰다. 새파랗게 젊어 보이는 상대였지만 상진과 같은 호락호락한 애송이가 아니었다.

상진에 생각이 미치자 이염은 다시 등줄기가 서늘해졌다.

비호가 상진의 시체를 이염의 앞으로 끌고 왔다.

"대사건이군. 청풍표국의 국주가 백화방 백 공자를 살해하다."

"그 무슨 미친 소리냐? 백 공자가 죽은 것은!"

비호가 냉정하게 말꼬리를 잘랐다.

"네 회류장에 죽은 거잖아. 회류장은 네 독문무공이고. 발뺌하긴 너무 정통으로 맞았는걸."

시체를 내려다보던 비호가 이염을 보며 씩 웃었다.

이염의 가슴이 철렁 내려앉았다.

'젠장! 잘못 걸렸다.'

가장 먼저 든 생각이었다.

"이 시체를 백화방에 보낼까 하는데. 어떻게 생각해?"

"흥! 지금 협박하는 것이냐? 자초지종을 이야기하면 백 대협께서는 이해해 주실 거다."

그러자 비호가 고개를 내저었다.

"하나밖에 없는 아들이 죽었는데? 주워다 키운 자식인가? 아니지, 아무리 꼴 보기 싫은 자식이라도 키운 정이 있을 텐데. 그런 거 없다고 해도, 다른 이들의 이목 때문에라도 그냥 안 있을 것 같은데?"

뭐라 항변하려던 이염은 말문이 막혔다. 억울함이 울화가 되어 폭발할 것 같았지만 비호의 말은 틀리지 않았다.

백화방주가 대협이라 칭송받는 이유는 아들이 죽었어도 시시비비를 정확히 가릴 수 있는 넓은 아량을 지녔기 때문이 아니었다. 그저 자식이라면 죽고 못 사는 지역 중소방파의 수장일 뿐이었다.

이염은 간담이 서늘해졌다. 그는 이 일에 관련된 모두에게 복수를 하려 들 것이다. 그리고 그 살생부의 첫줄에는 반드시 자신의 이름이 오를 것이다. 아니, 어쩌면 마지막 줄에 남겨 둘지도 모를 일이었다. 제아무리 그를 이길 자신이 있다 하더라도 그의 뒤에는 공동파가 버티고 있었다. 좋게 해결될 일이 아니었다.

이염이 차갑게 굳은 얼굴로 나직이 물었다.

"네놈들의 정체가 뭐냐?"

"유설표국 사람들이지."

"헛소리!"

"왜 헛소리라고 생각하지?"

이염은 그 말을 믿지 않았다. 표두 하나 죽여놓고 줄행랑을 친 그들이었다. 자신을 이렇게 몰아붙일 실력이 있었다면 애초에 그 일은 일어나지 않았을 것이었다.

불신 가득한 이염의 태도에 비호가 침착하게 말했다.

"보고받았는지 모르겠지만, 우리 표국은 사람만 실어 나르는 표국이야. 그쪽 손님과는 전혀 관계가 없지. 사실 이런 일이 일어날 필요도 없었는데 말이야."

"흥!"

"어차피 한 배를 탔으니까 내가 좀 더 말해주지. 유설표국주는 유가장의 여식이야."

유가장이란 말에 이염이 의아한 마음이 되었다.

"유가장주가 이번에 딸을 강호에 내려 보내며 큰마음을 먹었지. 그냥 보내려니 오죽 불안했겠어? 그래서 큰돈을 들여 우리를 고용했지."

그 말은 곧 낭인들이란 말이었다. 유월의 얼굴을 떠올리자 제법 어울리는 듯 여겨졌다.

반신반의한 표정을 짓고 있는 이염에게 비호가 말을 이었다.

"이쪽 표두 우리 손에 죽은 거 맞아. 아까 잡아온 두 사람은 그 문제로 다투다 서로 내상을 입고 쓰러진 거고. 그렇잖으면 이쪽 애들에게 잡혀올 사람들은 아니지."

이염은 혼란스러웠다. 비호의 말이 그럴듯한 것이다. 쇠사슬을 단숨에 끊은 것이나 자신의 회륜장을 피했다는 것은 절대 만만한 실력이 아닌 것이다. 가장 효율적인 거짓말은 칠 할의 진실에 삼 할의 거짓을 섞을 때라 했고, 비호는 거짓과 진실을 교묘히 섞고 있었다.

"그래서 어쩌자는 거냐!"

"간단해. 그냥 이 문제를 덮자는 거지."

"망할! 오늘 백 공자가 날 찾아온 것을 그쪽에서 모르지 않을 텐데."

그러자 비호가 사악한 미소를 지었다.

"만약 백화방에서 당신을 의심하고 나오면 무조건 만수문의 민충식에게 뒤집어씌워."

"그게 무슨 말이냐?"

난데없이 만수문주의 아들이 거론되자 이염은 깜짝 놀랐다.

"그자를 찾아갔다고 해. 알다시피 둘은 한바탕 붙어도 이상할 것이 없는 사이잖아. 왕 노대 문제도 있고. 그냥 내 말대로 하면 돼. 절대 그쪽에서 해명할 수 없을 테니까. 걔네들 절대 민충식이 못 내세우니까."

그 말이 사실이라면 빠져나갈 구멍이 분명 있었다. 더구나 민충식의 나쁜 행실에 상진이 그를 몹시 싫어했다는 것은 모두들 알고 있는 바였다. 왕 노대 실종을 백화방에 뒤집어씌우려는 만수문의 억지에 열받은 상진이 민충식을 찾아갔다? 그럴듯한 얘기였다.

순순히 이염이 고개를 끄덕였지만 내심 딴마음을 품고 있었다. 일단 목숨을 부지한 후, 상진의 시체를 훼손해서라도 모든 책임을 유설표국에 뒤집어씌우리라 마음먹은 것이다. 하지만 그 독심은 이내 허망한 것이 되었다.

비호가 상진의 시체를 조심스럽게 안아 든 것이다.

"무슨 짓이냐?"

비호가 당연한 일을 왜 그러냐는 표정을 지었다.

"가져가서 얼려둘 거야. 당연한 거잖아. 아, 그리고 이 시체 찾으려고 지랄 떨지 마. 넌 죽어도 못 찾는 곳에 숨겨둘 거야. 네가 개지랄 떨면 바로 백화방으로 보낼 거야."

이염이 이를 바드득 갈았다.

"잘 생각해 봐. 이대로 백화방주에게 가서 이실직고하고 그의 아량을 믿어보든지, 아니면 그냥 이대로 좋게 넘어가든지."

떠나려던 비호에게 이염이 다급하게 물었다.

"민충식이 나서지 못하는 것은 확실한 것이냐?"

돌아선 비호의 입가에 미소가 번졌다.

"생각지 못한 일들이 벌어지는 곳이 강호잖아? 오늘 일도 그렇고."

의미심장한 말이었다. 이염의 눈이 가늘어졌다.

문 앞에 선 비호가 한마디 덧붙였다.

"지금 널 죽여 버리지 않고 그냥 가는 것에 대해 잘 생각해 봐. 우릴 우습게보면 후회하게 될 거야."

그렇게 비호가 사라졌다. 닫힌 철문을 바라보는 이염이 긴 한숨을 내쉬었다.

第二十五章

유성 아래에서

刀霸魔爭

유월이 무사히 돌아오자 송가장의 분위기가 한층 밝아졌다.

전 대원에게 걸렸던 비상이 풀렸고 송가장을 지키는 인원은 일 개 조로 축소되었다. 물론 아직 기관 장치는 여전히 가동 중이었고 여전히 난공불락의 요새였지만 흑풍대원들의 표정은 눈에 띄게 밝아졌다.

유일하게 침울한 사람은 진명이었다. 그는 지난밤 비검에게 눈길을 주었던 사실에 대해 크게 자책하고 있었다. 무옥을 피해 방에만 틀어박혀 나오지 않고 있었는데, 무옥 역시 생각이 복잡했던 탓에 일부러 그를 자극하지 않았다.

어차피 시간이 해결해 줄 일이었다.

검운과 삼조원들의 밀착 호위에서 벗어난 비설이 유월의 방 앞을 기웃거리고 있었다.

비설이 문틈으로 방 안을 훔쳐보았다. 비검의 등에 내력을 주입하고 있는 유월의 모습이 보였다. 돌아오자마자 유월은 방에 틀어박혀 비검의 치료에만 열중하고 있었다.

어떻게 된 일이냐고 진패와 다른 조장들에게 물어도 대답은 하나였다. 비검이 위험한 일을 당했고 유월이 그녀를 구해 왔다는 것이었다.

비검을 치료하는 모습을 보니 틀린 말은 아니었지만 자신의 눈치를 보며 쉬쉬하는 분위기도 그렇고 뭔가 말의 앞뒤가 맞지 않는 부분이 분명 있었다.

그렇게 비설이 훔쳐보기에 열중하고 있을 때, 뒤에서 누군가 말했다.

"신경 쓰여?"

화들짝 놀란 비설이 돌아보니 어느새 무옥이 그녀의 옆에 와 있었다.

"쉿!"

비설이 그녀의 입을 막은 채 한옆으로 데려갔다.

"지금 치료 중이신데, 떠들면 안 돼."

"대주님 정도면 옆에서 풍악을 울려도 괜찮으실걸."

"뭐, 그렇긴 하겠지만."

무옥이 의미심장한 미소를 지으며 다시 물었다.

"신경 쓰이지?"

비설이 반박하려다 이내 한숨을 쉬었다.

"사실 좀 신경 쓰이네."

비설의 솔직한 대답에 무옥이 미소를 지었다. 신경이 쓰이는 것은 자신 역시 마찬가지였다.

"사랑이 원래 그렇지. 옆에 그냥 있을 때야 잘 모르다가도, 연적이 생기는 순간 초조하고 다급해지지."

그 말만큼은 비설이 부인했다.

"까불지 마. 난 친구가 좋아하는 남자를 마음에 두는 그런 파렴치가 아냐."

"친구? 와, 감동적이긴 한데… 그 말은 좀 아니지 않나?"

"무슨 뜻이야?"

"내가 먼저 좋아했다고 해서 네가 좋아하지 말란 법이 없잖아. 그게 네가 날 생각하는 우정이야?"

"당연하잖아?"

"그럼 널 생각하는 내 우정은? 네 우정만 소중한 거야?"

비설이 조금 놀랍다는 표정을 지었다.

"진심이야?"

"물론. 세상 모든 여자들이 질투의 화신이진 않잖아."

"멋진 모습이긴 한데, 믿기 어려워."

비설의 말에 무옥이 선택은 자유란 의미를 담아 어깨를 으쓱했다.

무옥이 돌아서 걸어가며 말했다.

"네 감정에 충실해. 나중에 후회하지 말고."

왠지 정곡이 찔린 기분이어서 비설의 볼이 달아올랐다.

"야! 너 요즘 너무 건방져! 친구 취소해 버린다!"

무옥이 돌아보지 않은 채 손을 흔들며 말했다.

"너무 늦었네요, 아가씨. 아, 그리고 밖에서 훔쳐본다고 대주님이 모르시겠어? 그냥 들어가 봐."

그녀의 등을 향해 비설이 혀를 쏙 내밀었다.

"흥! 정말 좋아해 버린다?"

동갑이었지만 무옥은 자신보다 훨씬 성숙하다는 생각이 들었다. 사실 유월을 이성으로 생각해 본 적은 없었다. 그저 든든한 오라버니 같다는 생각만 했었다. 하지만 비검을 치료하는 유월의 모습을 보자 이상하게 마음이 흔들렸다.

'정말 왜 이리 신경이 쓰이는 거지.'

비검이 아름다워서일까? 그런 마음 때문이라면 정말 부끄러운 일이란 생각이 들었다. 무의식적으로 무옥은 경쟁자가 되지 못한다고 무시한 것이 되니까.

'뭐가 이리 어려워!'

비설이 양손으로 머리통을 콩콩 쥐어박으며 한숨을 내쉬었다.

그때 문이 열리며 유월이 걸어나왔다.

"아얏!"

그녀가 과하게 놀라자 유월이 의아한 눈빛이 되었다.

"혜, 아무것도 아니에요."

유월은 평소보다 조금 창백했지만 눈빛은 여전히 강렬했다.

"설아, 잠시 산책이나 할까?"

"좋지요."

두 사람이 복도를 걸어 밖으로 나왔다.

"언니는 괜찮나요?"

유월이 고개를 끄덕였다. 비검의 치료는 사실 무리하게 진행되었다. 유월은 반 시진 동안 심법을 운용해 내력을 모은 후, 다음 반 시진은 치료를 했다. 그만큼 비검의 상태는 좋지 않았던 것이다.

그런 과정이 두 번 반복되자 비검의 안색은 몰라보게 좋아졌다. 두 사람의 무공은 서로 달랐지만 분명 비검 역시 마공을 익힌 몸이었기에 유월의 치료를 거부감없이 받아들였다.

사실 마공을 익혔다고 모든 마인들이 서로의 내력을 쉽게 받아들일 수 있는 것은 아니었다. 두 사람의 무공 경지가 워낙 높았기에 부작용을 최소화할 수 있었던 것이다.

"이깟 신세 좀 졌다고 우쭐하면 안 돼."

그녀는 이와 비슷한 말을 치료 때마다 반복했다. 아마도 자신이 부탁한 치료였지만 역시 자존심이 상하는 것은 어쩔 수 없는 모양이었다.

그런 그녀의 태도로 볼 때, 지금까지 자라면서 그녀는 다른 사람의 신세를 져본 일이 거의 없다는 것을 유월은 알 수 있었다.

생색 섞인 농담 한마디 할 법도 했지만 유월은 묵묵부답 치료에만 열중했다.

그런 유월의 사내다움이 아니었다면 결코 비검은 자신의 몸을 맡기지 않았을 것이다.

세 번째 치료가 끝났을 때, 비검이 말했다.

"여기까지 하지."

"괜찮겠나?"

"하수, 까불지 마."

흑풍대주가 된 이래로 하수란 말을 들어본 적이 있었던가? 아니, 처음 흑풍대에 들어왔을 때부터 자신을 하수라 부르며 무시한 사람을 만나지 못한 그였다.

그녀의 말을 떠올리자 유월이 자신도 모르게 미소를 지었다. 그 미소가 평소와는 달라 보인다는 생각에 비설의 발걸음이 빨라졌다.

왠지 초조했다. 자신의 마음을 정확히 알지 못해 답답했다.

이런저런 상념에 빠져 얼마나 걸었을까?

"설아."

유월의 부름에 비설이 발걸음을 멈췄다. 돌아보니 유월이 저만치 뒤에 서 있었다. 그제야 자신이 너무 빨리 걷고 있었다는 것을 깨달았다.

"아, 죄송해요. 잠시 딴생각을 하느라고."

두 사람이 멈춰 선 곳은 연분홍빛 월계화가 만개한 화원 앞이었다.

"아, 밤에 보니 더 예쁘네요."

비설이 허리를 숙여 꽃향기를 맡았다. 꽃향기에 취해 그녀가 행복한 표정을 지었다.

달빛 아래 꽃향기를 맡는 비설.

담장 너머 지나가던 화공이 이 모습을 본다면 송가장의 모든 기관 장치를 온몸으로 감수하고서라도 달려올 한 폭의 미인도가 만들어지고 있었다.

굳이 화공이 아니더라도 유월은 그 모습이 참으로 아름답다는 생각이 들었다.

그리고 보니 난주에 와서 겪은 두 번의 큰 싸움 모두 밤에 이루어졌다.

이렇게 평화롭고 아름다운 밤만 계속된다면 얼마나 좋을까?

유월이 피식 자조의 웃음을 지었다. 자신의 처지에 너무나도 사치스런 생각이란 생각이 든 것이다. 자신의 손에 죽은 수많은 원귀들이 찾아오지 않으면 그나마 다행인 밤, 그것이 바로 지금 유월의 삶이었다.

비설이 화원의 울타리에 걸터앉았다.

"비검 언니 예쁘죠?"

무슨 대답을 기대한 것일까? 비설의 이어지는 물음에 그 의도가 담겼다.

"저보다 더 예쁘죠?"

그러자 생각보다 빨리 유월이 대답했다.

"네가 더 예쁘다."

"피~"

아름다움의 기준을 어디에 세우느냐에 따라 두 여인에 대한 평가는 달라질 것이다. 순수하고 맑은 모습이라면 비설이, 원숙하고 매력적인 면이라면 비검이 뛰어났다.

"오늘은 하루 종일 거짓말쟁이들만 만나는군요."

말은 그러했지만 내심 비설의 마음은 두근거렸다.

무옥이 말이 옳다는 생각이 들었다. 좋아하는 사람의 진짜 소중함은 옆에 있을 때는 잘 알지 못한다. 상대가 떠난 후에야 그 빈자리를 메우지 못해 허둥거리는 것이 인간의 어리석음이라면, 연적의 출현에 초조해 발을 동동 구르는 모습은 결국 참을 수 없는 존재의 가벼움을 보여주는 것이리라.

'그렇지만……'

비설은 사랑에 빠져 해야 할 일에 지장을 주고 싶지 않았다. 이제 겨우 스무 살이었지만, 아니, 스무 살이기 때문에 사랑보다 더 중요한 일을 해도 된다는 생각이었다. 가슴이 두근거리는 것은 어쩔 수 없는 일이지만 말이다.

"헤—"

비설이 바보처럼 웃자 유월이 미소를 지었다.

비설이 자신의 머리를 유월에게 들이밀었다.

"머리 한 번만 쓰다듬어 주세요."

그녀의 난데없는 요구에 유월은 조금 난처한 표정이 되었다.

비설은 단단히 마음을 먹었는지 그 자세를 고수했다. 결국 유월이 비설의 머리를 쓰다듬었다. 듬직한 오라버니의 손길이었고, 아버지의 손길이기도 했다. 그런 손길이기에 점점 빠져들고 있는 것이겠지.

고개를 들며 비설이 해맑게 웃었다.

그녀의 신분을 알면 모든 강호인들이 칼을 뽑아 들고 그녀에게 달려들 것이다.

그들에게 이렇게 착한 마녀도 강호에 존재한다는 것을 이해시킬 수 있을까? 아마 없을 것이다. 설령 그들이 비설의 본성을 알게 된다 하더라도 결국 그녀는 정치적인 이유로 희생될 것이다.

오직 자신만 믿고 강호로 내려온 비설이었다.

그녀를 보며 행복해지는 것이 싫어 의식적으로 마음을 닫으려 했다. 참으로 이기적이고 어리석은 마음이란 생각이 들었다.

'반드시 내가 지켜주마.'

유월은 스스로에게 다짐했다. 강호의 모든 검이 그녀를 향한다 하더라도 반드시 지켜낼 것이다.

비설이 밤하늘을 올려다보았다.

"별이 너무 예뻐요."

유월의 마음속에 또다시 울려 퍼지는 동생의 목소리.

"오라버니, 난 세상에서 별이 제일 예쁜 것 같아."

하지만 유월은 오늘만큼은 동생을 떠올리며 슬퍼하지 않기로 했다. 동생도 비설이라면 분명 이해해 줄 것이다.

한참 동안 두 사람은 꽃향기와 별빛에 취해 말없이 서 있었다.

밤 정취에 흠뻑 젖어 마음이 편안해졌을 즈음, 유월이 본론을 꺼냈다.

"설아, 할 말이 있다."

유월의 진지한 모습에 비설이 살짝 긴장했다.

묵묵히 비설을 응시하던 유월이 조금 어렵게 말을 꺼냈다.

"비검은 널 죽이러 온 여인이다."

생각보다 비설은 놀라지 않았다. 유월이 그녀와 함께 돌아왔을 때부터 이미 예감하고 있었을지도 몰랐다. 비검은 진서

열록 오위의 그 비검일지도 모른다고. 한줄기 시원한 바람이 불어왔다. 오히려 진실을 알고 나니 마음이 편안해졌다.

"그런데도 그녀를 치료해 주셨군요."

유월은 아무 대답도 하지 못했다. 미안한 마음뿐이었다.

비설은 무심코 내뱉은 자신의 말이 유월의 마음에 상처를 줬다는 것을 깨달았다.

그녀가 장난스럽게 깔깔거렸다.

"물론 절 지켜주실 수 있기 때문이겠죠?"

그 뒤늦은 수습에 유월이 솔직하게 말했다.

"그녀는 나보다 강하다. 그럼에도 그녀를 치료해 준 것은……."

유월이 잠시 말을 잇지 못했다. 쉽게 말할 수 있는 문제가 아니었다.

비설이 다시 하늘을 올려다보았다.

"설명하실 필요 없어요. 분명 그럴 만한 이유가 있으니까 그런 결정을 하신 것일 테니까요."

검운의 말처럼 가깝기 때문에 모든 것을 말할 필요가 없을 때가 있는 법이다. 비설은 바로 지금이 그때란 생각이 들었다.

"앗, 유성이에요."

저 멀리 긴 꼬리를 매단 유성이 산 너머로 떨어지고 있었다.

"빨리 소원 빌어요!"

비설이 두 손을 합장하며 눈을 감고 뭔가를 빌었다.

유월은 그저 미소를 지은 채 그녀를 바라볼 뿐이었다.

'그 소원이 무엇이든… 내가 이루게 해주마.'

유성은 송가장에서 오 리쯤 떨어진 유설표국의 별채에서
도 볼 수 있었다.

"아, 유성입니다."

가장 먼저 유성을 발견한 사람은 비호였다.

유설표국의 별채에서는 야간 공사가 한창이었다. 유월과
비검의 싸움으로 부서진 건물을 수리하기 위함이었다.

진패를 비롯해 비호와 백위가 조원들을 데리고 부서진 별
채 건물을 수리했다. 워낙 무공이 뛰어난 이들이었기에 일은
일사천리로 진행되었다.

어울리지 않게 비호가 얌전히 두 손을 모으고 소원을 빌었
다. 언제나 유성을 보면 평소와는 달리 진지하게 소원을 빈다
는 것을 알았기에 진패와 백위는 그 행동이 끝날 때까지 아무
말도 하지 않았다.

비호가 손뼉을 세 번 마주치며 소원이 이뤄지기를 기원했
다.

"아, 형님들은 소원 안 빌어요?"

그러자 진패가 벽을 칠하는 손길을 늦추지 않은 채 말했다.

"이놈아. 미신이다, 미신."

"미신이라뇨? 하늘이 노합니다요."

붓질을 하던 진패의 손길이 잠시 멈췄다. 진패가 나지막이 말했다.

"천벌이야 어차피 받을 거고……."

"아, 영감쟁이. 또 분위기 깨시네."

자조하듯 피식 웃은 뒤 진패가 고개를 돌렸다.

"너 지금까지 소원 빈 것 중에 이뤄진 적 있냐?"

비호의 눈가에 살짝 서글픔이 스쳤지만 이내 까불거리며 재잘거렸다.

"그럼요, 귀영대 송 조장!"

그 말이 떨어지기가 무섭게 백위가 끼어들었다.

"헉! 너 정말 그 여자랑 잤어?"

비호가 인상을 찌푸렸다.

"아, 우리의 고상한 사랑에 그 무슨 망발이십니까?"

"웃기고 있네."

백위가 비호의 목을 조르며 흔들어댔다.

"야! 이 비겁한 놈아! 언제 잤어? 몇 번이나? 많이 잤어?"

비호가 컥컥거리며 죽는소리를 했다.

"아니라니까요. 이거 놔요."

백위가 비호를 밀어내며 땅이 꺼져라 한숨을 내쉬었다.

비호가 설마하고 물었다.

"그 여자 좋아했수?"

백위가 한숨으로 대답을 대신했다. 비호가 입맛을 다시며 미안한 얼굴이 되었다. 백위의 반응으로 볼 때, 정말 마음에 두고 있었던 모양이다.

"우리 아무 일도 없었어요."

"거짓말."

"정말이라니깐요. 하늘에 맹세해요."

그러자 백위가 조금 누그러졌다.

"정말? 정말 아무 일도 없었어? 하늘에 맹세해?"

"그럼요. 형님, 앞으로 제가 확실히 밀어줄게요."

백위가 언제 그랬냐는 듯 흐뭇하게 웃으며 비호를 감싸 안았다.

"으하하하, 역시 너밖에 없다."

진패가 어이없다는 듯 버럭 소리를 질렀다.

"이놈들아, 농땡이 그만 치고 어서들 일해. 오늘 밤 안으로 모두 마친다."

"제게 맡겨주십시오. 야! 이놈들아, 잡담 그만 하고 일해!"

조원들이 일하는 곳으로 쿵쾅거리며 달려가는 백위의 발걸음이 날아갈 듯 가벼웠다.

백위가 저 멀리 가자 진패가 넌지시 물었다.

"너 정말 아무 일 없었어?"

"호호호."

그 의미심장한 웃음에 진패가 어이없다는 표정을 지었다.

"그런 놈이 하늘에 맹세까지 해?"

"형님 말마따나 저야 어차피 지옥행 예약자인데요."

"녀석."

자신이 처음 꺼낸 말이었지만 다시 듣고 보니 서글퍼졌다.

우울함을 감추며 진패가 붓질에 속도를 더했다.

"이번 일 마치면 혼인해. 그만 방황하고."

"갑자기 웬 혼인 얘기요. 형님도 참 실없소."

"내가 올라가면 참한 여자 소개해 줄게."

"됐네요. 여자는 착하면 그만이란 그 구닥다리 혼인관은
사양입니다요."

"인마! 네가 아직……."

"어려서 모른다고요? 전 살아보니 나이 먹을수록 모르는
것투성이던데요?"

말로 해서 어찌 비호를 이길까? 진패가 포기했다는 듯 고
개를 내저었다.

목재에 못질을 하며 비호가 화제를 바꿨다.

"근데 형님, 그날 분위기가 좀 묘하지 않던가요?"

"무슨 말이야?"

"대주님이랑 그 여자 말이에요."

"까분다."

"솔직히 대주님이야말로 혼인할 때가 지났죠. 언제까지 저

렇게 홀몸으로 방치해 둘 거예요? 사실 그거 형님 책임이라고요."

"이놈아! 그게 왜 내 책임이야?"

"솔직히 대주님 개인사에 제일 편하게 끼어들 수 있는 사람이 누구겠소? 형님 아닙니까? 대주님 성격 몰라요? 그 과묵파가 먼저 나서서 여자 찾겠습니까? 당연히 형님이 챙기셔야죠."

"음……."

틀린 말이 아니었다. 진패 역시 그런 생각을 안 해본 것이 아니었다. 하지만 워낙 유월이 여인에게 관심이 없다 보니 지난 몇 년간 그에 대해 잊고 지낸 것이다. 듣고 보니 미안한 마음이 들었다. 게다가 자신은 이미 혼인까지 한 상태 아닌가? 동생 놈들에겐 항상 잔소리를 해왔는데, 유월에겐 이런저런 이유로 소홀했던 것이다.

"대주님도 남잔데 왜 여자가 싫겠어요?"

"어쨌든 그 여자는 안 돼."

"왜요? 인물값 할까 봐요?"

"정체불명이잖아."

"그야 사귀면서 알아가는 거고."

"그래도 안 돼."

"형님 주관으로 판단하지 마시고."

"그 여잔 위험해."

"대주님은 안 위험해요? 그럼 어떤 착한 여자를 그 옆에 데려다 앉히려고요? 그 여잔 위험한 남자 좋답디까?"

따악!

어쨌든 유설표국의 별채는 원래의 모습을 찾아가고 있었다.

진패에게 '정체불명의 위험한 여인'으로 찍힌 비검은 자신의 방 침상에 걸터앉아 절대비도를 만지작거리고 있었다.

그녀의 새하얀 손가락이 비도의 날을 따라 천천히 움직였다. 내력을 운용하지 않아도 날에 손을 베이지 않을 정도로 비도와 하나가 된 그녀였다.

습관적으로 비도를 만지작거리던 그녀가 가볍게 내력을 운용했다.

비도가 그녀의 손바닥 위에 가볍게 떠올랐다.

비록 아직은 예전처럼 강맹한 내력을 불러일으킬 순 없었지만 기의 흐름은 매우 원활했다. 유월의 치료가 훌륭한 까닭이었다. 이대로 몸을 다스리면 열흘 안에 원래의 상태로 회복될 수 있을 것 같았다.

그녀는 멍하니 비도를 바라보았다. 어젯밤 광경이 잊혀지지 않았다.

절대비도를 맨손으로 받아낸 유월의 모습이 떠올랐다.

그 광기 서린 유월의 눈빛.

마치 모든 것이 꿈만 같았다. 하지만 여전히 그녀는 기억한다. 절대비도를 회수하지 못하고 허공을 움켜쥐던 그 손의 허전한 감촉을.

유월의 얼굴 위로 오색천마혼의 모습이 겹쳐졌다.

자신을 내려다보던 오색천마혼의 그 도도한 눈빛.

'분명 오색혈마공(五色血魔功)이었어.'

자신이 익힌 무공이었고 귀면이 익힌 무공이기도 했다.

유월의 폭주와 함께 현신(現身)한 오색천마혼은 바로 이 오색혈마공의 극의를 깨달은 자만이 만들어낼 수 있는 최고의 경지.

강호인들에게는 너무나 생소한 무공이었다. 통이문 출신의 국수 팔던 노인이 오 년을 찾아 헤매도 찾지 못할 정도로. 결국 유월은 자신의 몸속에 감춰진 무공을 찾아 헤매고 있었던 것이다.

'어떻게 그가 오색혈마공을 익히고 있었던 거지?'

아무리 생각해도 이해가 가지 않았다.

한 가지 확실한 것은 유월은 자신이 오색혈마공을 익히고 있다는 것을 알지 못한다는 점이었다.

문득 그런 생각이 들었다.

'기억을 잃은 것일까?'

오색혈마공을 익혔지만 어떤 충격으로 모든 기억을 잃어버린 경우일지도 모른다는 생각.

그러나 이내 비검은 고개를 가로저었다.

그럴 가능성은 희박했다. 만약 유월이 오색혈마공을, 그것도 오색천마혼을 불러낼 정도로 익혔다면 자신이 모를 리 없었다. 더구나 그러기에는 유월은 너무나 젊었다. 천부적인 재능을 지닌 이가 걸음마를 떼면서 무공을 익혔다 하더라도 그 나이에 천마혼을 불러내는 것은 불가능했다.

그때 누군가 문을 두드렸다.

떠 있던 절대비도가 비검의 손바닥으로 떨어졌다.

"들어오세요."

문이 열리자 죽 그릇이 놓인 쟁반을 들고 무옥이 서 있었다.

"배고프죠? 저녁도 안 드신 것 같아서."

어제 술자리를 생각해 보면 무옥이 자신을 찾은 것은 꽤나 의외란 생각이 들었다.

"들어오세요."

무옥이 들어와 탁자 위에 쟁반을 내려놓았다.

"입에 맞으실지 모르겠어요. 워낙 요리에는 취미가 없어서."

말은 그러했지만 고소한 냄새를 풍기는 야채 죽은 잊고 있던 허기를 자극할 만큼 맛있게 보였다.

죽은 두 그릇이었다. 무옥이 허락도 구하지 않고 자리에 앉았다.

"뭐 해요? 안 오고? 혼자 먹으면 맛없잖아요."

잠시 무옥을 응시하던 비검이 미소를 지었다. 무옥은 뭔가 자신에게 할 말이 있어 찾아온 것이 확실했다. 그게 뭘까 궁금해진 것이다.

비검이 무옥의 맞은편에 앉았다.

"자, 드세요."

무옥이 죽 그릇을 손에 들고 젓가락질을 시작했다.

"앗, 뜨거."

푼수처럼 혀를 날름거리더니 다시 무옥이 젓가락질에 열중했다.

묵묵히 그 모습을 지켜보다가 비검이 물었다.

"의도가 뭔가요?"

"의도 따윈 없어요. 그냥 끼니나 거르지 말자는 뜻이니까. 왜요? 독이라도 탔을까 봐 걱정되나요?"

비검의 눈에 자신이 얼마나 가소로워 보이는지 무옥은 알고 있었다. 유월과 양패구상을 할 정도로 두 사람이 박빙의 싸움을 했다는 흑풍대 선배들의 대화를 엿들었던 것이다.

"하긴, 어지간한 독으론 죽지도 않겠죠?"

무옥은 마치 자신의 목숨을 어딘가에 맡기고 온 사람처럼 버릇없이 행동하고 있었다.

비검이 피식 웃었다. 그리고는 뒤늦게 젓가락을 들었다. 게 눈 감추듯 죽 한 그릇을 뚝딱한 무옥이 이번에는 비검이 먹는 모습을 지켜보았다.

비검은 자신의 시선을 전혀 의식하지 않고 천천히 먹었다.

"몸은 좀 어떠세요? 다치셨다고 들었는데."

"이제 괜찮아요."

"아쉽네요."

다시 비검의 입가에 미소가 지어졌다.

무옥이 가볍게 한숨을 내쉬었다.

"당신 때문에 난 가장 친한 친구 둘을 모두 미워할 뻔했어
요."

비검은 그 친구가 누굴 말하는지 짐작할 수 있었다. 비설과
진명이란 꼬맹이리라.

사실 무옥의 속마음은 그 말에 한마디가 더 추가되어야 했
다. 좋아하는 사람까지 잃게 될 뻔했다는. 하지만 무옥은 그
런 자신의 마음까진 드러내지 않았다.

"그래서 전 당신이 싫어요. 아니, 무서워요."

"그다지 무서워하는 것 같진 않네요."

당당하던 무옥의 시선이 자신이 먹은 빈 그릇을 향했다.

"아뇨, 무서워요. 너무 무서워서 오늘 찾아왔어요. 찾아오
지 않으면 영원히 당신을 무서워할 것 같아서."

비검의 젓가락질이 잠시 멈췄다가 다시 이어졌다.

무옥의 시선이 다시 비검을 향했다. 그녀는 자신이 낼 수
있는 모든 용기를 발휘하고 있었다.

"하지만 이제 무서워하지 않을래요. 당신이 마음만 먹으면 저 같은 건 언제든지 죽여 버릴 수 있겠지만… 전 당신이 설이를 해치는 것을 두고 보진 않겠어요."

"두고 보지 않으면?"

"발악이라도 해야겠죠. 결국 죽겠지만요."

비검이 젓가락을 놓았다. 그리고 그때와 같은 차가운 눈빛으로 무옥을 응시했다.

거부할 수 없는 두려움에 무옥은 다시금 소름이 돋았다. 머릿속에 수백 마리의 뱀이 기어다니는 동굴에 빠지는 상상이 떠올랐다.

하지만 무옥은 그 눈빛을 피하지 않고 당당히 맞섰다. 자신이 피하면 그곳에 빠질 사람이 비설이 된다는 생각을 하니 마음이 달라졌다.

비검의 눈빛이 서글픔에 잠겼다.

"그 아이는… 행복하군요."

마치 비설이 그녀의 행복을 빼앗아간 것처럼 들려 무옥은 당황했다.

비검이 자리에서 일어나 창가로 걸어갔다. 등을 돌린 그녀는 더 이상 아무 말도 하지 않았다. 무언의 축객령(逐客令)이었다.

왠지 쓸쓸해 보이는 그녀의 등을 바라보며 무옥은 어쩌면 그녀에 대해 오해하고 있는 것이 있을지도 모른다는 생각이 아주 잠시 스쳤다.

"미안해요. 이렇게 불쑥 찾아와서."

비검은 아무 대답도 하지 않았다.

무옥이 돌아서 나갔다. 문을 나서려던 그녀가 한마디 덧붙였다. 성격상 그냥 있을 수 없어 찾아왔지만, 이대로 그냥 나가는 것도 자신의 성격이 아니었다.

"다음에는 더 맛있게 만들어 올게요."

무옥이 다음을 기약하며 방을 나섰다.

비검이 창문을 활짝 열어젖혔다.

시원한 밤바람이 불어와 그녀의 뺨을 어루만졌다.

환하게 웃는 비설의 구김살 없는 얼굴이 떠올랐다. 그 얼굴 위에 비설을 부르며 꿈에서 깨어나던 유월의 모습이 겹쳐졌다.

비검이 살짝 입술을 깨물었다.

한참을 멍하니 창밖을 바라보던 비검이 나지막이 말했다.

"왔느냐?"

파앗!

빈 공간에서 누군가 모습을 드러냈다. 새하얀 무복에 하얀 복면을 쓴 여인이었다. 가늘고 긴 눈이 매력적인 이십대의 여인이었는데, 눈빛에 담긴 강인함은 검운의 그것과 닮아 있었다.

그 강렬한 눈에서 눈물이 글썽이고 있었다.

"아가씨!"

여인의 눈에서 눈물이 뚝뚝 떨어졌다. 가식적인 울음이 아니었다. 진심에서 우러나는 눈물이었다.

"화령(花靈), 난 괜찮아. 울지 마."

화령은 고개를 숙인 채 울음을 멈추지 않았다.

"안 그래도 나 힘들어. 그만 울어."

비검의 목소리에는 피곤함이 묻어나고 있었다.

화령이 이를 악물며 억지로 눈물을 그쳤다. 울음소리는 그쳤지만 그녀의 눈에서는 여전히 눈물이 흘러내렸다. 눈물로 흠뻑 젖은 복면이 그녀의 뺨에 달라붙었다.

"이곳에 계시다는 것을 낮에 알았어요. 한데 놈들의 방비가 너무 삼엄해서 이제야 들어올 수 있었어요."

흑풍대의 감시를 피해 불과 반나절 만에 이곳까지 들어온 것만 해도 대단한 일이었다.

"다쳤구나?"

비검이 한눈에 화령의 부상을 알아냈다.

"이제 괜찮아요."

"어떻게 된 일이냐?"

"그날 이십 장 밖에서 지켜보고 있었는데 그자의 마기가 거기까지 날아들었어요."

자신이 당한 부상을 생각하면 이십 장 밖이라 해도 화령이 살아남은 것이 천만다행이라 할 만했다. 조금만 더 가까이 있었다면 분명 그 자리에서 절명했을 것이다.

"그 이후의 일도 보았느냐?"

오색천마혼을 보았느냐는 물음이었다.

"정신을 차려보니 아침이었어요. 아가씨를 찾으려고 난주를 샅샅이 뒤졌지만⋯⋯."

다시 울컥 눈물이 쏟아지려는지 화령이 입술을 깨물어 눈물을 참았다.

듣지 않아도 알 수 있었다. 화령이 자신을 찾으려고 부상당한 몸으로 얼마나 헤매었을지. 자신을 향한 화령의 충성심은 말로 설명되는 것이 아니었다.

"교주님께서 아가씨가 다친 것을 아신다면 크게 상심하실 겁니다."

"과연 그럴까?"

자조적인 비검의 말에 화령이 안쓰러운 표정을 지었다.

"아가씨? 교주님께서는⋯⋯."

화령의 말을 비검이 막았다.

"돌아가서 몸이나 추슬러."

"싫어요. 이제 절대로 아가씨 옆을 떠나지 않겠어요."

화령이 원래 눈빛을 되찾았다. 항명으로 죽을지언정 자신의 고집을 꺾지 않겠다는 눈빛이었다.

비검이 어쩔 수 없다는 듯 고개를 내저었다.

다시 화령이 조심스럽게 말했다.

"그리고… 교주님께서 귀도님의 금제를 푸셨습니다."

그 말에 비검이 깜짝 놀랐다.

"그게 정말이냐?"

"네. 중원에 흩어져 있던 귀도님 휘하의 마인들이 일제히 난주로 출발했답니다. 귀도님이 나선 이상… 이곳을 떠나셔야 해요."

화령이 두렵다는 듯 몸서리를 쳤다.

굳어진 표정으로 비검이 명령을 내렸다.

"알았다. 이만 물러가거라."

"아가씨! 함께 돌아가요."

"물러가."

"…네."

파앗!

화령의 신형이 거짓말처럼 사라졌다.

"…귀도."

그녀의 목소리가 떨리고 있었다. 강호의 그 누구도 두려워하지 않는 그녀였지만 귀도만큼은 예외였다. 역겨운 피 냄새가 벌써부터 그녀의 비위를 상하게 하고 있었다.

저 멀리 밤하늘을 가르며 떨어지는 유성을 바라보는 비검의 눈빛이 한없이 깊어졌다.

*　　　*　　　*

같은 시각, 낙양 정도무림맹 본단.

무림맹주의 집무실에서 두 사람이 이야기를 나누고 있었다.

"놈들의 의도가 밝혀졌소?"

"아직입니다."

질문한 사람은 당대 무림맹주 마영추(麻英秋)였고, 대답한 사람은 무림맹의 총군사이자 주작단주 제갈회(諸葛徊)였다.

무림맹주 마영추.

그는 정파 강호인들의 존경을 한 몸에 받고 있는 일대 영웅이었다.

육십이 넘은 나이임에도 이십대의 탄탄한 근육에 진중한 목소리, 협기 가득한 눈빛까지. 그의 행동 하나하나에 품위가 드러났고, 한마디 한마디에는 듣는 이를 감복하게 할 만한 인품이 서려 있었다.

그가 뒷짐을 진 채 창밖을 응시하고 있었다.

평소와 다름없는 밤 풍경이었다. 담을 따라 밝혀진 화톳불을 따라 백호단의 무인들이 순찰을 돌고 있었다. 더없이 평화로운 하루가 끝이 나고 있었지만 마영추의 하루는 끝나지 않았다. 오늘 하루 가졌던 많은 일정 중 지금의 대화가 그에게, 또 무림맹에 있어 가장 중요했다.

그의 뒤에 시립해 있는 제갈회는 역대 주작단주들 중 가장 똑똑하다고 알려진 일대기재였다.

강호 정세를 정확히 파악하는 그의 비범함은 강호에 널리 알려져 있었는데 무림맹의 크고 작은 모든 일들은 그의 머리에서 나왔다고 해도 과언이 아니었다.

"일단 애들 몇 명 차출해 천룡단의 원 부단주와 함께 보냈습니다."

천룡단의 부단주는 원릉이었다. 앞서 무가장의 경매에 참석한 이가 바로 그였다.

"부족해 보이는구려."

"공연히 저쪽 신경을 건드릴 필요가 없지 않겠습니까?"

마영추가 묵묵히 고개를 끄덕였다. 제갈회는 몇 번이고 심혈을 기울여 결정을 내렸을 것이다.

"천마가 미묘한 시기에 자신의 딸을 내려 보냈습니다. 게다가 감숙은 그들이 전혀 영향력을 발휘하지 못하는 곳입니다."

지난 오 년간의 위태롭게 이어져 온 평화는 칠년지약을 이년 남긴 지금 그 효력을 서서히 잃어가고 있었다. 싸움이 나면 간절히 평화를 바라지만, 평화가 계속되면 몸이 근질거리는 것이 강호인이었으니까.

"칠초나락이 호위를 맡았다고 했소?"

"네. 흑풍대 전원을 데리고 나섰습니다."

야경을 바라보는 마영추의 입가에 알지 못할 미소가 그려졌다가 이내 사라졌다. 등 뒤의 제갈회는 영원히 알 수 없는 미소였다.

"흑풍대주에 대한 천마의 신임으로 볼 때, 그들이 나선 것은 당연한 일이겠지요."

"사도맹의 반응은 어떻소?"

"혈봉이 용호타격대를 거느리고 사도맹을 나섰다는 소식입니다."

"용호타격대를?"

"네. 아무래도 그들이 신경을 쓰는 것은 기련사패일 겁니다."

"하나 기련사패는 그들의 명령을 받지 않는 이들이지 않나?"

"물론 기련사패는 사도맹으로서도 그다지 탐탁지 않은 자들입니다. 언제나 독자적인 노선을 걸어왔으니까요. 하지만 결국 기련사패도 사도의 길을 걷는 자들이고 보니, 그들을 모두 잃게 된다면 아무래도 감숙에서의 사도맹 영향력에 큰 차질이 생길 테니까요. 모르긴 해도 암중으로 기련사패를 뒤에서 지원할 겁니다."

"결국 팔은 안으로 굽는다?"

"그런 셈이죠."

제갈회의 추측은 정확했다. 사도맹은 정도맹에 비해 이번 일에 민감할 수밖에 없었다. 대대로 감숙은 공동파를 중심으로 한 정파의 세력권이었다. 그나마 있던 사도맹의 영향력은 기련사패에 의해 유지되었는데, 그들이 마교와의 싸움에 얽혀 죽게 된다면 결국 손해를 보는 쪽은 사도맹이었다.

마영추가 조금 걱정스럽게 물었다.

"그렇다면 우린 공동파를 지원해야 하지 않겠소?"

"…그들에겐 아직 알리지 않았습니다."

다시 마영추가 고개를 돌려 눈빛으로 이유를 물었다. 이런 중요한 일을 그들에게 알리지 않았을 때는 분명 그에 상응하는 이유가 있을 것이다.

"마교가 먼저 움직이지 않는 한, 공동파에서 이번 일을 알 필요가 없다고 판단했습니다. 그들이 난주에 흑풍대가 들어온 것을 알면 크게 당황해서 저희의 적극적인 개입을 요구할 겁니다. 그렇다고 저희가 당장 움직일 입장은 아니지 않습니까?"

무림맹이 곤란해질 것이란 뜻이었다.

"하지만 나중에라도 그들이 알게 된다면 문제가 될 텐데……."

"그 문제는 제가 알아서 처리하겠습니다."

마영추가 묵묵히 고개를 끄덕였다. 제갈회라면 알아서 잘 처리하리란 믿음이 있었다.

"그리고 오늘 들어온 소식에 의하면, 천마의 딸이 표국을 세웠다고 합니다."

그러자 마영추가 놀라 고개를 돌렸다.

"표국을?"

예상 밖이란 표정이었다. 제갈회 역시 그 마음과 다르지 않았다.

"예상 밖의 행보가 계속되고 있습니다."

"표국이라… 도대체 무슨 속셈이지?"

"조만간 원 부단주가 소식을 보내올 겁니다."

다시 마영추의 시선이 창밖으로 향했다.

"흑풍대와 싸웠다는 그들은?"

"아직 확실히 밝혀지진 않았습니다만… 마교 내부의 문제가 아닐까 짐작됩니다. 마교 내 반란의 기미는 몇 년 전부터 꾸준히 보고되어 왔으니까요."

"반란이라?"

"현재로선 마교에 칼을 겨눌 만한 암중 세력의 움직임은 전혀 포착되지 않았습니다. 틀림없이 마교 자체의 문제일 겁니다."

"결국 마교에게 칼을 겨눌 자들은 마인들뿐이다?"

의미심장한 마영추의 말에 제갈회가 침묵을 지켰다.

마교의 저력에 대해선 강호의 그 누구보다 잘 아는 제갈회였다. 마인들의 숫자가 전 강호인의 일 할도 되지 않았음에도 천 년을 변함없이 내려온 마교였다.

마교불패(魔敎不敗)의 신화를 깨기 위해 얼마나 많은 강호인들이 피를 흘렸는가?

침묵을 깬 것은 마영추였다.

"어쨌든 우리에겐 희소식이군."

그러나 제갈회는 그와 생각이 달랐다. 제갈회가 조심스럽게 자신의 생각을 밝혔다.

"그렇게 보긴 힘듭니다."

"무슨 뜻인가?"

"마교 내부의 갈등이 심화되어 자중지란이 일어난다 해도 마교는 절대 무너지지 않습니다. 최악의 경우라 해도 주인이 바뀔 뿐이지요. 오히려 내부의 싸움이 끝나면 마교는 더욱 강해질 겁니다. 적이 사라진 마교의 칼날이 어디로 향하겠습니까? 마교를 깨부술 적기는 바로 지금입니다만……."

제갈회가 아쉬운 듯 덧붙였다.

"……저희가 먼저 칠년지약을 깰 수는 없지 않겠습니까?"

안 된다고 묻고 있었지만 제갈회의 눈빛이 빛나고 있었다.

마영추가 허락만 한다면 이 절호의 기회를 놓치지 않을 자신이 있다는 눈빛이었다.

"그럴 순 없네. 그게 바로 우리가 놈들과 다른 점이지 않나?"

마영추가 단호하게 말했다.

그러자 제갈회가 미소를 지었다. 역시 자신이 예상한 바였다. 맹주의 그런 협의가 자신이 혼신을 다해 모시는 이유기도 했으니까.

"이만 물러가 일 보시게."

"편히 쉬십시오."

정중하게 인사를 하고 제갈회가 방을 나섰다.

서서히 마영추의 입가에 웃음이 번졌다. 작은 미소는 점점 함박웃음이 되어갔다. 동시에 앞서 보였던 협기 가득한 눈빛이 변했다. 어딘지 모르게 칙칙한 어둠이 깃든 눈빛이었다. 그 눈빛에 기이한 열망의 빛이 어렸다.

마치 옆에 제갈회가 있는 것처럼 그가 나지막이 말했다.

"걱정 말게. …우리가 깨지 않아도 칠년지약은 깨지게 되어 있다네."

第二十六章

오해중첩

魔刀霸爭

세상에 그야말로 팔자 늘어진 몇몇을 제외하고는 대부분의 사람들은 걱정을 안고 살아간다.

비무를 앞둔 무인의 마음이 그러할 것이고, 파리를 쫓으며 쌓여가는 재고를 바라보는 상인의 마음이 또 그러할 것이다. 끼니가 떨어져 내일 아침을 굶어야 하는 가난한 가장의 걱정이나 짝사랑하던 여인에게 연서를 보내고 돌아선 순박한 청년의 마음 또한 다르지 않을 것이다.

그리고 인생에서 피해갈 수 없는 또 하나의 걱정, 그것은 바로 자식 걱정이다.

아침에 나간 아들이 밤늦도록 돌아오지 않아 온갖 불길한 상상을 다하며 밤새 발을 동동 구르다 보면 배고픔 따윈 문젯 거리도 안 되기 마련이다.

물론 대부분의 걱정은 기우로 이어진다.

다음날 아침 너무나도 멀쩡히 돌아온 아들이 뭐 이런 사소한 일로 걱정을 했느냐는 얼굴을 하면 맥이 탁 풀리기 마련인데, 그래도 돌아만 오면 더 이상 바랄 것이 없는 게 부모의 마음이다.

햇살이 난주를 환히 밝히는 아침, 뜬눈으로 밤을 샌 백화방주 백상군은 그런 허탈한 마음조차 얻지 못했다.

그가 묵직한 음성으로 목청을 높였다.

"아직도 진이가 돌아오지 않았더냐?"

밤새 열댓 번이나 반복된 물음이었고, 역시 같은 대답이 문밖에서 들려왔다.

"네, 그러하옵니다."

미간을 찌푸리던 백상군이 결국 한숨을 내쉬었다.

어제 아침 외출한 아들 상진이 끝내 집에 돌아오지 않은 것이다.

모르는 이가 본다면 스무 살이 넘은, 그것도 무공까지 익힌 사내자식이 하루 외박을 했다고 유난을 떤다고 하겠지만 지금까지 단 한 번도 없었던 일이고, 아침저녁 문안인사를 빼먹지 않는 효심 깊은 아들이다 보니 백상군의 걱정은 그저 기우라고 볼 수만은 없었다. 물론 무공 수련을 할 때는 몇 달이고 떠나 있은 적도 있었다. 하지만 오늘의 일은 그것과는 엄연히 다른 문제였다.

백화방을 키우는 데 평생을 바친 백상군이었다. 독하고 모질게 평생을 바쳐 이룬 백화방은 이제 자리를 잡았고, 그에게 남은 인생의 낙은 오직 아들 상진이었다.

그런 귀하디귀한 아들이 소식이 없으니 속이 바짝 타다 못해 심장이 벌렁거렸다. 혹시 사부인 목계영을 만나러 간 것인가 기별을 넣어봤지만, 그 역시 아니었다.

백상군이 차를 마시려 주전자를 들었다. 밤새 애타는 백상군의 목을 축여주다 비어버린 주전자가 벽으로 날아갔다.

까앙.

백상군이 피곤한 몸을 의자에 실었다. 양미간을 엄지로 누르는 그의 얼굴은 하룻밤 새 십 년은 족히 늙어버린 것만 같았다.

그때 누군가 바쁜 걸음으로 안으로 들어왔다. 날카로운 눈매와 어울리는 다부진 체격의 그는 백상군의 오른팔이자 백화방의 주력 무인을 이끄는 야율척(耶律斥)이었다.

그가 들어서기가 무섭게 백상군이 물었다.

"어찌 되었나?"

자정이 넘어도 상진이 돌아오지 않자 야율척을 찾아 나서게 한 것이었다.

"공자님은 찾지 못했습니다만……."

백상군의 얼굴에 실망과 희망이 동시에 스쳤다.

"그런데?"

"단서를 찾았습니다. 어제 아침 공자님께서 청풍표국으로 가셨다고 합니다."

그 말을 듣자 백상군은 며칠 전 상진에게 근간 청풍표국의 이염에게 인사나 다녀오라 말했던 기억이 났다.

"아, 그랬지. 그래서? 이 국주를 만나보았나?"

"너무 밤늦은 시간이고, 공자님이 방문한 때가 어제 아침이었던지라."

결국 만나지 못했다는 말에 백상군이 인상을 살짝 찌푸렸다.

야율척이 주인의 마음을 읽고 재빨리 말했다.

"대신 날이 밝으면 곧장 본 방으로 와달라는 기별을 남겨두었습니다."

마음 같아선 그깟 쓸데없는 예의 따위를 차렸느냐고 호통을 치고 싶었지만 야율척의 행동은 어쩔 수 없는 일이었다.

난주의 실세로 따지면야 청풍표국은 백화방에 비할 바가 아니었지만 그래도 이염은 난주 제일의 표국을 운영하는 이였다. 기본적인 체면은 차려줘야 했다.

백상군의 표정이 좋지 않자 야율척이 눈치를 살폈다.

"별일없으실 겁니다. 너무 심려치 마십시오."

"당연히 그래야지."

야율척은 내심 못마땅한 생각이 들었다.

밤새 잠 못 자고 온 난주를 헤매고 다닌 자신과 수하들에게 한마디 치하는 못해줄망정 이런 대접이라니.

자신이 백화방에 충성을 바친 지 올해로 십사 년째였다. 자신이 이런 경우를 당해도 이렇게 걱정을 해줄까? 아닐 것이다. 결국 피는 물보다 진한 법이고, 자신의 주인인 백상군은 자식이라면 물불 안 가리는 다른 이들보다 좀 더 진한 피를 지닌 인물이었다.

다시 밖에서 사내의 목소리가 들려왔다.

"이 국주께서 오셨습니다."

"어서 모셔라."

문이 열리고 이염이 안으로 들어섰다.

"무슨 일입니까? 혹 무슨 변고라도 생긴 겁니까?"

이염은 완전히 시치미를 떼고 있었다. 이 연기에 자신의 모든 것이 걸려 있었다.

이염의 말에 백상군은 반가운 마음이 절로 사라졌다.

이염은 상진의 실종에 대해 까맣게 모르는 눈치가 아닌가?

"흠, 큰일은 아닙니다만."

헛기침을 한 백상군이 제법 여유로운 모습을 보이며 넌지시 물었다.

"혹, 어제 진이가 이 국주를 찾아뵈었소?"

"그렇습니다만?"

"언제 그곳을 나섰소?"

대답 대신 이염이 걱정스런 눈빛을 보냈다.

"백 공자에게 무슨 일이라도 생긴 겁니까?"

"하하, 뭐 별일은 아니오."

애써 백상군이 여유로 일관했다. 밤새 안달을 떨었던 모습과는 너무나 대조적인 모습이었다.

오히려 이염의 얼굴에 걱정의 빛이 스쳤다.

"백 공자는 차 한 잔 마시고 곧장 본 국을 나섰습니다."

"그랬구려."

백상군의 얼굴에 감출 수 없는 실망감이 스쳤다. 동시에 마음은 더욱 초조해졌다. 그 이후의 행적이 완전 묘연해진 것이다.

이염은 떨리는 가슴을 진정시키며 표정 관리에 집중했다.

이번 일이 이대로 자신에게서 멀어지면 얼마나 좋을까? 하지만 그건 이염의 바람일 뿐이었다. 결국 상진의 실종이 기정사실화되면 그는 모든 백화방의 무인들을 풀어 조사를 시작할 것이다. 그리고 그 조사의 시작점은 바로 자신의 표국이 될 것이다. 이대로 그냥 발뺌을 하기에는 분명 후환이 있었다. 혹시 시체를 내어가는 목격자라도 뒤늦게 나선다면?

이염이 걱정스럽게 물었다.

"혹시 백 공자가 아직 돌아오지 않은 것입니까?"

결국 백상군이 근엄함을 버리고 아버지의 모습으로 돌아

갔다.

"이런 경우가 없어서… 조금 걱정이 되는구려."

마음이 약해진 이때, 말을 꺼낼 절호의 기회였다.

"사실……."

이염의 말꼬리가 길어지자 백상군이 조바심을 냈다.

"말해보시오. 사소한 일이라도 좋으니."

"별일 아닌 듯하지만… 조금 마음에 걸리는 일이 있습니다."

이염의 말에 백상군이 눈빛을 번뜩였다.

이염은 지극히 조심스럽게 행동하고 있었다. 너무 완벽하게 이야기를 짜 맞추면 오히려 의심을 받게 될 터였다.

"백 공자가 만수문의 민충식에 대해 언급을 했습니다."

"민충식? 그 망나니를 왜?"

"민충식의 음행에 대해 크게 분노했지요. 백 공자야 워낙 정기가 바르고 협의로우니… 당연한 분노라 여겼지요."

백상군이 고개를 끄덕여 공감했다. 민충식과 같은 쓰레기와 애초에 비교할 아들이 아니었다.

"그러니까 자네 말은 우리 진이가 그자를 찾아갔을 수도 있다?"

"그럴 리야 있겠습니까마는, 그래도 모르는 일이니 한번 확인해 보시는 것이 좋을 듯해서 드린 말씀입니다."

백상군이 찬찬히 고개를 내저었다. 상진은 나이에 비해 신중한 성격이었다. 경솔하게 혼자 만수문을 찾아갈 리 없었다.

그때 옆에 서 있던 야율척이 입을 열었다. 이염의 입장에서는 그야말로 행운이라 할 만한 말이 야율척의 입에서 나왔다.

"그러고 보니 근래 만수문의 행태에 대해 공자님께서 신경을 쓰고 계셨습니다."

"그게 무슨 말이냐?"

"놈들이 요즘 도박장을 운영하던 왕가의 실종을 우리에게 덮어씌우고 있지 않습니까? 그에 대해 공자님께서 크게 화를 내신 적이 있었습니다."

그러자 백상군이 버럭 소리를 내질렀다.

"그걸 왜 이제 얘기하는 것이냐!"

야율척은 내심 억울했다. 서로 앙숙인 상대에게 화를 냈다고 일일이 보고할 순 없는 일이었다.

비록 백상군이 이치에 맞지 않는 화를 냈지만 그렇다고 어리석은 사람은 아니었다. 시시비비를 가려야 할 상대는 야율척이 아니었다.

그가 자리에서 벌떡 일어났다.

"지금 당장 만수문으로 간다."

그 모습을 이염은 한편으론 안도하며, 또 다른 한편으론 불안하게 바라보았다.

이제 돌아갈 수 없는 다리를 건넌 것이다. 이미 불씨는 당겨졌고, 이제 앞으로 피어오를 화염의 불똥이 자신에게 튀지 않기만을 바랄 뿐이었다.

그 시각, 공교롭게도 만수문에서도 백화방과 비슷한 상황이 벌어지고 있었다.

만수문주 민충표가 자신의 집무실에서 발을 동동 구르고 있었다.

"그럼 도대체 우리 충식이는 어디로 간 것이냐?"

그 모습을 지켜보는 사람은 부문주 허유였다.

문제의 발단은 조금 전, 만수문을 방문했다 돌아간 기린사패 중 둘째인 엄이찬 때문이었다.

언제나 그렇듯 만수문은 그를 극빈으로 맞이했다. 만수문에서 기린사패의 위치는 그야말로 사도맹주보다 더 높았다. 멀리 있는 호랑이보다 눈앞의 늑대가 더 무서운 법이니까.

문제는 그의 방문 목적이었다. 놀랍게도 그는 기린사패 중 셋째인 우문수를 찾으러 온 것이다.

그때까지만 해도 민충표는 대수롭지 않게 생각했다. 우문수가 자신의 아들과 무공 수련을 떠나면서 형제들에게 미처 기별을 하지 못한 것이라 여겼다.

우문수가 자신의 아들과 함께 무공 수련을 떠났다며 민충식이 남긴 서찰을 보여주자 엄이찬의 표정이 완전히 굳었다.

그가 남긴 말은 그야말로 민충표에게는 청천벽력과도 같

왔다.

"두 사람에게 일이 생겼소."

달리 말하면, 아직까지 소식이 없는 것으로 봐서 죽었을 수도 있다는 말이었다.

그럴 리가 없다는 말을 반복하는 자신을 남겨두고 엄이찬은 바쁘게 돌아갔다. 엄이찬은 두 사람이 이미 죽었다고 확신했다.

엄이찬이 그렇게 단정한 것은 우문수에 대해 누구보다 잘 알고 있기 때문이었다. 우문수가 민충식을 제자로 받아들인 것은 그의 재능이 뛰어나서도, 마음에 들어서도 아니었다. 단지 만수문의 경제적인 지원 때문이었다.

우문수는 결코 민충식을 데리고 무공 수련 따위를 떠날 인물이 아니었다. 더구나 자신들에게 한마디 말도 없이 간다는 것은 더더욱 있을 수 없는 일이었다.

그가 급하게 돌아가자 민충표의 불안함은 그때부터 시작되었다.

몇 번이고 민충식이 남긴 서찰을 반복해서 읽었다. 그러고 보니 민충식이 서찰을 남기고 떠난 것부터 이상했다. 오냐오냐 키운 탓인지 언제나 제멋대로인 아들이었다. 서찰을 남길 리 없다는 것을 알았지만 우문수의 엄격함이 아들을 변화시켰다고 생각했다.

"이놈, 충식아!"

민충표가 애타게 아들의 이름을 불렀지만 이미 땅속에 묻힌 그가 대답할 리 없었다.

허유가 굳은 표정으로 말했다.

"심상치 않습니다. 왕 노대가 실종된 것과 연관이 있을 수도 있습니다."

"왕 노대?"

왕 노대란 말에 민충표가 정신을 차렸다.

"그래, 그렇지?"

우연이 겹치면 필연이 된다는 말처럼, 따로 놓고 보기에는 그 시기가 너무 공교로웠다.

"누군가 의도적으로 우릴 공격한다?"

"확실하진 않지만, 그런 것 같습니다."

이내 민충표가 고개를 내저었다.

"아냐, 아냐. 우 사부 역시 지금 실종된 상황 아닌가? 우 사부는 쉽게 당할 사람이 아냐."

"물론 그렇지요. 하지만 우 사부라고 천하무적은 아니지 않습니까?"

민충표가 유일하게 믿고 있는 부분이 우문수였는데, 허유는 그마저 흔들고 있었다.

"공동파에서 나섰을 수도 있습니다."

"그들이 왜?"

"두 가지 가능성이 있습니다. 백화방에서 우릴 없애기 위해 공동파를 끌어들인 경우, 아니면 공동파에서 기련산의 어르신들을 제거하기 위해 백화방을 내세운 경우."

나름 공감이 가는 말이었다. 어차피 양측은 언젠가는 피바다 속을 헤엄쳐야 할 사이였다. 지난 십 년간의 평화는 어찌 보면 기적 같은 일이라 할 수 있었다.

그리고 드디어 올 것이 온 것이다.

점차 민충표의 표정이 굳어졌다. 아들의 죽음이 현실로 다가오기 시작한 것이다.

"이 개새끼들, 만약 충식의 머리카락 하나라도 건드렸다면… 내 그놈들을 한 놈도 살려두지 않겠다."

그때 백수당주 도균이 다급한 얼굴로 들어섰다.

"백화방주가 직접 찾아왔습니다."

"뭐야?"

민충표가 깜짝 놀랐다.

"그렇잖아도 내 친히 찾아가려 했건만. 제 발로 찾아와?"

당장이라도 달려나가 일장을 휘두르려는 민충표의 옷자락을 허유가 붙잡았다.

"침착하셔야 합니다. 홍분하시면 오히려 당합니다."

그 말에 민충표가 애써 눈빛을 가라앉혔다. 어차피 일이 벌어진 것이라면 남은 일은 침착하게 대응해야 했다.

만수문의 너른 연무장에는 백상군과 야율척이 나란히 서 있었다. 함께 들어오진 않았지만 오십 명의 백화방도들이 문밖에 대기하고 있는 모습이 열려진 문틈으로 보였다.

그의 주변을 만수문도들이 병장기를 꼬나 들고 겹겹이 포위했다. 비상종이 시끄럽게 울렸고 여기저기서 고함 소리들이 이어졌다.

하지만 백상군은 그들은 안중에도 없었다.

이글거리는 눈빛으로 건물 밖으로 걸어나오는 민충표를 노려볼 뿐이었다.

말 한마디 오가지 않았지만 마주친 두 사람의 시선에서 불꽃이 튀었다.

민충표가 싸늘하게 물었다.

"어인 일이시오?"

"잘 아실 텐데."

"그 시커먼 속을 내가 어찌 알까?"

쓸데없는 신경전을 피하고 싶었는지 백상군이 단도직입적으로 물었다.

"내 아들 어디에 있소?"

"뭐요?"

민충표는 그야말로 어처구니가 없는 표정이 되었다. 그 말이야말로 자신이 해야 할 말이 아니던가?

"이 개 같은 백가야! 적반하장도 유분수지, 지금 무슨 개소리를 늘어놓는 것이냐!"

민충표가 욕설을 퍼부우며 길길이 날뛰자, 백상군은 기가 막혔다.

백상군이 지지 않고 소리쳤다.

"이 후안무치한 민가야! 정말 죽고 싶은 게냐?"

"그래, 이 개자식아, 당장 붙자!"

자식의 생사에 관련한 문제였다. 두 사람에겐 어떤 이성도, 인내도 남아 있지 않았다.

분위기가 험악해지자 야율척이 재빨리 나섰다. 싸움이 날 때 나더라도 이곳에서 나는 것은 결코 좋지 못했다. 밖에 오십 명의 무인들을 데리고 오긴 했어도 역시 이곳은 적진 한가운데였다.

"진정하시고, 민 공자를 대질시켜 주시오. 민 공자에게 몇 가지 물어볼 게 있소."

야율척이 나서자 만수문에서는 허유가 나섰다.

"지금 공자님은 만나뵐 수 없소."

야율척의 눈빛이 차갑게 가라앉았다.

"어디 가셨소?"

"그쪽에서 더 잘 아실 텐데."

허유를 노려보던 야율척이 백상군에게 귓속말을 전했다.

"민 공자를 내놓지 않는 것으로 봐서 놈들 짓이 틀림없습니다."

허유 역시 민충표의 귀에 나지막이 속삭였다.

"저들의 소행이 확실합니다. 자신들의 죄를 은폐하기 위해

선수를 치는 겁니다."

허유의 말이 사실이라 여겨졌다. 그렇지 않고선 난데없이 자신을 찾아와 아들을 내놓으란 말을 할 리가 없었다.

차분히 앉아 대화를 나누면 쉽게 해결책을 찾을 수 있을 문제였다. 손쉽게 자신들이 이호경식(二虎競食)의 계략에 걸려든 것을 깨달을 수도 있을 것이다.

하지만 그러기에는 두 세력은 너무나 오랫동안 앙숙으로 지내왔다.

서로가 자신의 아들을 죽인 것이라 확신하니 오히려 분위기가 차분해졌다.

말없이 민충표를 노려보던 백상군이 돌아섰다.

백상군의 일격에 반쯤 열려 있던 문이 박살이 났다.

만수문도들이 이대로 그냥 보낼 것이냐고 일제히 눈빛을 보내왔지만 허유가 그들을 만류했다.

그때까지 상황을 지켜보던 도균이 싸늘하게 말했다.

"싸움은 끝났습니다. 이제부턴… 전쟁입니다."

난주에 바람이 분다.

앞으로 닥쳐올 거대한 폭풍의 전조였다.

第二十七章

표사 모집

魔刀霸爭

누가 소문에 발이 없다고 했던가?

소문은 발 빠르게 난주 거리를 돌아다니며 사람들의 귀를 간질이기 시작했다.

지금 막 태백루에서 자리를 잡고 앉은 두 사내도 그 소문의 물결 속에서 헤엄치고 있었다.

"정말 백화방과 만수문이 한판 붙는다는 말인가?"

울퉁불퉁한 알통이 드러나는 간편한 청의무복 사내의 물음에 옆에 앉아 있던 황의무인이 목소리를 낮췄다.

"돌멩이라도 하나 던지면 그날로 전쟁이 일어날 분위기네. 그야말로 일촉즉발의 상황이지."

황의무인의 사촌이 백화방의 무인으로 있다는 것을 알고 있었기에 그 말은 꽤나 신빙성이 있어 보였다. 그럼에도 청의무인은 믿기 어려운 눈치였다.

"그 둘이 싸우면 양패구상을 면치 못할 텐데. 설마 그런 악수를 두겠나?"

난주인들이 보는 백화방과 만수문의 힘은 어느 쪽이 이길까를 논하기 어려운 그야말로 백중지세였다.

"애들 싸움에도 이유가 있기 마련인데, 당연히 그럴 만한 이유가 있지."

"그게 뭔가?"

청의무인이 호기심 가득한 눈빛을 반짝였지만 황의무인은 느긋하게 술을 따라 목을 축였다. 한참을 뜸을 들인 후에야 황의무인이 입을 열었다.

"백화방의 백 공자가 실종된 지 벌써 오 일째라네. 지금 백화방이 초상집 분위기라고 하더군."

"그럼 자네 말은 백 공자를 만수문에서?"

차마 뒷얘기를 잇지 못하는 청의무인을 향해 황의무인이 무겁게 고개를 끄덕였다. 그는 소문이 진실이라 확신하고 있었다.

"에이, 이 사람아. 그 무슨 말도 안 되는 소린가? 설령 백 공자에게 소식이 없다 해도 어디 여행이라도 갔겠지. 급한 일이 생겨 기별을 못하고 떠났을 수도 있고."

그러자 황의사내가 손짓을 해서 청의사내를 가까이 오게 했다. 황의사내가 더욱 목소리를 낮추며 말했다.

"만수문 민 공자 알지?"

구체적인 이름이 언급되자 청의사내가 침을 꿀꺽 삼켰다.

"백 공자가 마지막 찾아간 사람이 바로 민 공자라더군."

"설마?"

"게다가 만수문 쪽에선 민 공자를 내놓지 않고 있다네. 무공 수련을 갔다는 핑계만 대고 있다고 하네."

"과연 의심스럽군."

그제야 청의무인은 이것이 단순한 소문이 아님을 실감했다. 소문을 뒷받침하는 일들은 그뿐만이 아니었다.

"공동파의 목 대협이 제자들을 데리고 하산을 했다네."

"그게 정말인가?"

그 말에 청의무인이 크게 놀랐다. 목계영은 난주의 정파인들에게 아주 유명하고 큰 비중을 차지하는 인물이었다.

"그뿐만 아니라네. 기련사패까지 하산했다는 소문이 있네."

"그게 정말이라면… 과연 큰일이 벌어질 모양이구먼."

황의사내가 고개를 끄덕였다.

"분위기가 안 좋아. 몸 사려야 하네."

그들 주위에서 귀를 쫑긋 세우고 있던 점소이 달식이 조르르 맹달에게 달려갔다.

맹달은 계산대 앞에 서서 들어오고 나가는 손님들에게 인사를 하느라 정신이 없었다. 오늘따라 손님이 많았고, 매일 이렇게 손님이 든다면 엉덩이를 까고 시장거리에서 춤을 추래도 좋을 것 같은 심정이었다. 그 흥겨움에 달식이 찬물을 끼얹었다.

"주인어른, 큰일 났습니다."

"이놈아, 나중에."

"들어요! 들으셔야 합니다요!"

달식이 재빨리 귓속말로 주워들은 이야기를 전했다.

맹달의 눈이 커다랗게 떠졌다.

"정말?"

"그렇다니까요."

"그렇다면 이거 보통 일이 아닌데?"

"그렇다 뿐입니까? 만약 민 공자가 흉수로 밝혀지면, 큰 싸움이 날 것 아닙니까?"

"싸움만 나겠냐? 백화방에서 사생결단을 하려 들 텐데."

맹달이 몸을 부르르 떨었다. 일전에 수리한 벽의 칠이 마르기가 무섭게 엄청난 사건이 대두된 것이다.

"아냐, 아냐. 그럴 리 없지. 백 공자는 목 대협의 제자가 아니더냐? 쉽게 당할 분이 아니시지. 더군다나 민 공자라니."

민충식의 음행은 난주 사람이라면 모르는 이가 없을 정도였다. 그런 패악질이나 해대는 민충식이 백상진을 죽였다는 것은 그야말로 믿기 어려운 이야기였다.

그러나 달식의 견해는 달랐다.

"만약······."

다시 달식이 맹달의 귀에 무엇인가를 속삭였다. 말을 듣자 맹달이 마른침을 연신 삼켰다. 기련사패란 입에 담기도 무서운 이름이 나온 것이다. 민충식의 사부가 바로 기련사패 중 셋째가 아니던가? 만약 그가 개입한 것이라면 백 공자의 죽음도 당연한 것이 될 수 있었다.

오랜 객잔 생활을 하면서 깨달은 점 중 하나는 아니 땐 굴뚝에는 절대 연기가 나지 않는다는 점이었다. 소문이 왜곡될 수는 있어도 완전 창작된 경우는 매우 드물지 않던가?

"혹시 그래서 오늘 이렇게 손님이 많은 것이냐?"

맹달은 혹시 객잔 안에서 싸움이라도 날까 두려운 마음이 들었다.

"그게 아니라 유설표국에 표사 시험을 치르러 가는 무인들이랍니다."

"유설표국? 정말이냐?"

달식이 여기저기 턱짓을 하며 나지막이 말했다.

"저기 저치는 섬서 풍운표국 출신이고, 저기 저 털보는 양진표국 출신이랍니다. 저기 칼 찬 애들은 녕하(寧夏)의 낭인들인데 이번 모집 소식 듣고 왔답니다."

"흐음. 청풍표국이 그냥 보고만 있을 리 없는데."

"청풍표국에서 유설표국을 완전히 인정했다는데요?"

"그럴 리가?"

"그렇답니다. 유설표국에서 사람만 실어 나른다면 청풍표국에서는 지원까지 해주겠다고 나섰답니다. 그 소문이 나자 인근에 놀고 있던 무인들이 모두 유설표국으로 모여들고 있답니다."

맹달이 고개를 갸웃했다. 일전에 유설표국 연회에 참석했을 때 적표의 흉흉한 기세를 두 눈으로 확인한 그였다. 그랬던 청풍표국이 마음을 돌려먹은 것은 백 공자가 만수문의 민 공자에게 살해당했다는 소문만큼이나 믿기 어려운 것이었다.

"난주가 변화하고 있습니다."

달식의 들뜬 말에 가뜩이나 작은 맹달의 눈이 더욱 가늘어졌다.

"넌 왜 이리 신나하는데?"

"변화란 언제나 신나는 일이니까요."

"우리 객잔이 다 부서져도?"

"당연하죠!"

"네 품삯을 못 줘도?"

"전 주인 어르신의 고귀한 인품을 믿습니다."

맹달이 두리번거리며 무엇인가를 찾기 시작했다.

슬슬 뒷걸음질을 치며 달식이 빠르게 내뱉었다.

"벽이야 수리하면 되지만 인생은 단 한 번뿐이잖아요. 변화란 젊음의 특권이자 인생의 활력 아니겠습니까? 이렇게 좁은 객잔에, 아, 저희 객잔이야 넓죠. 어쨌든 객잔에 갇혀서 지내며 쥐꼬리만 한 품삯을 받다 보면… 아, 갇혀 지내는 것도 아니죠. 물론 품삯도 아쉽긴 하지만 입에 풀칠은 되니까요. 아, 설마 그 주판으로 절 치시려는 것은 아니겠지요? 아, 저기 손님이 부르네요. 갑니다! 잠시만 기다리세요!"

몽둥이질을 피해 달아나던 달식이 돌아보며 한마디 덧붙였다.

"한 번뿐인 인생이잖아요! 잘 아시면서……."

기어이 맹달이 들고 있던 주판이 허공을 가르며 날아갔다.

파리만 날리던 '표사 대모집'이란 벽보 앞으로 기다란 행렬이 이어졌다.

간단한 신청서를 작성한 후 유설표국의 연무장으로 걸어 들어가는 이들은 인근 각지에서 몰려든 무인들이었다. 그렇게 모여든 이들이 모두 백 명이었다.

극심한 불경기에 몸살을 앓고 있는 강호는 실업자가 된 무인들이 넘쳐 나고 있었다.

한 해 삼백 명을 신입 무사를 뽑았던 무림맹은 이제 그 모집 인원을 반으로 줄였고 그 사정은 사도맹도 천마신교도 크게 다르지 않았다. 더구나 지금은 칠년지약으로 인한 평화 시기였다. 엄한 뒷산의 나무만 두들겨 패는 방구들 무인들이 많아질 수밖에 없었다. 이런 상황에서 표사 모집은 그야말로 난주 인근의 실업 무인들에게는 희소식이었다.

표국과 녹림은 대부분 밀약을 맺고 있었다. 무사히 표행을 통과시켜 주는 대신 일정 금액의 통행료를 주었던 것이다.

처음 표국과 녹림의 계약이 확실히 맺어지지 않았던 시기에는 녹림에서 물건을 뺏어 보관하면 표국에서 사람을 보내 표물의 일 할 정도의 사례금을 주고 물건을 되찾아오곤 했다. 그 관행이 발전해 이제는 아예 통행료 조로 녹림에게 돈을 주고 지나가게 된 것이다.

녹림은 물건은 뺏을지언정 표사를 죽이는 일은 극히 드물었다. 표사 하나를 잘못 건드렸다간 표국연합의 공격을 받아 산채 전체가 몰살을 당할 수도 있었기 때문이다. 그렇기에 표사란 직업은 그야말로 안전이 보장되는 강호의 몇 안 되는 인기 직종 중 하나였다.

연무장에 모인 아는 안면들 사이에 인사가 오고 갔다.

"아, 자네도 왔구먼."

"청풍표국의 성 표두에게 전갈이 왔다네. 이곳에 자리가 났다고."

"그렇잖아도 나도 기별을 받았네."

"이 국주답지 않은 일이군."

"백화방 쪽에 일이 생겼다더군. 당분간 청풍표국은 백화방

지원에 전력한다고 하더군."

멀리서 그 모습을 지켜보는 사람들이 있었다.

유월과 진패, 그리고 비호였다. 검운은 송가장에서 대기하고 있었고, 백위와 세영은 송옹을 만나러 외출한 상태였다.

유월은 지난 오 일간 몸을 추스르는 데 전념을 다했고, 완전히 내력을 회복하진 못했어도 이제 자유롭게 몸을 다룰 수 있을 정도에 이르렀다. 비검은 방에 틀어박힌 채 나오지 않고 있었다.

오 일 전, 그러니까 송가장으로 돌아온 그날 밤 유월은 조장들을 소집해 비검에 대해 일체 관여하지 말라는 명령을 내렸다. 조장들은 왜 비검을 살려주었느냐에 대해 따로 묻지 않았다. 당연히 비검이란 여인이 누군지도 묻지 않았다. 말해줄 것 같았으면 유월이 먼저 말해줬을 것이라 생각했다.

이런저런 의문이 들었지만 적어도 비검이 아름답기 때문에 구해준 것은 아니란 것을 확신했다. 무슨 사연이 있으리라 생각했다.

북적대는 응모자들을 바라보던 유월이 비호를 치하했다.

"수고했다."

비호가 잘난 척하는 표정을 지으며 팔짱을 꼈다. 마치 이정도쯤이야 하는 행동이었다.

진패가 혹시나 하는 얼굴로 말했다.

"한데 놈이 정도맹을 끌어들일 가능성은 없겠지?"

비호가 고개를 내저었다.

"걱정 안 하셔도 될 것 같습니다. 정도맹을 끌어들이려면 일의 전후 사정을 다 밝혀야 하는데, 보기보다 잇속에 밝아 스스로 손해 보는 짓은 절대 안 할 겁니다."

유월이 무인들에게 시선을 떼지 않은 채 말했다.

"어차피 그건 상관없다. 이미 정도맹이나 사도맹에선 우리가 나선 것을 알고 있다."

유월의 확신에 진패와 비호가 동시에 고개를 끄덕였다.

죽여도 죽여도 끝이 없는 존재가 바로 세작들이었다. 서로의 숟가락 개수까지 알아내고자 노력하는 정사마였다. 오늘의 이 표사 모집에서 뽑힌 이들의 신상명세까지 며칠 후면 두 맹주들이 읽고 있을 것이다.

유월이 차분하게 말을 이었다.

"칠년지약의 맹약이 있는 한 그들은 쉽게 움직이지 못한다."

"그렇기에 그들에게 구실을 내줘선 안 되지 않겠습니까?"

진패의 말에 유월이 의미심장한 미소를 지었다.

"구실을 찾으면 그들은 더욱 움직이지 못하지."

"무엇 때문입니까?"

"그 구실이 전쟁을 일으키기 위한 우리의 함정이라 생각할 것이기 때문이다."

세 조장이 단번에 그 뜻을 이해하곤 공감했다.

"그러니까 조심하되 너무 주눅 들 필요가 없다. 아가씨와 관련된 일이라면 더욱더. 뒷일에 대한 걱정보단 오직 아가씨 안전이 우선이다."

"알겠습니다."

그때 비설이 그들에게 다가왔다. 그녀의 상기된 시선은 연무장의 무인들에서 떨어질 줄 몰랐다.

"와! 이렇게나 사람들이 많이 모이다니."

비설은 너무나도 가슴이 벅찬 모양이었다.

진패가 미소를 지으며 말했다.

"표사를 구하는 문제는 걱정 마십시오."

"덕분이에요. 이제 점점 모양새를 갖춰가는군요."

그때 고 노인이 장부를 끼고 바쁜 걸음으로 다가왔다. 본격적으로 사업이 진행되자 가장 바쁜 사람이 바로 그였다.

고 노인이 장부 사이에 꽂혀 있던 몇 장의 서류를 비설에게 내밀었다.

"부탁하신 임시사업계획서입니다."

"아, 드디어 완성되었군요."

비설이 눈을 반짝이며 서류를 읽어갔다.

고 노인이 계획서에 대해 간략히 설명했다.

"우선 가장 중요한 것이 노선입니다. 사람들을 풀어 조사한 바로는 난주에서 외부로 나가는 유동 인구가 가장 많은 곳이 정서(定西) 지역입니다. 물론 옥문관 쪽으로 나가는 인구 역시 무시할 바 아니나, 그쪽 방향은 주로 강호인들이 이용합니다. 따라서 저희 표국의 취지와는 조금 다르다고 볼 수 있지요."

비설은 물론 유월까지도 든든한 표정을 지었다. 고 노인은 그야말로 유설표국에 없어서는 안 될 역할을 해내고 있었다. 회계를 맡은 신범과 함께 밤을 새기 일쑤였고, 이런저런 잡무로 잠시 쉴 틈조차 없었다. 그가 어찌나 열성적으로 일하는지 총관으로 뽑은 것이 미안할 정도였다.

물론 그가 진정으로 원하는 것이 있기에 충심을 다한다는 것을 유월은 알고 있었다. 지금 이러한 모든 노력은 비설을 향한 것이 아니었다. 유월을 향한, 그의 마음을 제대로 얻기 위한 노력이었다.

"일단 난주와 양서 노선으로 시작을 하는 것이 좋다고 생각합니다. 물론 정서를 도착역으로 하는 것이 최선이겠지만 그곳은 거리가 너무 멀어 하루 만에 돌아올 수 없습니다."

난주 사람들은 느티재를 넘어 양서로, 다시 정서를 거쳐 섬서 지방으로 나갔다. 감숙은 아무래도 대륙의 변방이었고, 따라서 중원으로 가려면 섬서를 거쳐서 가는 것이 일반적이었던 것이다.

"거기 보시면 우선적으로 뽑아야 할 표사의 최소한의 인원과 마차 숫자를 계산해 두었습니다."

비설이 계획서에서 눈을 떼지 않은 채 물었다.

"그게 몇 명인가요?"

"우선 마차에 무인을 몇 명이나 배치하는가에 달렸습니다. 그 문제는 진 조장과 의논을 해본 결과 두 명 정도가 적당하다고 결정 내렸습니다."

비설의 시선이 다시 고 노인을 향했다.

"두 명이면 부족하지 않을까요?"

안전제일을 내세운 일이었다. 비설의 걱정에 진패가 끼어들었다.

"그 이상 숫자가 되면 오히려 손님들이 부담을 가질 수가 있습니다. 또 어차피 마차에 탈 수 있는 인원이 정해져 있는데, 우리 쪽 사람들이 그 자리를 많이 차지해선 안 되지 않겠습니까? 최대한 소수정예로 뽑는 게 여러모로 좋을 듯합니다."

맞는 말이었다. 문제는 그런 정예 무인들을 뽑을 수 있냐는 것이었고, 또 그들에 대한 임금 문제였다.

고 노인이 다시 보고를 계속했다.

"일단 마차는 한 시진에 한 대씩 출발시키는 것이 어떨까 합니다. 첫 마차는 묘시 초(새벽5시)에 출발해서 마지막 마차는 술시 초(저녁7시)에 출발합니다. 마지막 마차가 최종역인 양서에 도착하는 시간은 인시 초(새벽3시)입니다. 운행비와 인건비를 아끼려면 양서에 마차를 보관하고 표사들의 숙식이

가능한 부속 표국을 짓는 게 가장 좋겠지만 지금 예산으론 무립니다. 당분간은 도착한 마차는 곧바로 돌아와야 합니다. 그렇게 따지면, 표사들과 쟁자수가 하루 일하고 하루 쉬는 이교대로 일한다면 적어도 쟁자수 스물과 표사 마흔 명은 있어야 할 겁니다."

"육십 명이라."

비설의 얼굴에 걱정이 드러났다. 최소한이라곤 하지만 첫 시작치곤 적지 않은 숫자였다. 게다가 가려 뽑아야 할 책임까지 있었다.

청풍표국이 난주 제일의 표국으로 알려져 있지만 표사와 쟁자수의 숫자는 백오십이 넘지 못했다.

고 노인은 이미 각 표사들의 임금까지 그 수준에 따라 나눠놓은 상태였다. 다른 표국의 표사들보다 임금이 한 배 반가량 높았는데, 더 뛰어난 무인들을 뽑아야 했기 때문이었다.

결국 가장 큰 문제는 턱없이 부족한 예산이었다.

오천 냥으로 시작한 사업이었다. 표국 건물을 임대하는 데이미 삼천 냥이 소모되었고, 천 냥은 마차 구입과 개조 비용에 들어갔다.

남은 천 냥으로 육십 명의 품삯과 수익이 날 때까지 그들을 입히고 먹이고 재워야 했다.

고 노인이 조심스럽게 운을 뗐다.

"아무래도 자금이 부족할 듯합니다."

서민들을 상대로 하는 일이었다. 들어가는 돈보다 수익이 커지려면 지금 노선으론 절대 무리였다.

그에 비해 비설은 사뭇 여유로웠다.

"이대로 실행하세요. 돈 걱정은 마시고."

유월은 비설에게 돈을 구할 또 다른 방법이 있다는 것을 느꼈다. 이번 사업을 구상하면서 아마도 함께 생각해 둔 비장의 묘책이 있는 것 같았다.

과연 비설이 유월을 보며 의미심장한 미소를 지었다.

"저녁에 잠시 갈 데가 있어요. 함께 가주실 거죠?"

유월이 고개를 끄덕였다. 내심 그녀가 어떤 방법으로 부족한 자금을 확보할 것인지 은근히 기대되기까지 했다.

비설이 다시 고 노인에게 물었다.

"그럼 첫 운행은 언제부터 가능하죠?"

"지금 송옹에게 마차 개조를 맡겨둔 상탭니다. 열흘 안에는 마무리된다고 하니 열흘 후면 가능할 것 같습니다만, 문제는 역시 표사들입니다."

비설의 시선이 자연스럽게 연무장에 모인 사람들로 향했다.

"표사 선발은 오라버니들께서 좀 도와주세요."

그 정도는 당연히 해줘야 할 일이었다. 사실 흑풍대가 직접 나서지 않는 것이 미안한 일이었으니.

진패가 나서려는데 누군가 먼저 나섰다.

"제게 맡겨주시죠."

어느새 비검이 그들의 뒤에 서 있었다.

"아, 언니. 몸은 어떠세요?"

비설이 걱정스럽게 물었다. 그 자연스런 모습에 유월마저 내심 놀랐다. 자신을 죽이러 왔다는 말을 듣고도 저렇게 태연히 대할 수 있으리라곤 생각지 못했던 것이다.

과연 피는 속이지 못했다. 아무리 어리고 순진해 보여도 비설의 몸에는 비운성의 피가 흐르고 있었으니까.

비검이 힐끔 유월을 쳐다보았다. 설마 자신에 대해 말하지 않았느냐는 무언의 물음이었는데, 유월은 아무 반응도 보이지 않았다. 얼핏 보면 비설에게 아무 말도 하지 않은 것처럼 보였다.

"이제 괜찮아졌답니다. 걱정해 주셔서 감사해요."

비검 역시 처음 만났을 때의 그 공손하고 예의 바른 모습으로 돌아갔다.

두 여인의 시선이 허공에서 만났다. 적어도 지금 이 순간만큼은 비설의 눈빛은 어린 철부지의 그것이 아니었다. 속내를 드러내지 않는 노련함이 깃든 비검의 눈빛과 닮아 있었다.

"언니만 괜찮으시다면 저야 기쁜 일이지요."

유월은 비검이 모든 내상을 완전히 치료했다는 것을 알 수 있었다. 자신보다 무공이 강한 점을 생각해 볼 때, 조만간 그녀는 과거의 무공을 되찾게 될 것이다. 아마도 그 시기는 자신과 비슷할 것이다.

"뽑아야 될 인원이 사십 명이라고 했나요?"

"네. 최대한 뛰어난 분들로 뽑아야 해요. 안전 운행이 첫째 목표니까요."

지원자들을 대충 훑어본 비검의 시선이 유월을 향했다. 그녀의 눈빛에는 저 뜨내기들 중에서 마흔 명의 정예를 무슨 수로 뽑느냐는 항변이 담겨 있었는데, 유월은 그저 피식 웃는 것으로 답했다.

비검이 유월에게 손을 내밀었다.

"그것 좀 빌려주시죠."

그녀가 원한 것은 유월의 등에 매달려 있던 죽립이었다. 유월이 죽립을 벗어 비검에게 건넸다.

"감사해요."

비검은 자연스럽게 존대를 했지만 싸우는 내내 반말을 듣던 유월은 그것이 어색하게 느껴졌다.

죽립을 푹 눌러쓴 비검이 연무장 앞으로 걸어갔다.

얼굴은 보이지 않았지만 늘씬한 그녀가 나서자 환호성이 터져 나왔다. 여기저기서 휘파람 소리가 터져 나왔다.

가장 크게 휘파람을 불어대며 추파를 던졌던 사내가 물었다.

"어떻게 뽑을 생각이오?"

자신만만한 사내는 한눈에 봐도 거친 기질이 넘쳐 나는 낭인 출신이 틀림없었다.

비검의 대답은 모두에게 의외였다.

"시험은 없어요."

다시 사내들이 웅성거리기 시작했다.

낭인사내가 고개를 갸웃하더니 다시 물었다.

"그렇다면 어떻게 뽑겠다는 말이오?"

그러자 비검이 냉정하게 말했다.

"당신은 돌아가도 좋아요."

"뭐요?"

무슨 말인지 몰라 어리둥절하던 낭인사내의 인상이 확 찌푸려졌다. 사내가 위협적으로 걸어나왔다.

"지금 바쁜 사람 불러놓고 장난치자는 거요?"

당장이라도 검을 뽑을 기세였지만 비검에게 그는 안중에도 없었다.

비검이 사내들 앞을 지나가며 말했다.

"당신은 이쪽, 당신은 저쪽……."

비검이 응모자들을 두 패로 가르기 시작했다. 사내들은 어리둥절한 얼굴로 양쪽으로 갈라섰다.

"이쪽은 남고, 그쪽은 가도 좋아요."

비검은 간단하면서도 가장 정확한 시험을 본 것이다. 그들과 비검의 무공 차이는 그야말로 달빛과 반딧불 같았다. 비검은 한눈에 그들의 무공 수위를 알아보았고 그 기준으로 선발한 것이다. 뽑힌 사람들을 보며 유월은 미소를 지었다. 자신이 뽑는다 해도 같은 결과였다.

"이런 미친! 이 무슨 개 같은 짓이냐!'

낭인사내가 거칠게 항의했다. 떨어진 쪽에 있던 몇몇 사내들이 욕설을 내질렀다.

비검이 그를 돌아보며 차갑게 말했다.

"억울한가?'

"그렇다."

"이 사람과 싸워 이겨봐. 이기면 뽑아줄 테니까."

비검이 합격시킨 사람 중 한 명을 가리켰다. 생긴 것만 봐서는 낭인사내를 감당하지 못할 평범한 인상의 황의무복 사내였다.

"어때요? 괜찮겠죠?'

비검의 말에 황의사내가 고개를 끄덕였다.

그렇게 시작된 두 사람의 비무의 승패는 생각보다 빨리 났다. 채 십여 수가 지나지 않았을 때, 낭인사내가 배를 부여 쥐고 쓰러진 것이다.

벌떡 일어난 낭인사내의 얼굴은 벌겋게 달아올라 있었다. 성질 같아선 칼부림이라도 하고 싶은 마음이었지만 분위기가 허락하지 않았다.

"두고 보자!'

패배자들이 언제나 남기는 한마디를 던지고는 낭인사내가

그곳을 떠났다.

이후 비검의 결정에 불복한 사내가 몇 더 나왔지만 결과는 마찬가지였다. 비검이 합격시킨 사람들과의 비무에서 어김없이 졌던 것이다. 과연 비검의 안목은 놀랄 만큼 대단한 것이었다.

그렇게 차 몇 잔 마실 시간도 지나지 않아 표사 선발이 끝났다. 표사로 뽑힌 사내는 정확히 마흔 명이었다.

고 노인에게 그들을 인수인계한 후 비검이 유월 쪽으로 걸어왔다.

그 모습을 바라보며 비호가 다시 속삭였다.

"저 봐요. 시원시원하니 매력있잖아요."

비호의 감탄에 진패가 못마땅한 표정을 지었다.

"매력 타령하다 죽는다."

진패는 왠지 비검을 보면 불안했다. 예쁜 여인들이 남자에게 끼칠 수 있는 모든 위험과 해악을 다 지니고 있는 것처럼 보였다.

그들 앞으로 걸어온 비검이 대수롭지 않다는 듯 말했다.

"자리에 넘치는 애들은 몇 안 되는군요. 나머지는 훈련이 필요하겠어요."

비검이 죽립을 벗어 건네자 유월이 손을 들어 거절했다.

"그건 그쪽이 필요할 것 같소."

미모가 너무 뛰어나니 얼굴을 가리란 말에 기분 나쁠 여인은 없는 법. 비검의 입가에 살짝 미소가 지어졌다.

선발된 무인들을 힐끔 바라본 비검이 비설에게 말했다.

"불만없으시죠?"

"물론이에요."

그러자 비검이 환하게 웃으며 말했다.

"다행이에요. 불만이라고 말했으면 뽑은 자들을 모두 죽여버리려고 했으니까요."

비설이 깜짝 놀라자 비검이 한쪽 눈을 찡긋했다.

"농담이에요."

가볍게 인사를 하곤 비검이 자신의 숙소 쪽으로 걸어갔다.

그녀의 뒷모습을 보며 비설이 배시시 웃었다.

"헤ㅡ 무서운 농담."

그러자 비호가 입맛을 다시며 말했다.

"과연 농담이었을까요?"

"헤헤ㅡ 그건 더 무서운 농담."

표사들이 선발되자 일은 일사천리로 진행되었다.

조막의 심사 아래 스무 명의 쟁자수가 모집되었다.

"이 새끼들아! 정신 똑바로 안 차리면 점심은 마구간에서 처먹일 테다!"

말마다 욕이 빠지지 않는 성정 거친 그였지만 말과 마차를 다루는 기술만큼은 매우 훌륭했다.

쟁자수의 일은 결코 쉽지 않았다.

우선 마차를 직접 몰아야 했고, 표사들 눈치 보랴, 표물 챙기랴, 말 다독이랴. 그들은 이래저래 피곤한 일이 많은 그들이었다. 자연스럽게 쟁자수들의 기질은 거칠 수밖에 없었다.

그들을 다루는 데 조막만큼 적임자는 없었다.

표국을 대표하는 표기도 만들어졌다.

표기에 들어간 '유설'이란 글자는 고 노인의 몇 번이나 거듭된 부탁으로 유월이 직접 썼다.

무공과 글씨는 분명 일맥상통하는 바가 있었다. 유월이 쓴 필체는 거칠면서도 격이 있는 그의 무공과 닮아 있었다.

비설은 물론이고 모두들 완성된 표기를 마음에 들어했다.

분위기는 한껏 부풀어 올랐고 이제 남은 것은 모자란 자금이었다.

第二十八章

성가장

刀霸魔爭

표 기가 만들어진 그날 저녁, 유월과 비설이 난주 거리를
나란히 걷고 있었다.

"막연히 이 일을 구상했을 때는 일이 이렇게 많을 줄 생각
도 못했어요."

비설은 만약 이 모든 일을 혼자 했다면 과연 여기까지라도
했을까란 의문이 들었다. 유월과 흑풍대가 없었다면 절대 못
했을 것이다.

사람들은 쉽게 말한다. 안 되면 장사라도 하지. 하지만 비
설은 이번 일에서 그 말이 얼마나 비현실적이고 건방진 말인
지 알 수 있었다. 세상일에 쉬운 일이 어디 있을까마는, 사람

을 부리고 돈을 버는 일은 절대 쉬운 일이 아니란 것을 뼈저리게 실감한 것이다.

"감사드려요."

면사 위의 아름다운 두 눈이 진심으로 고마워하고 있었다.

유월은 미안한 마음이 들었다. 그녀를 지켜주려는 노력은 당연한 것일 뿐, 실제 도와준 것은 별로 없었으니까.

표사와 쟁자수가 갖춰지고 표기까지 만들어진 탓이었을까? 비설은 조금 들뜬 상태였다.

"저 악착같이 돈 벌 거예요."

강호에서 하고 싶은 일을 가장 쉽게 할 수 있는 자리에 있는 비설이었다. 한마디만 하면 못 이룰 것이 없는 그녀였다. 그럼에도 그녀는 그 모든 혜택을 거부했다.

아버지의, 마교의 돈을 거부하고 그녀가 하고 싶은 것이 무엇일까? 단지 개미처럼 돈을 모아 '이 돈은 깨끗한 돈이랍니다'란 말을 하며 불쌍한 사람들을 돕는 일을 할 것 같진 않았다. 자선이란 돈의 출처가 중요한 것이 아니라 돕는 행위 그 자체에 모든 소중함이 다 담겨 있다는 것쯤은 알 만한 비설이었으니까. 분명 비설다운 엉뚱하면서도 기발한 일을 할 것이다.

"모자란 돈은 어떻게 마련할 생각이냐?"

유월의 물음에 비설의 눈가에 장난기가 스쳤다.

"오라버니께서 구해주실래요? 오라버니라면 쉽잖아요?"

비설이 자세를 잡으며 나락도를 휘두르는 흉내를 냈다.

"나보고 담이라도 넘으란 말이냐?"

"오라버니라면 황궁의 보물창고도 쉽게 들어가실 텐데요. 딱 한 번만 눈 감으시고. 어때요?"

결국 유월은 피식 웃고 말았다.

비설의 수다를 들으며 두 사람이 도착한 곳은 난주의 시장 거리였다.

"저희 분타가 저긴가요?"

비설이 가리키는 곳은 바로 송웅의 포목점이었다. 돈을 구하자고 나선 비설이 이곳으로 오자 조금 의외의 장소란 생각이 들었다.

"그래, 저곳이다."

"일단 들어가죠."

그들이 알록달록 화려한 옷감들이 보기 좋게 걸려 있는 포목점 앞으로 걸어갔다. 자리에 앉아 있던 순박한 인상의 청년이 벌떡 일어나 반갑게 두 사람을 맞이했다.

"어서 오십시오."

비설의 아름다움에 함박만큼 벌어지려던 입이 유월을 보자 야무지게 닫혔다. 그야말로 대조적인 두 손님이었다. 비설은 그야말로 하늘에서 내려온 선녀 같았고, 유월은 그 선녀를 지키는 무서운 신장(神將)처럼 보였다.

비설이 청년을 향해 살짝 미소를 짓자 청년의 눈에 유월은 선녀를 노리는 지옥의 귀장(鬼將)으로 변했다.

홍분과 긴장으로 청년의 목소리가 몹시 떨렸다.

"사십 년 전통의 저희 송가포목으로 말씀드리자면 일반 무명이나 삼베부터 금사(金絲)와 은사(銀絲)로 만든 비단에, 황궁의 고관들이 입는 최고급 비단까지 중원 최고라 자부할 수 있는……."

청년의 장황한 설명을 들으며 비설이 가게 안을 둘러보았다.

갖가지 화려한 옷감을 살펴보던 비설의 시선이 한곳에 고정되었다.

"와, 예쁘다!"

그녀의 입에서 자연스럽게 탄성이 터져 나왔다.

화려한 꽃 문양이 수놓아진 비단이 따로 걸려 있었는데, 옷감에 전혀 조예가 없는 유월이 봐도 매우 고급스러운 비단이란 것을 알 수 있었다. 게다가 놀랍게도 그 비단에서는 은은한 꽃향기가 흘러나오고 있었다.

비설이 살짝 면사를 들어 그 비단을 볼에 가져다 댔다. 피부에 미끄러지는 그 부드러운 촉감에 비설이 행복한 표정을 지었다.

덩달아 청년까지 행복한 마음이 들었다.

"과연 안목이 대단하십니다."

비싼 물건에 대한 안목만큼은 강호제일의 비설이었다. 이 비단을 수백, 수천의 비슷한 비단 사이에 숨겨두어도 결국 찾아낼 수 있을 것이다.

"이 비단 옷감은 서역에서 들어온 최고급품입니다. 저희 가게에서 가장 비싼 거지요. 아가씨처럼 아름다운 분이 맞춰 입으시면 그야말로 선녀가 날개를 단 것 같을 겁니다."

비단옷을 차려입은 비설을 상상했는지 청년의 볼이 홍조를 띠었다.

"이런 옷은 주로 누가 사가나요?"

비설의 물음에 청년이 신이 나서 떠들었다.

"서역교역상으로 유명하신 성 대인의 따님께서 얼마 전에 바로 이 옷감으로 옷을 맞추셨답니다. 뿐만 아니라 난주에서 가장 큰 방목장을 운영하시는 윤 대인께서도 따님을 위해 이 비단을 구입하셨지요."

"오, 대단하신 분들이 사가셨네요."

"그렇습니다. 두 분 모두 이 지역의 가장 큰 유지시지요."

"이 비단으로 옷 한 벌 만들려면 얼마나 들죠?"

"원단 값만 이백 냥입니다. 수선비까지 계산하면 삼백 냥쯤 되겠지요."

비설이 아쉬운 표정을 지었다.

"아, 너무 비싸구나."

하마터면 '제가 낼 테니 그냥 가져가십시오'라고 말할 뻔한 청년이었다. 하지만 이백 냥은 자신이 낼 수도 없을뿐더러 송옹의 잔소리 몇 마디로 끝날 액수가 아니었다.

비설이 다른 비단을 살폈다.

하지만 앞서의 비단에 비하니 다른 비단은 거친 광목(廣木)천 같았다.

결국 비설이 아쉽다는 듯 작별을 고했다.

"다음에 다시 올게요."

사실 아쉬움은 청년이 더욱 컸다.

"아가씨께서 사신다면 싸게 해드릴 수도 있습니다. 딱 잘라……."

얼마라고 할까 청년이 망설였다. 한 달 품삯이라도 포기하고 눈앞의 여인에게 선심을 쓰고 싶다는 마음이 들었다.

갈등하는 청년에게 비설이 미소를 지었다.

"마음은 감사하지만, 아직은 무리네요. 그럼 이만."

아쉬워하는 청년의 눈빛을 뒤로한 채 비설이 밖으로 나갔다. 뒤따르는 유월은 의아한 마음이 들었다. 이곳을 찾은 이유는 송옹을 보러 온 것이라 여겼던 것이다. 그런데 비설의 목적은 그것이 아닌 듯 보였다.

"분타주를 만나러 온 것이 아니었더냐?"

"네. 마차 개조한다고 바쁘실 텐데 공연히 귀찮게 해드릴 필요가 없죠."

의아해하는 유월에게 비설이 덧붙였다.

"그래도 알아낼 것은 다 알아냈으니까요."

비설이 앞장서서 걸었다. 가벼운 발걸음이 그녀의 마음을 말해주고 있었다.

"이제 그 비단 산 사람들을 찾아갈 거예요."

무슨 생각을 하는지 여전히 알 수 없는 비설이었다.

한편, 비설이 떠나고 난 후 포목점의 청년은 넋이 나가 있었다.

그가 자책하듯 자신의 머리통을 후려쳤다.

송옹에게 맞아 죽는 한이 있어도 그 비단을 비설에게 팔았어야 했다는 후회가 장강의 물결처럼 밀려들었다. 하지만 이미 넘실거리는 물결 너머로 배는 떠난 후였다.

딱!

누군가 청년의 머리통을 때렸다. 청년이 울상을 지으며 돌아보니 어느새 송옹이 들어와 있었다.

"이놈아, 다 훔쳐 가도 모르겠구나."

그제야 제정신이 든 청년이었다.

"오셨습니까?"

송옹이 피곤한 얼굴로 청년 옆에 나란히 앉았다.

"장사는?"

"파리만 날립니다요. 요즘 같은 불경기에 누가 옷을 해 입겠습니까? 입에 풀칠하기도 바쁜데."

송옹이 한숨을 내쉬자 청년이 화제를 바꿨다.

"일은 잘 진행되고 있습니까?"

송옹이 고개를 끄덕였다. 누구 일인데 잘 진행이 안 될 것인가? 열흘을 기약했던 일이지만 밤잠을 아껴가며 마차를 개조하고 있었다. 오늘은 세영과 백위까지 찾아와 일을 돕고 나섰다. 그러니 어찌 긴장을 풀 수 있겠는가?

가게에 들른 것도 며칠 만이었다.

송옹이 나직이 물었다.

"시체는?"

그 물음에 순박한 청년의 인상이 조금 차갑게 변했다.

"잘 처리했습니다."

청년은 천마신교 난주 분타의 마인이었다. 송옹이 가장 신뢰하는 수하로 그의 이름은 상수였다.

"이번 일은 특히 조심해야 한다. 아가씨와 흑풍대의 일이야. 까닥 실수라도 하게 되면 목이 열 개라도 모자라."

"걱정 마십시오."

상수가 목소리를 낮췄다.

"참, 그사이 흑풍대주는 만나보셨습니까?"

흑풍대가 난주에 온 후, 흑풍대주를 만나보고 싶다며 노래를 부르는 상수였다. 그는 이런 촌구석에 발령받은 것이 자신의 인생이 제대로 꼬인 것이라 여겼는데, 흑풍대주의 눈에 띄어 이곳을 떠나고 싶은 마음뿐이었다.

송옹이 입맛을 다시며 고개를 내저었다.

"바쁘다, 바빠. 흑풍대주는 고사하고 마누라랑 자식 놈 얼굴도 잊어버리겠다."

일전에 흑풍대주를 볼 기회를 적표란 놈이 설쳐 대는 통에 망쳐 버린 그였다. 그 이틀 후에 다시 송가장을 찾아갔지만 유월은 만날 수 없었다. 한창 내력을 다스리는 중이었기 때문이었다.

또다시 볼 기회야 있겠지만 못내 그것이 아쉬운 송옹이었다.

"다음에 기회가 있을 때 꼭 저도 데려가 주십시오."

"이놈아, 소문도 못 들었느냐? 공연히 그 사람 앞에서 까불다가 얻어터지지 말고 장사나 잘해! 눈도장 찍어서 좋을 게 없는 사람이다."

"그래도… 그런 것이 아니지요. 기왕 마인이 된 이상 흑풍대주 같은 사람이 되어야죠."

"큰일 터지면 제일 먼저 죽는 이들이야. 그래도 좋아?"

"죽는 거 겁 안 납니다. 굵고 짧게 갑니다, 전."

"그래, 너 젊다, 젊어."

"흑풍대주님을 먼발치에서라도 한 번만 뵈면 이 답답한 인생이 확 달라질 것 같습니다."

"휴우— 네 인생에 난 뭐냐?"

"휴우—"

이미 흑풍대주를 보았지만 무엇 하나 인생이 달라지지 않은 상수가 송옹의 한숨에 자신의 한숨을 보태었다.

새외와의 무역 거래로 큰돈을 번 성 대인은 난주에서 가장 유명한 상인 중 하나였다. 그는 천성적으로 돈을 버는 재주를 타고난 이였는데, 새외의 갖가지 물품들 속에서 어떤 물건이 중원에서 비싸게 팔릴지를 정확히 골라내는 재주가 그중 하나였다. 물론 그 반대의 경우도 안목이 대단했다.

타고난 재주가 좋아 앉아서 떼돈 번다고 시기를 할지 모르겠지만 적어도 새외와의 무역은 그리 만만한 일이 아니었다.

오늘 같은 날이 그러했다.

"정말 끝장을 볼 작정이오?"

마당 가득히 물건을 쌓아놓고 자신을 윽박지르는 사내는 바로 요삼(姚三)이란 서역의 중개상이었다.

평소에도 그다지 호감이 가지 않던 사람이었는데, 과연 비범한 사람의 예감은 언제나 정확하다는 것을 증명이라도 하듯 오늘에 이르러 사단이 난 것이다.

얼마 전 서역으로 보낸 물건에 하자가 있다며 요삼이 연락을 취해왔다.

관행상 새로운 물건으로 교환해 주면 될 문제였기에 새로 물건을 보내주었다.

이번에는 성 대인 자신이 직접 살피고 살펴 제대로 물건을 보냈다.

그렇게 거래가 마무리되었다 싶었는데, 오늘 요삼이 직접 물건을 가지고 자신의 성가장에 들이닥친 것이다.

새로 보낸 물건 역시 흠이 있다는 것이다. 그야말로 트집이었고 억지였다.

더 어이없는 일은 요삼이 지난 두 거래로 인한 피해 보상을 청구한 것이다.

미친개에게 물렸다 생각하고 보상을 해주면 좋겠지만 그건 불가능했다. 요삼이 요구한 금액은 자그마치 삼십만 냥이었던 것이다. 그 돈을 내주고 '오늘부로 파산'이란 종이를 대문에 붙인다 하더라도 전혀 이상할 것이 없는 금액이었다.

평소라면 성 대인은 자신의 무인들을 풀어 다시는 헛소리를 못하게 복날 개 패듯 패버릴 문제였다.

하지만 성 대인은 그럴 수 없었다. 요삼이 데리고 온 사내 때문이었다.

우람한 근육질의 사내가 마당에 쌓인 짐 위에 걸터앉아 있었다. 구릿빛의 단단한 피부는 마치 칼을 내려쳐도 흠집 하나나지 않을 것 같았다.

그가 바로 사막을 종횡하며 갖가지 불법적인 사업을 자행하는 황사풍(黃砂風)의 부두목 철두(鐵頭) 도필구(度砒求)였다.

황사풍은 사막횡단로에 비싼 통행료를 받았고, 따로 살수집단을 둬서 살수업에, 갖가지 이권 사업에서 부당이득을 취하는 등 이루 말할 수 없는 악행을 저지르는 이들이었다.

그렇게 돈을 벌어들이기 시작한 황사풍은 현재에 이르러서는 새외 이십대세력에 들어갈 정도로 강력한 무위와 힘을 자랑하게 되었다.

그 황사풍의 부두목인 도필구는 그의 별호대로 새외에서 가장 단단한 머리통을 지닌 것으로 유명했다. 박치기 한 방이면 바위도 부술 정도였는데 도검불침의 근육에, 외공을 익힌 무인답지 않게 매우 민첩한 몸놀림을 지니고 있었다.

공연히 애꿎은 상대에게 시비를 걸어 작살내는 것을 좋아하는 그는 여자라면 사족을 못 썼는데, 그에게 겁탈당한 여인이 수백 명에 이르렀다.

자신들의 조직에서야 화끈한 철두형이라고 엄지손가락을 들어주지만 그건 자기들 입장이고, 그의 더러운 성격 때문에 억울하게 피해를 본 사람들의 원성이 하늘을 찔렀다.

그런 악명 높은 자였기에, 주위를 에워싼 이십여 명의 성가장 무인들은 그저 울분만 삼키고 있었다.

게다가 요삼은 난주에 온 것이 도필구만이 아니라는 암시를 줬다.

"갈 대형께서 인근에서 술을 마시며 기다리고 계시오. 그분은 일이 지체되는 것을 매우 싫어하는 분이지요."

요삼이 말한 갈 대형이란 황사풍의 두목 황마객(黃魔客) 갈치수(葛幟洙)를 의미했다. 황사풍의 두목까지 나섰으니 이제 그만 포기하란 협박이었다.

이제 보니 요삼이 황사풍을 끌어들인 것이 아니었다. 황사풍이 요삼을 앞세운 것이리라. 분명 이번 일의 주체는 황사풍이었다.

억울하고 두려운 마음에 성 대인은 가슴이 답답해졌다. 성가장 무인들도 황사풍의 두목까지 난주에 와 있다는 말에 안색이 어두워졌다. 목숨을 걸고 싸워 요행히 도필구를 죽인다 해도 끝날 일이 아닌 것이다.

"계약 파기를 해드리겠소. 그에 따른 손해배상도 해드리겠소."

그것도 억울한 일이었지만, 요삼은 그조차도 받아들이지 않았다.

"이미 안 된다고 하지 않았소."

"제시한 보상액이 너무 크지 않소?"

"그 정도는 마땅히 받아야 한다고 생각하오."

"주고 싶어도 본 장에는 그만한 돈이 없소."

그러자 요삼이 기다렸다는 듯 품에서 몇 장의 계약서를 꺼냈다.

읽지 않아도 알 수 있었다. 아마도 자신의 사업체를 넘기겠다는 계약서일 것이다.

비릿한 요삼의 웃음에 성 대인은 하늘이 노래졌다.

결국 그들이 원하는 것은 돈이 아니었다. 자신의 사업체를 맨입으로 꿀꺽 삼키겠다는 야욕이었다. 저 계약서에 서명을 하는 순간 모든 것이 끝장날 것이다. 강요에 의한 일이었다고 제아무리 하소연해 봐야 강한 놈이 합법적인 증거까지 갖추면 그야말로 돌이킬 수 없는 일이 되는 것이다.

무림맹에 도움을 청해야 했다. 새외 세력의 중원 진출에 대해서는 워낙 단호한 입장이었기에 무림맹은 반드시 황사풍을 제지할 무인들을 보내올 것이다.

문제는 이번 일을 처리할 그들의 태도였다.

오랜 경험으로 확신하건대 무림맹의 무인들은 일단 경고로 그들을 새외로 내몰 것이고, 무림맹이 나선 이상 황사풍은 고분고분 물러날 것이다.

문제는 그다음부터였다. 황사풍은 반드시 자신의 가문을 멸문시키려 들 것이다. 듣기로는 황사풍 자체에 살수 집단까지 따로 두고 있다지 않는가?

평생 무림맹에서 자신을 지켜줄 리도 없었고 지극히 정치적인 성격의 무림맹에서 이런 일로 황사풍과 전면전을 벌이지도 않을 것이다.

먼 친척보다 가까운 이웃이 낫다고, 결국 이번 일은 자체적으로 해결해야 했다.

난주에서 황사풍을 감당할 정파 세력은 오직 백화방과 공동파였다. 백화방은 황사풍에 비해 상대적으로 약했지만 그들 뒤에는 공동파가 있었다.

백화방과는 무난한 관계를 맺고 있었는데 문제는 공동파

였다.

공동파와 사이가 서먹서먹해진 것은 칠 년 전이었다. 그들과 인연을 맺으려다 포기를 한 적이 있었다. 이런저런 이유로 요구하는 금액이 너무 많았던 탓이었다. 그때까지만 해도 사업은 잘나가고 있었고, 굳이 공동파의 힘을 빌릴 필요는 없다고 판단했다.

'망할! 실수였어.'

후회는 언제나 늦는 법이다.

그때 도필구가 하품을 했다.

"배고프다! 빨리 끝내자."

이제 슬슬 짜증이 난다는 신호였다. 그때 지켜보고 있던 무인 하나가 용기를 내서 나섰다. 그가 정중하고 조심스런 태도로 말했다.

"일단 오늘은 물러가시지요. 대인께서 생각해 보시고 연락을 드릴 겁니다."

무슨 생각에서인지 도필구가 그를 손짓해 불렀다.

사내가 잠시 망설이다가 이내 당당하게 걸어갔다.

도필구가 나른한 얼굴로 그를 바라보았다. 졸린 눈이 번쩍 뜨이는 순간.

빠악—

도필구의 이마가 벼락처럼 빠르게 그의 얼굴을 강타했다.

뒤로 튕겨 나간 사내가 그대로 자빠졌다. 곧이어 짓이겨진 얼굴에서 피가 쏟아져 나왔다. 사지를 떨던 사내의 몸이 이내 조용해졌다.

동료가 참혹하게 죽었음에도 모두들 얼이 빠져 멍하니 서 있을 뿐이었다. 반격을 할 마음도, 눈물을 흘릴 여유도 없었다. 그저 눈시울이 붉어진 채 숨을 죽일 뿐이었다. 자신들의 무공으로 나서면 개죽음만 당할 뿐이란 것이 한스러울 따름이었다.

이마를 스윽 닦고서는 도필구가 다시 하품을 했다.

"개새끼, 어르신이 말하시는데 끼어들어?"

그가 의도한 것이 공포 분위기 조성이었다면 결과는 대성공이었다.

도필구가 다시 구석에 서 있는 사내 하나를 손짓해 불렀다.

지목당한 사내가 슬슬 뒷걸음질을 치더니 이내 비명을 질러댔다.

"으아아악!"

사내는 뒤도 돌아보지 않고 문을 박차고 달아났다.

허둥지둥 달아나는 그 모습을 보며 도필구가 코웃음을 쳤다.

"자식, 겁먹긴."

도필구가 성 대인을 쳐다보았다.

"이봐, 그만 버티고 마무리 짓자고. 나 배고파."

성 대인은 얼마나 이를 갈았는지 어금니가 아팠다. 갖은 고

생을 다하며 여기까지 왔지만 이런 수모는 처음이었다. 자신의 목숨을 내놓는 것은 두렵지 않았다. 문제는 역시 가족들이었다.

그때 열려진 문으로 비설이 고개를 들이밀었다.

"성 대인 계신가요?"

모두의 시선이 그녀에게 집중되었다.

가장 먼저 반응을 보인 것은 과연 도필구였다.

"어라? 예쁘잖아!"

벌써부터 눈가가 벌겋게 달아오르기 시작한 도필구였다. 음흉한 미소를 짓던 그의 인상이 굳어졌다.

비설의 뒤로 유월이 모습을 드러낸 것이다.

심상찮은 유월의 인상에 잠시 긴장했지만, 그것은 그야말로 잠시였다.

도필구가 비설의 몸매를 기분 나쁘게 훑으며 나른하게 말했다.

"얘들아, 손님 모셔라."

달식을 닦달하는 태백루의 맹달처럼 도필구가 성 대인의 무인들을 자신의 수하인 양 다뤘다.

분위기가 심상찮음을 느끼며 안으로 들어서던 비설이 살짝 인상을 찌푸렸다. 참혹하게 죽은 채 널브러진 시체를 발견한 것이다.

그러자 도필구가 무인 하나를 지목했다.

"너! 이 지저분한 것 치워."

지목당한 무인이 어쩔 수 없다는 표정으로 시체를 들고 뒤채 쪽으로 사라졌다.

도필구가 자신이 앉아 있던 상자의 먼지를 털어내며 비설에게 앉으라고 권했다.

"여기 앉지."

비설은 이미 장내의 분위기를 한눈에 파악한 후였다.

도필구의 장단에 맞춰주려는 듯 비설이 상자 위로 폴짝 뛰어 엉덩이를 걸쳤다. 유월이 그녀 옆으로 다가서려 하자 도필구가 의도적으로 그를 가로막았다. 유월이 피식 웃으며 그 자리에 멈춰 섰다. 그 가소로운 미소 속에 담긴 의미가 어떤 것인지 도필구가 안다면 지금처럼 음흉한 미소를 남발하지 못할 것이다.

"흐흐흐흐."

어쨌든 도필구의 입에서 끝없이 음흉한 웃음이 새어 나왔다. 그의 입장에서 오늘은 돈도 벌고 미녀도 얻는, 그야말로 호박밭을 뒹구는 날이었다. 이렇게 눈이 번쩍 뜨일 미인은 태어나 처음이었다. 이미 그의 색심은 비설의 벗은 몸을 상상하고 있었다.

도필구가 이곳에 온 것은 성 대인의 예감대로 중원과 새외 교역의 교두보를 세우기 위함이었다. 하지만 또 다른 이유가 있었다.

지금 난주에 온 것은 자신만이 아니었다. 황사풍의 두목이자 자신의 의형인 갈치수와 함께였다.

기련사패 중 이패인 엄이찬이 자신들에게 도움을 청해온 것이다. 제아무리 잘나가는 황사풍이라지만, 기련사패의 부탁을 무시할 정도까진 아니었다.

일차로 갈치수와 도필구가 열 명의 정예 무인을 거느리고 비밀리에 난주에 들어왔다. 떡 본 김에 제사 지낸다고, 갈치수는 그간 벼르던 일을 도필구에게 맡긴 것이다.

성가장 일을 내심 귀찮았는데, 비설의 등장으로 이제 형님 만세를 외쳐야 할 상황이 된 것이다.

비설의 맑고 영롱한 목소리가 도필구의 귀를 즐겁게 했다.

"근데 성 대인은 어느 분이시죠?"

마루에 낭패한 얼굴로 서 있는 사람이 성 대인임을 짐작했지만 비설은 순진한 눈빛을 반짝였다.

성 대인이 침울한 기색으로 말했다.

"어디서 오신 분들이시오?"

"사업상 드릴 말씀이 있어요."

비설이 스스로의 정체를 밝히지 않자 성 대인이 정중하게 거절했다.

"누구신진 모르겠으나 오늘은 본 장에 사정이 있으니 다른 날 방문해 주시길 바라오."

남 걱정할 때가 아니었지만 방문한 여인이 도필구에게 희

룽당할 생각을 하니 성 대인은 마음이 절로 무거워졌다.

과연 도필구의 발동한 음심이 그냥 고이 비설을 보내줄 리 없었다.

"이렇게 아름다운 분이 오셨는데 그냥 보낸다는 것은 예의가 아니지."

그러자 비설이 도필구에게 물었다.

"대협께서는 존성대명이 어떻게 되시는지요?"

"나 황사풍 철두요."

비설이 슬쩍 유월 쪽을 바라보았다. 혹시 아는 이름인가를 묻는 눈짓을 보냈는데, 유월이 고개를 끄덕였다. 철두는 몰라도 황사풍은 익히 아는 이름이었던 것이다.

눈짓이 오고 가는 것을 놓칠 리 없는 도필구였다.

상한 기분이 그의 표정에 고스란히 드러났다. 그리고 그 화풀이의 대상은 당연히 유월이었다.

"너, 이리 와."

도필구가 손가락을 까닥이며 건방을 떨었다.

유월은 꼼짝도 하지 않고 서 있었다. 도필구의 인상이 본격적으로 험악해지던 그때, 비설이 성 대인의 입장에서는 꽤나 의외의 부탁을 했다.

"사람들을 물려주시죠. 긴히 드릴 말씀도 있어요."

고민하지 않고 성 대인이 순순히 수하들을 물렸다.

"이만 물러가거라."

그러지 않아도 무인들을 내보낼 생각이었다. 어차피 있다고 도움이 될 사람들도 아니었고, 그렇다고 나서서 목숨을 바치지 않는다고 실망하고 손가락질을 할 정도로 그들에게 정이 없지도 않았다. 살 사람은 살아야 했으니까.

그 마음을 어찌 그들이 모르겠는가?

머뭇거리는 그들을 성 대인이 차라리 그게 자신을 위한 길이라며 좋은 말로 달랬다. 결국 무인들이 면목없는 얼굴로 모두 물러났다.

이제 장내에 남은 사람은 성 대인과 네 명의 손님들이었다.

무인들이 물러나자 도필구는 내심 흐뭇해졌다.

이제 이런저런 눈치 볼 필요 없이 눈앞의 미녀를 차지하면 되었다. 아무리 기억을 떠올려도 어젯밤 꿈이 생각나지 않았다. 도대체 얼마나 좋은 꿈을 꾸면 이런 횡재를 할 수 있을지.

그 흐뭇함에 비설이 찬물을 끼얹기 시작했다.

"황사풍이 뭐 하는 곳이죠?"

"사막의 영웅들이죠."

요삼이 과한 아부로 도필구의 체면을 챙겼다. 그 말을 한 귀로 흘리며 비설이 유월의 대답을 기다렸다.

"새외의 도적 떼들이다."

도필구가 씩 웃었다. 일이 척척 풀려가고 있었다. 유월을 어떻게 묻을까 고민 중이었는데, 스스로 무덤을 파기 시작했으니까. 죽여야 할 명분이 생긴 것이다.

"새외의 도적들이 이곳은 왜 왔을까요?"

"도적은 원래 게으른 자들이다. 그들이 몸을 움직이는 이유는 단 하나지."

두 사람의 대화를 듣던 도필구는 문득 의아한 마음이 들었다.

분명 상대는 황사풍의 존재를 아는 것처럼 보였는데, 제 무덤의 삽질을 멈추지 않는 것이 아닌가? 이내 그 의문은 황사풍이란 조직이 지닌 한계로 이어졌다. 그 태생부터 비천한 조직이었다. 자신이 봐도 무시당해도 좋을 만한 쓰레기들이 널려 있었으니까. 문제는 고철 더미 속에도 날카로운 칼이 숨겨져 있을 수 있다는 것을 상대가 모르는 것이리라.

'제법 한가락 한다?'

도필구는 유월이 그냥 맹물이 아님을 직감했다. 그 정도에 그쳐선 안 될 직감이었지만, 어차피 비설을 본 이상 그냥 물러설 수 없는 그였다.

이제 비설이 유월의 삽을 건네받았다.

"철두란 별호는 머리가 단단해서 붙은 별호겠군요."

"그렇다면?"

귀싸대기를 날리는 대신 한마디 대꾸라도 한 것은 정말 그만큼 비설의 외모가 훌륭했기 때문이었다.

"머리통 안까지 단단하지 않기를 바랄 뿐이에요."

그녀의 솔직한 심정이었다. 인상이나 태도로 볼 때, 도필구가 쉽게 물러나지 않으리라 확신했다. 비설은 진심으로 도필구가 유월의 기도를 알아보고 물러나길 바라고 있었다.

결국 헛된 배려였다. 얇디얇은 도필구의 인내심이 바닥을 드러내며 본색을 드러낸 것이다.

"네년은 그만 닥치고, 서방님 맞을 준비나 해라."

비설이 한숨을 내쉬었다. 눈치로 봐서 황사풍이란 단체에 대해 유월은 그다지 호감을 가지고 있지 않았다. 그렇기에 더더욱 해서는 안 될 말이었다. 저런 말이 나온 이상 유월이 용서할 까닭이 없었으니까.

그녀가 상자 위에서 폴짝 뛰어내렸다.

"네! 전 닥치고 기다릴게요. 아무래도 독수공방을 해야 할 것 같지만."

비설이 성 대인 쪽으로 걸어갔다. 등을 돌린 이유는 도필구가 죽는 모습을 보고 싶지 않았기 때문이었다.

"미친년!"

입을 함부로 놀린 대가를 반드시 치러주리라 마음먹는 도필구였다. 물론 그전에 처리해야 할 일이 하나 있었다. 천지도 모르고 삽질한 녀석의 무덤부터 덮는 일.

도필구가 몸을 풀려는 듯 관절을 꺾기 시작했다.

뚝뚝— 뚝뚝뚝—

내력을 끌어올리자 그의 피부가 부풀어 오르며 강철처럼 단단해졌다. 불끈 솟아오른 태양혈에선 푸른빛이 감돌았다.

도필구의 눈빛이 번뜩이는 순간, 그가 유월을 향해 돌진했다. 그야말로 전광석화 같은 속도였다.

다만 문제는 상대가 유월이란 점이었다.

부우웅!

도필구의 주먹질이 허공을 가르는 순간.

유월의 팔이 그의 팔을 휘감았다.

두두둑!

도필구의 입장에선 절대 이해할 수 없는 소리였다.

그 간단한 동작에 팔이 부러질 리 없었으니까. 그러나 이어지는 고통은 그것이 꿈이 아님을 실감케 했다.

비명이 목구멍까지 올라왔을 때였다.

빠악—

유월의 묵직한 주먹이 그의 옆구리를 강타했다.

튀어나오려던 비명 소리도 잊을 정도의 아픔이 허리부터 온몸으로 퍼져 나갔다. 마치 벼락을 맞은 기분이었다.

단 일도에 그의 머리통을 쪼갤 수 있었음에도 유월은 그러지 않았다.

비설에게 던진 한마디 욕질은 개인에게 던진 것이 아니었다. 천마신교를 향한 욕이었기에, 유월은 모질게 그를 다루고 있었다.

팔을 꺾고, 옆구리의 갈비뼈를 부순 유월은 이제 반대쪽으로 가 있었다.

두 번의 격타음이 이어지자 도필구의 몸이 균형을 맞추었다.

반대쪽 팔과 옆구리가 부서진 것이다.

그 네 번의 공격이 끝나고 나서야 도필구의 입에서 끔찍한 비명이 터져 나왔다.

"으아아아아악!"

마당을 흐느적거리며 그가 걸어가기 시작했다. 검도, 창도 튕겨내는 자신의 육체였다. 어쩌면 검기도 튕겨낼 수도 있으리라 자신하는 육체였다. 그런 강인한 육체에 믿을 수 없는 민첩함까지 지닌 자신이었다. 번쩍하면 깨지는 것은 상대방의 머리통이요, 쟁강하며 부러지는 것은 상대방의 검이었다. 그래, 꿈이리라. 이건 분명 꿈이었다.

'이게 뭐지?'

그의 눈에서 눈물이 쏟아져 내리고 있었다. 극심한 고통에 대한 육체의 자연스런 반응이었다.

쉬이잉!

눈물로 흐릿해진 시야로 무엇인가가 날아들었다.

유월의 주먹이 그의 이마를 강타했다.

빠각.

돌을 부수고 강철을 휘게 했던 그의 단단한 두개골이 두부처럼 으깨졌다.

그걸로 끝이었다. 비명 한마디 없이 쓰러진 도필구는 이미

이 세상 사람이 아니었다. 평생의 악행치곤 다행이라 불러야할 죽음이었지만, 마지막 순간 도필구에게 떠오른 생각은 억울함이었다.

제대로 반격조차 못하고 도필구가 절명하자 요삼의 표정이 사색이 되었다.

놀라기는 성 대인 역시 마찬가지였다.

"당, 당신들은 누구요?"

비설이 머리를 긁적이며 말했다.

"뭐, 운 좋은… 초보 사업가라고 할까요?"

성가장의 무인들에게 매질을 당해 요삼이 사경을 헤매고 있을 그때, 난주에서 찾아보기 힘든 온갖 진귀한 음식들이 유월과 비설 앞에 차려졌다.

"와! 맛있어요. 오라버니, 이거 드셔보세요."

비설이 음식을 집어 유월의 입에 가져갔다. 유월이 머쓱한 표정을 지었다.

"됐다."

"하나만, 딱 하나만!"

"내가 직접 먹으마."

"제 성의를 봐서 그냥 드세요."

"싫다!"

"흥! 명령이에요."

"거절한다."

"아잉―"

비설이 비장의 한 수를 발휘했다. 양 볼을 복어처럼 부풀린 것이다.

결국 피식 웃으며 유월이 패배를 인정했다.

"만세!"

기어코 유월에게 요리를 먹인 비설이 두 팔을 번쩍 치켜들었다.

두 사람과 마주 앉은 성 대인이 침을 꿀꺽 삼켰다.

성 대인은 두 사람의 손짓 하나, 눈짓 하나에 신경을 쓰며 매우 조심하고 있었다.

저런 태연한 모습이라니?

분명 이 정체불명의 두 사람은 보통 강호인들이 아니었다. 단지 무공이 강하거나 손속이 잔인하기 때문만은 아니었다.

그것은 뭐랄까? 사건 이후의 태도 문제였다. 황사풍을 건드린 걱정은 고사하고 마치 아무 일도 일어나지 않은 듯 행동하고 있었다. 가식이나 연기가 아니었다. 진짜 두 사람은 그들에 대해 전혀 신경을 쓰지 않았다.

'도대체 이들은 누구일까?'

사실 문제는 그것이 아니었다.

'과연 내게 무엇을 요구할 것인가?'

성 대인은 오히려 도필구를 상대할 때보다 더욱 긴장하고 있었다. 성 대인은 두 사람이 방문한 것이 복인지 화인지 가늠하지 못하고 있었다. 혹시 늑대를 쫓아내고 호랑이를 불러들인 게 아닐까 하는 불안 때문이었다.

걱정거리는 그뿐만이 아니었다.

자신의 집에서 도필구가 죽은 것이 알려진다면 황사풍 일당들은 자신을 그냥 두지 않을 것이다. 당장 식솔들을 이끌고 깊은 산속으로 숨든지, 무림맹으로 달아나야 할 상황이었다.

도필구를 찾기 위해 황사풍의 무인들이 언제 들이닥칠지 모를 상황이었다.

그럼에도 성 대인이 태평하게 두 사람을 접대를 하고 나선 것은 두 사람에게서 활로를 찾고자 결심한 것이다. 오랜 장사를 통해 배운 것이 있다면 바로 사람을 판단하는 재주였다. 거기에 자신의 모든 것을 건 것이다.

유월과 비설이 식사를 마치고 젓가락을 놓자 성 대인이 정중하게 말했다.

"급히 준비하느라 대접이 소홀함을 용서하시오."

"겸손의 말씀이세요. 잘 먹었답니다."

대기하고 있던 두 시녀가 들어와 탁자를 치우고 새롭게 술상을 차렸다.

술잔이 채워지고 나서야 비로소 비설이 자기소개를 했다.

"제가 유설표국의 국주랍니다."

성 대인이 깜짝 놀랐다. 그도 유설표국에 대한 소문을 들었다.

"이번에 저희 표국에서 사람들을 실어 나르는 마차를 운행하려고 해요."

역시 들은 이야기였다. 그 대목에서 크게 실소를 했으니까. 자신이 생각하기에 절대 수익이 나지 않는 사업이었다. 가난한 이들에게 돈을 받아야 얼마를 받겠는가? 제법 재미있는 생각이지만 결국 인건비 뽑기도 힘들다는 냉정한 평가를 내리고는 잊어버린 이름이 유설표국이었다.

"적은 돈으로 욕심만 앞세웠더니 자금난에 시달리고 있답니다."

솔직한 비설의 말에 성 대인은 이제 올 것이 왔구나란 생각이 들었다.

'도대체 얼마를 요구하려고?'

성 대인이 마음속으로 금액을 떠올렸다. 최대한의 수치가 나왔다.

'십만 냥!'

앞서 도필구가 요구한 금액이 삼십만 냥이었다.

그의 마음을 아는지 모르는지 비설이 차분히 말을 이어갔다.

"그래서 성 대인께 하나의 사업을 제안하고자 합니다."

"말씀해 보시오."

"우선 이것부터 보시죠."

비설이 품에서 한 장의 종이를 꺼내 성 대인에게 건넸다.

종이에는 간단한 그림이 그려져 있었는데, 개조된 마차의 몸체 쪽에 하나의 천이 길게 붙어 있었다.

거기에 적힌 글은 유설표국의 광고였다.

안전제일 감숙횡단, 비용저렴 신속이동, 사시사철 시간엄수. 유설표국.

"저희 마차에 성 대인의 사업을 광고해 드릴 테니 그에 대한 보조금을 지원해 주셨으면 합니다."

생각지도 못한 말이었다. 깜짝 놀라기는 유월도 마찬가지였다.

이내 유월이 미소를 지었다. 그야말로 깜찍한 생각이었다. 어차피 돈이 드는 일도 아니었다.

지금 성 대인에겐 그 사업의 효용성은 문제가 아니었다. 오직 그에게 중요한 것은 가격이었다.

"얼마면 되겠소?"

성 대인의 목소리가 살짝 떨렸다.

'제발 십만 냥 안으로 불러라.'

그 가격 역시 생각을 해두었는지 비설이 망설이지 않고 말했다.

"한 달에 오백 냥입니다."

순간 성 대인의 표정이 멍해졌다. 혹 오만 냥을 잘못 들은 게 아닐까 생각했다.

"오백 냥이라고 하셨소?"

성 대인이 되묻자 비설이 조금 미안한 표정을 지었다.

"조금 많죠? 하지만 이거 효과는 확실하거든요. 하루에 여덟 대의 마차가 오백 리 이상을 달리니까, 어림잡아 하루에 그 광고를 보는 사람 숫자가……."

비설의 말을 막으며 성 대인이 소리치듯 말했다.

"천 냥 내겠소이다."

그러자 비설이 고개를 내저었다.

"그러실 필요 없답니다. 제 나름대로 기준을 세운 값입니다. 분명 그 가치는 할 것이 틀림없기에 부탁드리는 거구요. 그러니 오백 냥만 주시면 됩니다."

성 대인은 크게 감동했다. 자고로 사업하는 이들은 한 푼이라도 더 이익을 내기 위해 발버둥을 치기 마련이었다.

자신을 위기에서 구해준 은혜를 내세운다면 지극히 이로운 조건을 걸 수 있을 것인데, 오히려 더 주겠다는 데도 거절하다니?

잠시 감격에 잠겨 있던 성 대인이 물었다.

"나 말고 또 어디를 찾아가려고 하셨소?"

"방목장을 하시는 윤 대인을 찾아가려고 했습니다."

송옹의 포목점에서 비단을 사 간 또 다른 사람이었다. 비설이 포목점을 찾은 이유는 난주의 유지들 중 실질적으로 재산의 여유가 있는 사람을 찾기 위함이었다. 소문만 듣고 찾아가는 것보다 확실한 방법이었다. 소문만 잘나가고 실속없는 이들이 많았으니. 하지만 그런 비싼 비단으로 옷을 해 입을 정도면 자금의 여유가 넉넉하리라 예상한 것이다.

성 대인이 짐작했다는 듯 고개를 끄덕였다.

"윤 대인과 개인적인 친분이 있으니 내가 그 일을 주선해주겠소. 또 이 일에 관심을 가질 다른 친우들도 소개를 해주겠소."

"그래 주시면 감사하지요."

이번에는 비설이 거절하지 않았다. 정중하게 인사를 하는 비설의 모습을 보며 성 대인은 다시 한 번 감탄했다.

'강하되 정직하고, 정직하되 어리석지 않구나.'

이윽고 성 대인이 자신의 운명을 건 모험을 시작했다.

그가 자리에서 일어났다. 그리고 비설과 유월을 향해 부복하며 엎드렸다.

"왜 그러세요?"

깜짝 놀란 비설이 그를 억지로 일으키려 하자 그가 큰 소리로 말했다.

"살려주시오."

"우선 일어나세요."

자리에 다시 앉은 성 대인이 황사풍에 대해 이야기를 꺼냈다. 그들이 자신을 핍박한 이유와 난주에 온 황사풍은 도필구뿐만 아니라 두목인 갈치수와 그 부하들도 함께란 이야기였다.

전후 사정을 듣자 비설은 미안해졌다. 이유야 어찌 됐든 도필구가 죽은 것은 자신이 유월과 방문했기 때문이었다.

이 문제는 자신이 결정할 문제가 아니었기에 비설이 유월의 대답을 기다렸다.

유월의 무거운 입이 드디어 열렸다.

"우릴 얼마나 믿나?"

반말이 거슬리지 않을 정도의 위엄. 비설의 장난에 어울리던 사내가 아니었다.

유월을 응시하던 성 대인의 대답에 격정이 실렸다.

"모든 것을 다 걸고 믿겠소."

"우리가 누군지 알지 못하는데도?"

차가운 물음에 성 대인의 진심 어린 대답이 이어졌다.

"오늘 두 분이 나를 찾은 것이 운명이라 믿겠소이다."

말없이 성 대인을 응시하던 유월이 담담하게 말했다.

"황사풍은 우리가 처리해 주겠다."

유월의 진면목을 모른다면 그야말로 광오한 말로 들려야 했다. 하지만 성 대인은 앞서 유월의 실력을 직접 목격한 상태였다. 유월의 말속에 진득이 담긴 신뢰는 심장이 두근거릴 정도였다. 자신의 판단이 옳았다.

유월이 한 가지 조건을 걸었다.

"단, 오늘 일은 물론이고 앞으로도 황사풍과 우리가 얽혀 있다는 것을 그 누구에게도 언급하면 안 된다."

"알겠습니다."

성 대인의 고개가 절로 숙여졌다.

탁자 위에 두 손으로 턱을 받친 채 그 모습을 지켜보던 비설이 귀엽게 한숨을 내쉬었다.

"휴— 사업은 너무 어려워!"

第二十九章

황사풍

魔刀霸爭

낙일루(落日樓)의 하루는 그 이름처럼 해가 떨어진 후에야 시작되었다.

꽃단장을 한 기녀들의 웃음소리가 각 방마다 넘쳐 났고, 술에 취한 취객들의 비틀거리는 발걸음이 춤을 추듯 이어졌다.

그중에서도 오층은 낙일루에서 가장 비싼 특실로만 이뤄져 있었다.

평소라면 난주 한량들의 주머니 열리는 소리가 기녀들의 웃음소리와 뒤섞였을 텐데, 오늘은 너무나 조용했다.

사층에서 오층으로 향하는 계단을 지키는 두 무인의 매서운 눈빛에 기녀들은 물론이고 술 취해 길을 잃은 사층 취객들도 기겁을 하고 달아났다.

오층을 전세 낸 이는 황사풍의 두목 갈치수였다.

기녀 하나 부르지 않은 채 갈치수가 조용히 술을 마시고 있었다.

"필구는 아직 돌아오지 않았나?"

옆에 정중히 서서 갈치수의 술잔을 채워주던 계인(桂寅)이 정중하게 대답했다.

"네, 조금 늦어지나 봅니다."

"망할 놈!"

갈치수가 못마땅하다는 듯 혀를 찼다. 늦어질 일이 없는 일이었다.

혼자 보내지 말 걸 그랬나 싶기도 했지만, 한두 번 있는 일이 아니었기에 이내 술과 함께 걱정을 털어냈다.

"애들은?"

"옆방에서 대기하고 있습니다."

"단속 잘해."

"몇 번이나 주의를 줬으니… 걱정 안 하셔도 됩니다."

옆에 선 계인처럼 그야말로 어디 가서 내 수하다 자랑할 만한 수하들이라면야 걱정도 하지 않을 테지만, 대부분의 황사풍 무인들은 불량스럽기 그지없었다. 도적질에, 겁탈에, 살인에, 온갖 죄의 온상이 바로 자신이 이끄는 조직이다 보니 오늘같이 중요한 날이면 그야말로 가시방석이 되는 것이다.

그에 비해 계인은 어디서 이런 보물이 굴러들어 왔나 싶을 만큼 황사풍에 어울리지 않는 사내였다. 우선 누구보다 똑똑했고, 나름대로 의리가 있었다. 그렇다고 딱히 무공이 떨어지는 것도 아니고, 적당히 깡다구까지 있었으니 옆에 두고 귀여워할 수밖에 없었다.

계인은 조직 내에서도 인기가 많았는데, 의형제를 맺은 도필구만 아니라면 부두목을 맡겼을 재목이었다. 그에 반해 도필구를 생각하면 그야말로 경솔한 자신의 인간관계를 후회하게 만드는 골칫거리였다.

"이번 일, 중요해."

"알고 있습니다."

"기련산 늙은이들이 우리에게 도움을 청했다는 것은 앞으로 우리와 좋은 협력 관계를 맺고 싶다는 의사가 아니겠나?"

"그렇습니다만, 조심하셔야 합니다. 기련사패는 호락호락한 자들이 아닙니다. 더구나 자신들이 손해 보는 일은 절대 하지 않는 자들이 아닙니까? 토사구팽(兎死狗烹)이 될 수도 있습니다."

과연 계인은 무작정 자신의 말에 맞장구만 치는 다른 바보들과는 달랐다.

갈치수가 의미심장한 미소를 지었다.

"아직은 사냥꾼이 무서우니 토끼부터 잡고 보자고."

호락호락 당하지 않겠다는 뜻이 담겨 있었다.

기련사패와 깊은 관계를 맺는 것은 갈치수 역시 바라는 바가 아니었다. 그들은 쉽게 다룰 수 있는 상대가 아니었다. 하지만 큰 조직으로 성장하려면 위험을 감수해야 했다. 위험이 크면 클수록 대가 역시 커질 것이기에.

갈치수는 이제 그 변방의 모래바람이 지겨웠다. 까맣게 탄 여인들도, 모래가 자글자글 씹히는 음식도 끔찍했다. 물 좋고, 경치 좋은 중원 땅에 자리 잡고 제대로 한번 살아보는 게 그의 꿈이자 목표였다.

성가장 일이 바로 그 첫 시작이었다. 마침 일이 되려는지 기련사패가 도움을 청해왔다. 물론 명목은 술이나 한잔하자는 것이지만, 그들과 자신은 그리운 술잔을 나눌 만큼 가까운 사이가 아니었다.

"왜 늙은이들이 나를 불렀을까?"

계인은 이미 생각해 둔 바가 있었는지 망설이지 않았다.

"공동파와 문제가 생긴 것 같습니다."

"공동파?"

"네. 만약 다른 곳과 문제가 생겼다면 우릴 기련산으로 부르지, 이곳 난주로 부르진 않았을 겁니다."

듣고 보니 그럴듯했다. 감숙으로 진출하려는 기련사패와 공동파의 신경전은 새로운 것이 아니었으니까.

"공동파라, 괜찮을까? 거길 건드리면 구파일방이 함께 들고일어날 텐데. 정도맹도 그렇고."

"어차피 끝장을 보는 싸움까진 안 될 겁니다. 더구나 공동파는 얻는 것이 없는 싸움 아닙니까? 아무리 기련사패가 눈엣가시라 해도, 눈알을 뽑아 가시를 빼내진 않을 겁니다. 만약 일이 크게 벌어진다 해도 공동파는 다른 문파에 도움을 구하진 않을 겁니다. 자존심 문제니까요."

명쾌한 계인의 설명에 갈치수가 고개를 끄덕였다.

'일단 머리통부터 들이밀어도 된다 이 말이지.'

그때 문 앞을 지키던 무인의 목소리가 들렸다.

"어르신께서 도착하셨습니다."

갈치수가 자리에서 일어났다. 문이 열리며 이패 엄이찬이 들어왔다.

"오셨습니까?"

갈치수와 계인이 정중하게 인사했다.

엄이찬이 묵묵히 고개를 끄덕이곤 자리를 잡고 앉았다.

'망할 늙은이!'

인사라도 한마디 해주면 입이 부르트기라도 하는 것일까.

엄이찬이 갈치수의 뒤에 시립한 계인을 눈짓으로 가리켰다.

"누군가?"

"아, 제가 신임하는 수하입니다. 어서 인사드려라."

계인이 허리를 굽히며 정중하게 말했다.

"계인이라 하옵니다. 평소 존경하는 어르신을 뵙게 되어 큰 영광입니다. 앞으로 잘 지도해 주십시오."

갈치수가 계인에게 흐뭇한 미소를 보냈다.

"저를 대하듯 하셔도 됩니다."

"그러지."

엄이찬은 순순히 고개를 끄덕였지만 내심 가소로워 코웃
음이 나왔다.

제놈이 뭐라서, 얼마나 친하다고 자신을 대하듯이란 표현
을 쓰는지. 솔직히 엄이찬은 갈치수와 동석한 것만 해도 불쾌
했다.

악인이라고 어찌 다 같은 악인이겠는가? 제법 강단있는 놈
들이 숱하게 모여 있다고는 하나 결국 그들은 쓰레기에 불과
했다. 일이 급하게 돌아가지만 않았다면 결코 이들의 도움을
바라진 않았을 것이다.

기련사패 역시 중원 진출에 꿈을 두고 있었다. 자신들의 무
공은 그야말로 강호오십대고수에 들 실력이었지만 그들은 세
력이 없었다. 진작 세를 불렸어야 했는데, 그 아쉬움을 깨달
았을 때는 이미 제자를 키우거나 조직을 만들기에 너무 늦은
상황이었다. 자신들의 움직임에 공동파나 정도무림맹에서
촉각을 곤두세웠기 때문이었다.

술을 권하며 갈치수가 넌지시 물었다.

"한데 무슨 일로 저를 부르셨습니까?"

엄이찬이 대수롭지 않게 대답했다.

"뭐 오랜만에 술이나 한잔할까 해서 보자고 했네."

"아, 그런 줄도 모르고 공연히 긴장했습니다. 하하."

마음과는 다른 말들이 오고 갔다.

엄이찬은 그 흉수를 공동파라 확신하고 있었다. 그 확신은 며칠 전 만수문에서 있었던 사건이 크게 한몫했다. 백화방주가 자신의 아들을 찾는다며 난동을 피웠다는 소식을 전해 들은 것이다. 우문수와 민충식을 제거한 뒤 수작을 부리는 것이 틀림없었다. 백화방 단독으로 이런 큰일을 저질렀을 리는 없었다. 그렇게 엄이찬은 공동파의 짓이라 확신하게 된 것이다.

그가 곧장 기련산으로 돌아가지 않고 전서구로 두 형제를 이곳 난주로 부른 까닭도 그 때문이었다. 외진 기련산보단 차라리 사람들의 이목이 많은 이곳이 공동파의 움직임을 제한할 것이기 때문이었다.

'공동파 놈들! 감히 우릴 건드렸단 말이지!'

엄이찬의 표정에서 살기를 읽은 갈치수가 힐끔 등 뒤의 계인을 돌아보았다.

그는 소림목인방의 나무 인형처럼 미동도 않고 서 있었다. 하지만 그 모습만으로도 갈치수는 든든했다.

술이 얼큰하게 올랐을 즈음, 엄이찬이 조심스럽게 운을 뗐다.

"자네 수하가 모두 몇이나 되지?"

"한 삼백쯤 됩니다."

"삼백이라."

적지 않은 숫자였다. 물론 그중에는 겨우 제 살이나 베이지 않을 정도의 삼류 칼잡이부터 갈치수나 계인처럼 자유롭게 검기를 다루는 이들까지 다양한 수준이 존재했다. 하지만 그들이 강한 것은 역시 삼백이란 숫자가 주는 위압감이었다.

엄이찬이 넌지시 말했다.

"애들 좀 불러 모아야겠네."

갈치수는 서두르지 않았다. 어차피 칼자루는 자신이 들고 있었다.

"무슨 일이십니까?"

불문곡직(不問曲直) 명을 따르지 않고 이유부터 캐묻는 갈치수의 태도가 마음에 들지 않았지만 엄이찬은 그런 내색을 하지 않았다.

"공동파가 우릴 목표로 움직이기 시작했네."

엄이찬은 우문수가 당했다는 말은 하지 않았다. 겁을 먹고 발을 빼면 곤란했기 때문이었다.

갈치수가 턱을 매만지며 잠시 생각에 잠기는 척했다. 계인의 예상은 적중했다. 어차피 출전 여부는 결정된 싸움이었다. 문제는 이 싸움에 걸린 상금이 무엇이냐는 것이었다.

갈치수가 망설이는 기색을 보이자 엄이찬이 눈에 힘을 주며 말했다.

"입술이 없으면 이가 시린 법이지."

갈치수가 엄이찬의 애간장을 태웠다.

"입술이 없어도 밥은 먹을 수 있지요."

최대한 몸값을 올리려는 노력이었다.

갈치수를 지그시 노려보던 엄이찬이 자리에서 일어났다. 그가 두말 않고 돌아서려는데 갈치수가 히죽 웃으며 말했다.

"그렇지만 시린 이로 밥 먹긴 싫습니다."

갈치수가 일어나 잔을 내밀었다.

"맡겨주십시오! 저희가 앞장서겠습니다!"

엄이찬의 잔이 힘차게 맞부딪쳤다.

"좋네, 자네들을 믿겠네."

두 사람이 호탕하게 웃었다.

갈치수가 계인을 돌아보며 눈을 찡긋했다. 일이 잘 풀렸다는 신호였다.

"인아, 술상 새로 내오라 하고, 여자들 들여라."

"알겠습니다."

계인이 문을 여는 순간이었다.

팟!

누군가 자신의 마혈을 짚었다. 복면을 쓴 비호였다.

비호가 계인을 끌어안아 방패로 삼으며 안으로 밀어붙였다.

쉭쉭쉭쉭쉭!

비호의 비격탄이 허공을 갈랐다.

푹푹푹푹푹!

갈치수의 몸에 다섯 발의 화살이 박혀들었다. 피하고 말고 할 겨를조차 없는 기습공격이었다. 갈치수가 외마디 비명을 지르며 꼬꾸라졌다.

그에 비해 엄이찬의 반응은 실로 빨랐지만 그보다 더 빠르게 무엇인가 그에게 날아들었다.

쉬이이잉!

건너편 건물에서 날린 백위의 패력시가 창문으로 날아든 것이다.

따앙!

손등으로 화살을 쳐냄과 동시에 엄이찬이 장력을 발출했다.

아니, 발출하려 손을 뻗었지만 장력은 날아가지 않았다.

엄이찬의 시선이 자신의 가슴으로 향했다.

어느새 나락도가 가슴에 박혀 있었다. 나락도를 쥔 유월이 바닥에 누워 자신을 바라보고 있었다.

비호가 뛰어드는 직후, 곧바로 유월이 뒤따라 몸을 날려 들어온 것이다.

비호와 패력시 때문에 정신이 팔린 엄이찬이었기 때문에, 유월의 빠른 움직임을 포착하는 것은 불가능했다.

사실 두 사람을 제거하려면 유월 혼자서 느긋하게 문을 열고 들어온다 해도 가능한 일이었다. 하지만 아직 수하들에게 자신의 진면목을 감춘 유월이었다.

유월이 바닥에서 몸을 일으켰다.

슈욱!

나락도를 뽑자 엄이찬의 가슴에서 피가 뿜어져 나왔다.

"쿨럭!"

엄이찬의 입에서 핏물이 쉴 새 없이 흘러내렸다.

"시팔!"

한마디 욕설을 남기며 엄이찬이 앞으로 꼬꾸라졌다.

두 사람이 순식간에 차가운 시체가 되자 계인은 얼이 빠졌다. 뼈와 살로 이루어진 인간이 화살에 맞아 죽는 것이야 당연한 일이지만, 이건 아니었다. 게다가 기련사패 중 둘째가 이렇게 허망하게 죽을 줄은 그야말로 꿈에도 생각지 못한 일이었다.

빠악!

비호가 계인의 뒤통수를 후려쳤다.

"인마, 정신 차려!"

멍하게 있는 계인을 의자에 앉혔다.

그때 진패가 방 안으로 들어오며 방문을 닫았다.

"조무래기들도 다 처리했습니다."

계인이 침을 꿀꺽 삼켰다. 조무래기란 바로 자신들의 부하를 말하는 것이 틀림없었다.

'도대체 어떤 자들이지? 혹시 공동파?'

가장 먼저 떠오른 생각이었지만 공동파라고 보기에는 뭔가 패도적이고 거친 느낌이었다.

'그럼 도대체 누구지?'

온몸이 절로 부들거렸지만 계인은 최대한 침착하려고 애썼다.

유월이 계인의 맞은편에 앉았다.

다른 조장들은 모두 복면을 하고 있었지만 유월은 복면 차림이 아니었다.

유월의 시선을 감히 마주 보지 못하고 계인이 고개를 숙였다.

"계인이라고 했나?"

"네? 네!"

유월이 자신의 이름을 알자 이 일은 오래전부터 계획된 일이란 생각이 들었다. 하지만 그게 아니었다.

"꽤 머리가 좋아 보이더군."

그 말을 듣는 순간, 계인은 알 수 있었다. 방금 전의 대화를 상대가 모두 듣고 있었다는 것을.

'그렇다면?'

옆방에 대기하고 있던 부하들이 먼저 당했고, 그곳에서 이 방의 대화를 훔쳐 들은 것이 틀림없었다.

따악!

다시 비호가 계인의 뒤통수를 후려쳤다.

"머리 굴리는 소리 들린다."

잔뜩 주눅이 든 계인이 고개를 숙였다.

계인은 본래 겁이 많은 사내가 아니었다. 자존심 상하는 것이 세상에서 제일 싫은 그였다. '우리가 누군지 알고 이따위 짓을 저지르느냐?' 란 통속적인 대사라도 구사해 볼 만도 했는데 이상하게 상대에게 반발할 수가 없었다.

비단 상대가 엄이찬과 갈치수를 죽였기 때문만은 아니었다.

본능이었다. 절대 함부로 개기지 말라는 본능의 외침.

과연 그 선택은 옳았다.

유월이 나락도를 탁자 위에 올려놓으며 자신의 신분을 밝힌 것이다.

"나 흑풍대주다."

"네!"

계인이 공손히 대답했다. 마치 짐작했다는 태도였는데 실제는 그렇지 못했다. 전혀 상상도 못한 이름이 등장하자 멍해진 것이다.

'흑풍대주? 무슨 흑풍대주?'

황사풍과 경쟁을 이루던 단체의 이름이 연이어 떠올랐다.

'흑풍대는 없잖아?'

다시 뒤통수에 불이 났다.

"인마! 정신 안 차릴래?"

뒤통수에 아픔이 느껴지는 그 순간, 계인이 외마디 비명을 질렀다.

"헉!"

그의 입이 쩍 벌어졌다.

"……마교?"

말을 꺼내놓고 스스로 놀라 화들짝 손을 들어 입을 막았다.

'게다가 흑풍대! 왜 흑풍대가 우릴?'

계인의 눈동자 굴러가는 소리만 들렸다.

머리 좋기로 유명한 그였지만 아무리 생각해도 흑풍대가 갈치수를 죽일 이유는 없었다. 혹시 자기도 모르는 사이 어떤 짓을 저지른 것이라면 몰라도.

유월이 그런 계인의 마음을 읽었다.

"도필구."

순간 계인의 인상이 확 찌푸려졌다.

'망할 개새끼! 결국 사고를 쳤구나.'

결국 갈치수는 도필구 때문에 억울하게 죽은 것이다. 덤으로 엄이찬까지.

사실 도필구의 입장에선 조금 억울한 면이 있었다. 어차피 누가 성가장을 찾아갔다 해도 유월과의 충돌은 피할 수 없었기 때문에. 결국 황사풍의 사업이 문제였다. 어쨌든 그 문제는 저승에서 만난 갈치수와 도필구가 시시비비를 가릴 일이었다.

비호가 계인의 어깨를 두드리며 말했다.

"왜 널 살려뒀는지 아느냐?"

"모릅니다."

"간단해. 우리가 요즘 너무 바빠. 그래서 모래바람 맞으러 나들이 갈 시간이 없어."

협박이 아니었다. 삼백이 아니라 삼천의 황사풍이 있다 해도 마교가 마음먹고 제거하려 들면 길에 떨어진 동전 줍는 것만큼이나 쉬운 일이었다. 더구나 두목과 부두목까지 모두 죽은 상황이라면 반나절도 안 돼서 전멸하게 될 것이다.

마교가 나서면 지금까지 함께 술을 마시며 의리를 외쳤던 맹우(盟友)들은 갑자기 주화입마에 들어 폐관을 한다거나, 서찰을 안겨 보낸 무인이 산속에서 시체가 되어 발견될 것이다. 그나마 미안하다며 연락이라도 해주면 다행이었다.

비호가 은근한 어조로 물었다.

"네가 황사풍에서 삼인자지?"

"네? 네."

"돌아가서 정리할 자신 있어?"

"무슨 말씀이신지?"

"이제 황사풍의 두목은 너란 소리다."

계인은 그제야 자신을 살려준 이유를 알 수 있었다. 만약 자신까지 죽여 버리면 황사풍에서는 실종된 자신들을 찾기 위해 무인들을 보낼 것이다. 물론 황사풍 따위를 두려워할 상대가 아니었다. 단지 귀찮다는 뜻이리라.

위기 끝에 기회가 온다 했던가?

계인은 자신의 인생이 바뀔 절호의 기회가 찾아왔음을 직감했다.

거기에 진패가 한마디 거들었다.

"앞으로 문제 생기면 우리가 뒤를 봐주지."

더 이상 망설일 이유가 없었다.

"제가 이번 일은 확실히 처리하겠습니다."

유월이 자리에서 일어나 밖으로 걸어갔다. 진패가 뒤따라 나갔다. 역시 마무리는 이번에도 비호의 몫이었다.

마지막 남은 비호가 히죽 웃으며 말했다.

"너 똑똑한 놈이니까 알지? 우리와 잘못 얽히면 다 죽는다는 것."

"물론입니다."

웃고 있었지만 비호의 눈동자에는 서늘한 마기가 서려 있었다.

배신하라고 등 떠밀어도 하지 않을 계인이었다.

비호가 계인의 어깨를 두드려 주고는 방문을 나섰다.

"그래, 그러니 그 좋은 머리 제발 제대로 굴려."

황사풍의 주인이 바뀌던 그날, 기련사패는 이제 기련이패가 되었다.

第三十章

첫 운행

魔刀霸爭

드디어 비설표국의 첫 운행 날이 밝았다.

두근거리는 마음에 밤잠을 설친 비설이었다. 비설은 첫 마차에 직접 타고 싶어했다. 송가장에서 반나절 거리를 왕복해야 했기에 꽤 위험한 일이었지만 유월은 그것까지 막지는 않았다. 비설에게 이번 사업이 얼마나 중요한 일인지 가장 잘 아는 사람이 바로 자신이었다.

쟁자수는 조막이, 호위 표사는 비검이 맡았다. 원래 두 명의 표사가 타야 했지만 유월이 따라갔기에 비검만 타게 된 것이다.

출발하기 직전, 표국의 연무장에 흑풍대를 비롯한 모든 식

구들이 모였다.

들뜬 비설을 보며 흑풍대원들은 흐뭇한 미소를 지었다. 단한 번도 천마의 딸로 자신들을 대한 적이 없는 비설이었다. 진심으로 우러나오는 축하는 당연한 것이었다.

"어, 이제 출몰하셨네."

비설이 진명을 보며 반갑게 인사했다.

진명은 조금 멋쩍은 표정이었다. 옆에 선 무옥과는 아직 제대로 대화도 나누지 못한 상태였다. 아직 무옥을 보기에 부끄러웠지만 그래도 오늘 같은 날까지 방에 틀어박혀 있을 순 없었다.

"축하드립니다, 국주님."

진명이 예를 차려 말하자 비설이 무옥을 쳐다보며 '쟤, 왜 저래?'란 표정을 지었다. 무옥이 어깨를 으쓱하며 모른 척했다.

피차 할 말이 많았지만 진명과 무옥의 대화는 간단했다.

"미안해."

"뭐가?"

"그냥."

"소심해."

"인정해."

"…바보."

노씨 일가가 비설에게 축하의 인사를 건넸다.

"국주님, 조심해서 다녀오세요."

"걱정 마세요. 후딱 다녀올 테니 저녁에 맛있는 거 많이 만들어주세요."

그러자 노씨 부인이 후덕한 미소를 지었다.

"그럼요. 다녀오시면 제가 특별 요리를 만들어 드릴게요."

"와— 기대 만발이에요."

마차에서 조금 떨어진 한옆에선 유월과 조장들이 대화를 나누고 있었다.

"제가 애들 데리고 뒤따르겠습니다."

그러자 유월이 고개를 내저었다.

"너무 많은 인원이 움직이면 오히려 눈에 띈다."

"그럼 어떻게 할까요?"

조장들을 돌아보던 유월이 검운에게 물었다.

"몸은 좀 어떤가?"

"이제 다 나았습니다."

아직 완치되지 않았지만 이제 자유롭게 몸을 움직일 수 있는 검운이었다.

"오늘은 이조장과 삼조장이 따라오지."

"알겠습니다."

세영과 검운이 마주 보며 미소를 지었다. 부상으로 갇혀 지내던 검운이 답답해하고 있었는데, 유월이 그런 마음을 짐작하고 배려해 준 것이다.

비호가 샘나는 표정을 지으며 백위에게 귓속말을 했다.

"우리 대주님, 은근히 섬세해요. 그죠? 틀림없이 저 근육 속 어딘가에 여성성(女性性)이 숨어 있다니까요."

귓속말을 하는 흉내만 냈을 뿐, 그 말은 모두에게 들렸다.

딱!

진패가 가볍게 비호의 뒤통수를 때리며 말했다.

"귓속말이란 원래 남이 못 듣게 하려고 있는 것이다."

조장들이 껄껄거리며 웃었고 유월 역시 미소를 지었다. 모두가 흥겨운 분위기였다.

출발 준비가 끝나자 비호가 나섰다.

"자, 국주님. 떠나시기 전에 한말씀 하시죠!"

비호에게 떠밀리다시피 나선 비설이 부끄러운 듯 얼굴을 붉혔다.

"무슨 말씀을 드려야 할지."

그러자 비호가 분위기를 조성했다.

"자, 박수!"

우레와 같은 박수가 터져 나왔다.

비설이 심호흡을 한 후 차분히 말했다.

"어린 저를 믿고 여기까지 따라와 주신 여러분께 진심으로 감사드려요. 정말 여러분이 아니었으면 이 순간이 없었을 거예요. 특히 유 오라버니."

비설의 시선이 유월을 향했다.

"정말 고마워요."

유월은 그저 미소로 답했다.

비설이 이번에는 새로 뽑힌 표사들을 둘러보았다.

"아시다시피 지금까지 여러분들이 하신 일과 많이 다를 거예요. 어쩌면 유치해 보일 수도, 혹은 예전에 하던 일보다 재미가 없을지도 몰라요. 하지만 전 믿어요. 여러분들이 이제부터 하시는 일은 정말 값지고 소중한 일이라고. 여러분이 지켜야 할 것은 물건이 아니라 살아 있는 사람들이니까요. 앞으로 잘 부탁드려요."

표사들이 가볍게 고개를 숙여 비설에게 답했다.

비설이 잠시 말을 멈췄다.

"역시 형식적인 인사는 재미없네요."

비설다운 본색을 드러냈다.

"헤헤— 비싼 돈 주고 고용했으니까 돈 값들 하세요! 이상 끝!"

여기저기서 웃음이 터져 나왔다.

비설이 주먹 쥔 손을 번쩍 치켜들었다.

"자, 전 대륙을 저희 유설표국의 마차가 운행하는 그날까지 다 같이 힘내요!"

함성과 함께 박수가 터져 나왔다.

그들은 마차에 올라탔다.

"자, 출발합니다."

조막의 힘찬 신호와 함께 마차가 출발했다.

천천히 달리던 마차가 속도를 붙이기 시작했다.

첫 역은 난주 시내와 변두리의 경계 지점에 있었다. 역이라 곤 하지만 그저 노선이 그려진 팻말이 하나 서 있을 뿐이었다.

이윽고 마차가 첫 역에 도착했다.

휘이잉―

역에는 아무도 없었다.

"에계? 아무도 없네요."

비설이 애써 태연한 척했지만 내심 실망한 기색이 역력했다.

유월이 그 모습이 안쓰러워 위로했다.

"아직 이른 시간이니까⋯ 조금 기다려 보자."

"헤헤. 그래도 시간되면 출발해야죠."

한 명이라도 왔으면 좋겠지만 끝내 마차가 출발할 때까지 아무도 오지 않았다. 새벽잠 없는 늙은이 몇이 개조된 마차를 보며 신기한 시선을 보냈을 뿐이었다.

결국 한 명의 손님도 태우지 못하고 마차가 출발했다.

두 번째 역으로 가는 내내 비설은 초조했다. 그렇게 거창하게 출발했는데 이러다 손님을 한 명도 태우지 못할까 불안한 것이다.

"좋지 못한 징조죠, 이거?"

비설의 말에 조막이 한마디 거들었다.

"본래 첫 끗발이 개 끗발이라고 했습니다. 첫술부터 배부를 순 없지요."

위로라고 한 말이었는데 전혀 위안이 되지 않았다.

비설이 가볍게 한숨을 내쉬었다.

그러는 사이 두 번째 역에 도착했다.

느티재로 가기 전 난주의 변두리에 위치한 역이었다.

휘이잉―

손님은커녕 역시 집 나온 개새끼 한 마리 안 보였다.

"아, 또 없어요."

비설의 실망한 목소리에 지금까지 말이 없던 비검이 입을 열었다.

"아직 홍보가 부족했나 보네요."

"그렇겠죠?"

비설이 혹시 손님이 올까 주위를 살폈다.

비검이 유월에게 전음을 날렸다.

"그리 소중하신 아가씨 일인데, 너무 무심했군."

"이 일은 내가 관여할 일이 아니다."

유월이 무뚝뚝하게 전음으로 답했지만 비검의 말이 마음에 걸렸다. 실망한 기색이 점점 번져 가는 비설의 표정을 보니 더욱 그러했다.

하지만 역시 자신이 돕지 않은 것이 옳다는 생각이 들었다.

자신이 돕는다면 이깟 마차 한 대는 가득 채우다 못해 나도 태워달라며 마차 뒤를 따르는 긴 행렬까지 만들 수 있었다.

……그렇기 때문에 돕는 것은 옳지 않았다.

조막이 입맛을 다시며 말했다.

"그럼 출발합니다."

마차가 다시 출발하려 할 때였다.

"잠깐만요!"

비설이 마차에서 벌떡 일어났다.

모두들 비설이 바라보는 곳을 쳐다보았다.

길 건너에서 노인 하나가 길을 건너오고 있었다. 주름살이 쪼글쪼글한 왜소한 노인은 등에 커다란 혹을 단 꼽추 노인이었다.

비설은 첫 손님일지도 모른다는 희망으로 노인을 바라보았다.

과연 노인은 마차를 향해 다가왔다.

"이게 그 사람을 실어 나른다는 그건가?"

노인의 물음에 비설이 만세를 불렀다.

"만세! 드디어 첫 손님이다!"

조막이 노인에게 말했다.

"그렇소, 어디까지 가시려오?"

"장가촌(張家村) 가나? 어제 며늘아기 말로는 간다는 것 같던데."

"어서 타슈. 지금 분위기론 집 앞까지 태워다 줄지도 모르니."

조막이 실없는 농담까지 던졌다.

비설이 훌쩍 마차에서 뛰어내려 노인을 부축했다.

"자, 조심해서 타세요."

"예쁜 처자가 마음씨도 곱구면."

노인이 마차에 올라탔다.

비설이 노인 옆에 딱 붙어 앉았다.

"여길 꽉 잡으세요. 마차가 빨리 달리면 위험하니까요."

마차를 출발시키려던 조막이 힐끔 노인을 돌아보며 물었다.

"그런데 돈은 있소?"

"돈? 나 돈 없네."

"이 영감이 노망이 났나? 그럼 공짜로 거기까지 태워줄까?"

초장부터 돈타령을 하자 비설이 조막을 째려보았다.

"아저씨, 출발!"

조막이 뭐라 하려다 비설의 눈빛에 질려 서둘러 채찍질을 가했다.

마차가 출발하자 비설이 웃으며 말했다.

"걱정 마세요. 저희 첫 손님이니까 공짜로 태워 드릴게요."

조막이 나지막이 투덜거렸다.

"국주님, 그런 마음으로 돈 못 벌어요."

그러자 비설이 다시 소리쳤다.

"안전운행! 전방주시!"

조막이 고개를 내저으며 채찍질을 가했다. 마차는 점점 속도를 붙여갔다.

비설이 노인에게 친근하게 물었다.

"장가촌에는 왜 가세요?"

"막내아들이 거기 살아. 그놈 먹고산다고 바쁘니 내가 가야 하는데, 이 몸으로 쉽게 갈 수 있나? 명절에나 한 번씩 보지만. 오늘내일하는 내가 명절만 바라볼 수 없지. 어제 며늘아기가 그러데. 이제 거기까지 가는 마차가 생겼다고."

비설이 감격스럽게 말했다. 나름대로 홍보가 되고 있었던 것이다.

"앞으론 이 마차를 타고 가시면 돼요. 이제 매일 가실 수 있어요."

그러자 노인이 한숨을 내쉬었다.

"왜 그러세요?"

"…돈 내야 한다면서?"

비설이 잠시 할 말을 잊었다. 고민하던 비설이 유월을 바라보았다.

"앞으로 노인 분들은 그냥 태워 드려야겠어요."

그러자 조막이 답답하다는 듯 다시 끼어들었다.

"아서요, 그럼 돈 못 벌어요!"

"아저씨!"

"국주님, 생각해 보십시오. 늙은이라면 몇 살부터 공짜랍니까? 꼬부랑 늙은이라 기준을 세웠다 칩시다. 다들 나이를 속이려 들 텐데. 어떻게 판단하시려구요?"

듣고 보니 틀린 말은 아니었다. 표국의 쟁자수를 오랫동안 한 조막이었다. 세상사에 있어선 유월보다 더 경험이 많은 그였다. 그저 흘려들을 이야기가 아니었다.

비설 역시 그 말에 공감이 갔는지라 반박할 수 없었다.

조막이 고개를 내저으며 말을 이었다.

"세상에 불쌍한 사람이 늙은이들만이 아니지요. 돈 없는 이들이 어디 한둘입니까? 만삭의 여인이 돈이 없어 걸어가면 어쩌시렵니까? 꼬마들은요? 병자들은요? 한 번 양보를 하면 끝이 없지요. 암요."

비설이 가볍게 한숨을 내쉬었다.

"휴— 아저씨 말씀이 맞아요."

비설이 가진 장점이었다. 자신의 생각이 틀렸을 때는 인정할 줄 아는 용기.

비설이 옆에 앉은 노인을 다시 바라보았다.

뼈만 남은 손가락으로 의자 옆 손잡이를 움켜쥔 노인은 아들을 만난다는 희망에 들떠 있었다.

이런 노인들에게는 정말 돈을 받고 싶지 않았다.

하지만 그렇게 하려면 수익이 많이 나야만 했다. 대부분의 손님들이 이런 형편이라면 과연 수익을 낼 수 있을까? 물론 광고로 모자란 돈을 메운다 해도 분명 한계가 있었다.

고민에 빠진 비설의 모습을 지켜보던 비검이 다시 유월에게 전음을 날렸다.

"정말 천마 딸 맞아? 어떻게 저렇게 착하게 키웠데? 비운성이야말로 노망난 거 아냐?"

유월은 그저 피식 웃고 말았다.

그사이 마차는 다음 역인 느티재에 도착했다.

저 멀리 보이는 역에 십여 명의 사내들이 모여 있었다.

"앗! 손님이에요! 빨리 달려요!"

비설의 표정이 밝아졌다.

마차가 역에 가까워질수록 비설의 표정이 굳어졌다.

역에 모여 있던 사내들은 손님들이 아니었다.

불량기 가득한 얼굴에 병장기까지 착용한 그들은 느티재에 출몰한다는 바로 그 녹림들이었다. 유설표국의 팻말은 그들이 뽑아버렸는지 보이지 않았다.

그들에게서 눈을 떼지 않으며 비설이 힘없이 말했다.

"오라버니, 진지하게 묻고 싶은 게 있어요."

"뭐냐?"

"사업이 원래 이렇게 힘든 건가요? 아니면 강호가 원래 이런 건가요? 아니면 제가 박복한 건가요?"

유월은 비설의 마음을 이해할 수 있었다. 난주에 도착한 이래로 끊이지 않고 이어져 온 사건이었다. 그녀는 오늘 같은 날만큼은 피를 보지 않고 끝나기를 바라고 있었을 텐데 또 일이 벌어지려는 것이다.

유월이 잠시 망설였다. 폭력성은 강호가 지닌 가장 근원의 속성이란 것을 어떻게 설명해야 좋을까를 고민했다.

그때 꼽추 노인이 비설의 손을 잡았다. 녹림의 출현에 놀란 모양이었다.

"이거 어쩌누."

노인의 손은 떨리고 있었다.

그 순간 비설의 짜증스러움이 거짓말처럼 사라졌다. 잠시 잊고 있었다. 지금 중요한 것은 자신의 기분이 아니라 손님을 무사히 목적지까지 데려가 주는 것이란 것을.

비설이 노인의 손을 꽉 잡아주며 환한 미소를 지었다.

"걱정 마세요. 저희 마차는 안전하답니다."

"저쪽 숫자가 많네."

비설이 유월과 비검을 번갈아 바라보았다.

"적어도 오늘 이 마차만은 세상에서 가장 안전한 마차랍니다. 그러니 걱정 안 하셔도 됩니다."

"정말?"

"그럼요. 곧 아드님을 보게 될 거예요."

노인의 떨림이 잦아들었다.

조막은 어떻게 할까 묻지 않았다. 지하비무장에서 유월의 활약을 보았기에 전혀 두려울 것이 없었다. 오히려 재미난 구경이 생길 거란 기대감마저 들었다.

조막이 역 앞에 정확히 마차를 세웠다.

기다리고 있던 사내들이 저마다 한마디씩 내뱉었다.

"정말 정확히 시간 맞춰 오네."

"으하하. 설마했더니 소문이 사실이었구나."

"다른 놈들도 이렇게 제시간에 오면 얼마나 좋을까?"

그들의 말을 흘려들으며 비설이 유월과 비검에게 말했다.

"한 시진 후면 다음 마차가 올 거예요. 그러니 확실히 처리를 하고 가야겠어요."

비설이 폴짝 마차에서 뛰어내렸다.

늘씬한 그녀의 몸매에 사내들이 일제히 탄성을 내질렀다.

비설이 바쁘다는 듯 서둘러 말했다.

"여기 어느 분이 두목이시죠?"

그러자 사내들이 좌우로 갈라졌다.

커다란 덩치 사내가 뒤에서 걸어나왔다.

"나 곡우요."

자신을 곡우라 소개한 사내의 허리에는 덩치에 어울릴 대부(大斧)가 매달려 있었다. 그는 금강역사와 같은 선천적인 힘을 타고난 사내였다. 우연히 배우게 된 부공(斧功)으로 호기롭게 강호에 뛰어들었지만 결국 좌절하고 말았다. 자신이 배운 무공이 이류에 불과하다는 것을 알게 된 것이다. 이후 강호를 떠돌다가 따르는 패거리들을 모아 이곳에 정착한 것이다. 무공은 비록 이류에 불과했지만 워낙 타고난 힘이 강해 어지간한 강호인 몇은 가볍게 상대해 낼 수 있었다.

곡우의 덩치를 보자 노인이 자신도 모르게 소리쳤다.

"어이쿠, 조심하시게."

이내 노인이 야속한 눈빛으로 유월과 조막을 쳐다보았다. 여인만 내보내고 너희 사내놈들은 뭐 하냐는 질책이 담긴 눈빛이었다.

그러자 조막이 눈을 가늘게 뜨며 대수롭지 않다는 듯 말했다.

"걱정 마슈, 우리 국주님은 쉽게 당하실 분이 아니오."

국주란 말에 곡우의 눈에 이채가 발했다.

손님인 줄 알았던 여인이 알고 보니 유설표국의 국주인 모양이었다.

"오호, 국주께서 친히 왕림하셨구려."

"지금 바쁘니까 용건만 간단히 얘기하도록 하죠. 그쪽에서 원하시는 건 돈이겠죠?"

너무 직설적으로 얘기하자 사내의 인상이 찌푸려졌다.

하지만 자신의 속내를 감추며 말했다.

"호탕하신 분이시오. 마음에 들었소."

"분명히 말씀드리죠. 저희는 지금도, 앞으로도 단 한 푼의 돈도 드릴 수 없어요."

그러자 사내들이 일제히 안색을 굳혔다.

곡우가 입꼬리를 말아 올렸다.

"이런 식으로 나오면 우린 뭘 먹고 살란 말이오."

비설이 따끔하게 충고했다.

"일해요. 자고로 일하지 않는 자는 먹지도 말라고 했어요."

"보시다시피 이게 우리 일이오."

"잘못된 일이지요."

"그 기준은 누가 만든 것이오? 당신 같은 가진 사람들이 만든 기준 아니오?"

비설이 결국 한숨을 내쉬었다. 어차피 설득해서 될 상대들이 아니었다.

조막을 돌아보며 비설이 물었다.

"지금 늦었죠?"

"서둘러 출발하면 어찌 시간을 맞출 수는 있을 겁니다."

비설이 유월과 비검을 바라보았다.

유월이 일어나려 할 때 비검이 먼저 일어났다.

"제가 처리하죠."

비검이 선뜻 나서자 비설은 불안한 마음이 들었다. 비검이 그들을 모두 죽여 버릴까 하는 걱정이었다. 물론 행인들의 돈이나 뜯어내는 쓰레기 같은 자들이었지만 그렇다고 죽여 버리는 것은 그녀가 바라는 바가 아니었다.

그런 비설의 마음을 읽은 비검이 그녀를 놀렸다.

"걱정 마세요. 한 놈도 빼지 않고 다 죽여 버릴 테니까요."

말이 끝나기가 무섭게 비검이 곡우를 향해 몸을 날렸다.

"죽이면 안 돼요!"

비설이 다급하게 그녀를 불렀다.

퍽!

"크악!"

하나의 타격음과 하나의 비명이 동시에 터져 나왔다.

비설이 유월에게 말려달라고 고개를 돌렸다가 다시 비검에게로 시선을 보냈을 때는 이미 상황은 종료된 후였다.

"으으으……."

장내의 모든 사내들이 바닥을 뒹굴며 죽는소리를 내고 있었다. 그중에서도 곡우의 앓는 소리가 제일 컸다. 아마 제일 모질게 맞은 모양이었다.

소리가 하나로 들린 것은 비검의 움직임이 그만큼 빨랐기 때문이었다. 게다가 더욱 놀라운 것은 쓰러져 있던 팻말이 원래 자리에 박혀 있었던 것이다.

비검이 날렵하게 마차 위로 몸을 날렸다.

"자, 바쁘니까 일단 출발해요."

비설이 고개를 내저으며 마차에 올라탔다.

비설은 비검이 그들을 죽이지 않아 안도했고 한편으론 그

녀의 무공에 크게 놀랐다. 진짜 고수란 이런 거구나란 생각이
들었다.

마차가 다음 역을 향해 달리기 시작했다.

고개를 숙인 채 생각에 잠긴 비설은 풀이 죽어 있었다.

하긴 손님이라곤 등 굽은 공짜 손님 하나인 데다 얼치기 녹
림들에게 매타작까지 하고 왔으니 어찌 기분이 좋겠는가?

그때 조막이 반갑게 소리쳤다.

"진짜 손님입니다."

"네? 정말요?"

비설이 벌떡 일어나 앞을 보자 저 멀리 역 앞에 남녀 한 쌍
이 마차를 보며 손을 흔들고 있었다.

울상이던 비설의 표정이 환하게 밝아졌다.

"와! 정말 손님이에요! 달려요, 더 빨리!"

마차가 서자 사내가 마차 안의 사람들을 살피며 조심스럽
게 물었다.

"여기 쓰인 대로 이 마차가 진아나루터까지 가는 거요?"

"그럼요, 어서 타세요!"

비설이 손수 마차 문을 열어주었다.

두 사람이 마차에 올라탔다. 남자는 순박해 보였고, 여인은
더없이 착해 보였다. 아마 부부임에 틀림없었다.

사내가 다시 물었다.

"얼마죠?"

"여기서 진아나루터까지 반 냥, 두 분이니까 한 냥입니다."

여인이 돈을 꺼내 비설에게 건넸다.

돈을 받아 든 비설은 감격에 벅차올랐다. 유설표국 첫 수입의 순간인 것이다.

'내가 돈을 벌었어!'

비설의 눈에 눈물이 글썽글썽 맺혔다.

'이제 시작이야!'

그 모습을 지켜보던 유월이 엄지손가락을 치켜들었다.

"헤헤."

비설이 배시시 웃었다.

이후부터는 너무나 순조로웠다. 각 역마다 한두 명씩의 손님들이 타기 시작한 것이다.

마차의 반이 사람들로 채워졌다. 손님들은 처음에는 서로 어색해했지만 조금 지나자 서로의 행선지를 물어보며 담소를 나누었다. 더없이 즐거운 여행 분위기였다.

막연했던 사업 구상이 현실로 이뤄지자 비설은 그야말로 하늘을 날아갈 것같이 기뻤다. 결국 비설은 눈물을 보이고 말았다.

옆에 앉은 유월이 가만히 그녀의 머리를 쓰다듬어 주었다.

비설이 유월의 어깨에 기댔다.

'고마워요, 대주님. 아니, 오라버니.'

맞은편에 앉은 비검이 말없이 그 모습을 응시하고 있었다.

죽립 아래 그녀의 표정이 어떤지는 알 수 없었다.

이윽고 마차는 첫 손님 꼽추 노인의 행선지인 장가촌 입구에 도착했다.

"고맙네, 고마워."

노인이 몇 번이나 감사를 전했다.

비설이 노인의 손을 다시 한 번 잡아주며 말했다.

"아드님과 좋은 시간 보내세요."

다시 비설이 노인의 귓가에 속삭였다.

"혹시 다음에 가실 일이 있으면, 그냥 타세요. 제가 미리 말해놓을 테니까요."

노인이 너무 감격해 비설을 껴안았다.

노인의 따스한 정이 느껴져 그의 등을 다독였다. 왠지 아버지 생각에 눈시울이 붉어졌다.

노인을 내려준 마차가 다시 달리기 시작했다.

비설이 아쉬운 듯 노인에게 손을 흔들어주었다.

"예쁜 처자, 잘 가시게."

마차가 멀어졌다.

노인이 장가촌으로 걸어 들어갔다. 아들을 보고 싶은 마음 때문인지 노인의 발걸음이 조금씩 빨라지고 있었다.

야트막한 담 길을 따라 걷던 노인이 작은 기와집 앞에 멈춰 섰다.

끼이익.

두드리지 않았음에도 문이 열렸다.

노인이 자연스럽게 안으로 들어갔다. 자동으로 열리는 문이 아닐진대, 놀랍게도 문을 열어준 사람의 모습은 보이지 않았다.

그럼에도 노인은 조금도 놀란 기색이 아니었다.

마당 한가운데 선 노인이 허리를 폈다.

우두두둑.

뼈가 부딪치는 소리가 들리며 굽어진 허리가 쭉 펴졌다. 허리가 펴지며 등에 있던 혹이 사라졌다.

노인이 주먹을 쥐자 뼈만 남은 앙상한 살이 부풀어 오르기 시작했다.

손에서 시작한 그 놀라운 변화는 곧 온몸으로 이어졌다.

주름살 가득한 얼굴이 면구가 되어 떨어져 나왔다. 너무나 정교해서 유월이나 비검조차 알아보지 못했다. 역용의 차원을 넘어선 변신이었다.

인피면구 아래 드러난 사람은 바로 천마 비운성이었다.

모든 마기를 완전히 없애고 목소리까지 바꾸었기에 유월과 비검조차도 비운성의 정체를 알아차리지 못한 것이다.

"윤 단주."

언제나처럼 허공에서 충직한 대답이 들려왔다.

"고생하셨습니다."

"수고는 자네들이 했지."

마차에 탔던 손님들은 모두 적호단의 무인들이었던 것이다. 외부에 모습을 보이지 않는 그들이었기에 유월조차도 그들의 얼굴을 알아보지 못한 것이다. 거기에 비운성이 임시로 그들의 마기를 완전히 없앴기에 감쪽같이 속았던 것이다.

"에휴. 녀석, 무슨 사업을 한다고."

비운성이 한숨을 내쉬었다. 유설표국 자체는 영특한 생각이지만, 현실은 꿈과 이상을 아무 거부감 없이 받아들여 줄 만큼 그리 만만하지 않다는 것을 딸은 아직 몰랐다. 그렇다고 첫날부터 매운맛을 보고 정신 차리게 하고 싶진 않았다. 그게 아버지의 마음이었다.

그때 방문이 열리며 누군가 걸어나왔다. 천마신교의 총군사 사도빈이었다.

"다녀오셨습니까?"

비운성이 고개를 끄덕였다.

"설이는 잘 있습니까?"

"우리 비설 소저께서는 눈물의 마차를 몰고 계시다네."

비운성의 농담에 사도빈이 미소를 지었다. 자세히 듣지 않아도 어떤 상황인지 짐작이 간 것이다.

비운성이 손바닥을 내려다보았다. 비설이 잡아주던 그 손의 감촉이 아직도 남아 있었다. 당장 데리고 대천산으로 가고 싶다는 생각을 억지로 참았다. 앞으로 얼마나 더 상처를 입을지 걱정이었다.

사도빈이 허공에다 정중히 말했다.

"윤 단주님, 잠시 주위를 물려주시지요."

"알겠습니다."

비운성을 지키던 적호단 무인들의 기척이 사라졌다.

그제야 사도빈이 입을 열었다. 적호단을 물릴 만큼 중요한
보고였다.

"저들이 드디어 금제를 풀었답니다."

일의 심각성에 비해 비운성은 크게 놀라지 않았다.

"예상보다 빠르군."

"귀면의 죽음이 크게 작용한 것 같습니다."

"그럴 테지."

"이제 본격적인 싸움이 시작될 것 같습니다."

마주 보는 두 사람의 눈빛에 결연한 의지가 담겼다. 죽느냐
죽이느냐의 싸움이 드디어 본격적으로 시작된 것이다.

비운성이 뒷짐을 진 채 하늘을 올려다보았다. 그의 눈빛이
깊어졌다.

"생각지 못한 아이가 함께 있더구나."

"그게 누굽니까?"

"비검 그 아이가 설이 일행으로 함께 있었네."

사도빈이 깜짝 놀란 표정을 지었다. 치밀하게 계산된 이번
일에 드디어 오차가 발생하기 시작한 것이다.

숙고하던 사도빈이 가볍게 한숨을 내쉬었다.

"큰 변수가 되겠군요."

"어떤 식의 변수가 될까?"

비운성의 물음에 사도빈이 고개를 내저었다.

"알 수 없습니다. 그것 역시 유 대주에게 달렸지요."

비운성의 시선이 다시 하늘로 향했다. 새들이 자유롭게 날아다니고 있었다.

"……난 그를 믿네. 자넨 그를 믿나?"

"……전 그를 믿지 않습니다. 하지만 교주님의 판단은 믿습니다."

진지하던 비운성의 표정이 풀어졌다.

"이거 철부지를 두고 가려니 발걸음이 안 떨어지네그려."

문으로 걸어가며 비운성이 크게 소리쳤다.

"막수야! 이만 돌아가자!"

곡우 일당의 곡소리가 잦아든 느티재에선 뒤늦은 패인 분석이 이어지고 있었다.

"그 망할 년이 필시 잔악한 사술을 쓴 것이 틀림없소."

"틀림없이 독을 푼 겁니다."

"대형께서 방심한 탓입니다."

사내들 딴에는 화도 나고, 또 곡우의 기분을 풀어주려고 나오는 대로 지껄이고 있었지만 부축을 받으며 간신히 걸음을 옮기는 곡우에게 필요한 것은 지금 당장 드러누워야 할 침상이었다.

뼈가 부러지지도 않았는데 끊어질 듯 허리가 아팠다. 골병이 들 징조였다. 정도의 차이는 있었지만 부하들 역시 마찬가지였다.

다리를 저는 놈, 이마를 감싸 쥔 놈, 허리를 두드리는 놈…….

그야말로 온갖 부위를 다양하게 두들겨 맞은 것이다.

곡우만은 정확히 알고 있었다. 앞서 달려든 여인이야말로 일류고수란 것을.

죽이지 않고 살려둔 것만 해도 감지덕지할 상황이었다.

그들이 곡우의 덩치를 감당하지 못해 질질 끌다시피 하며 느티재를 힘겹게 올라가고 있을 그때였다.

저 멀리 고개 너머에서 누군가 말을 타고 걸어오고 있었다.

검은색 무복 차림의 평범한 인상의 이십대 사내였다.

곡우 일당들이 재빨리 속삭였다.

"저 말 뺏읍시다. 형님보다 우리가 먼저 죽겠소."

"한가락 하는 놈이면 어떻게 해?"

"무기도 없는데요?"

"숫자로 밀어붙여요."

일단 말을 보자 그나마 있던 힘도 다 빠졌고 어떻게 해서든 말을 뺏자는 쪽으로 마음이 기울어졌다.

말을 탄 사내가 가까이 오자 그나마 부상이 덜 심한 사내 둘이 재빨리 달려들어 말고삐를 낚아챘다. 그리고 말의 양옆에서 사내의 목에 검을 겨누며 나직이 협박했다.

"어서 내려서 꺼지면 목숨만은 살려주겠다."

기분 나쁘게도 사내는 아무 반응이 없었다.

"이 새끼, 내리라니까!"

부우욱—

거칠게 옷을 잡아당기자 사내의 옷자락이 쭉 찢어졌다.

"어라? 이게 뭐지?"

독특하게 생긴 무기가 사내의 허리에 걸려 있었다.

그제야 말을 탄 사내가 나른하게 말했다.

"비격탄이란 것이다."

사내가 비격탄을 뽑아 들었다.

"뭐, 뭐 하는 짓이냐!"

일당들이 놀라 사내에게 검을 찔러 넣으려는 순간.

쉭! 쉭!

두 사내의 이마에 구멍이 뚫리며 그대로 쓰러졌다.

그 모습에 곡우의 눈이 뒤집혔다.

"시팔! 너 뭐야?"

뒤에서 보고 있던 곡우 일당들이 일제히 병장기를 뽑아 들었다.

그때였다.

쉭쉭쉭쉭쉭쉭쉭쉭!

하늘을 까맣게 덮으며 수십 발의 화살이 날아들었다.

푹푹푹푹푹푹!

비명조차 내지르지 못한 채 곡우를 비롯한 일당들은 고슴
도치가 되었다.

따각따각.

그제야 들려오는 말발굽 소리.

사내가 넘어왔던 언덕 너머로 말을 탄 사내들이 모습을 드러
냈다. 그들은 모두 앞선 사내와 같은 검은 무복을 입고 있었다.

한두 사람이 아니었다. 검은 물결이 길을 가득 메우기 시작
했다. 그들의 손에 들린 것은 분명 흑풍대가 사용하는 비격탄
이었다.

처음 사내가 곡우의 시체 옆을 지나가며 말했다.

"누구냐고 물었나?"

사내가 저 멀리 보이는 난주 시내를 향해 씩 웃었다.

"흑풍대, 우리가 진짜 흑풍대지."

유설표국이 첫 운행을 시작하던 그날, 또 다른 흑풍대가 난
주로 들어왔다.

『마도쟁패』 제3권 끝

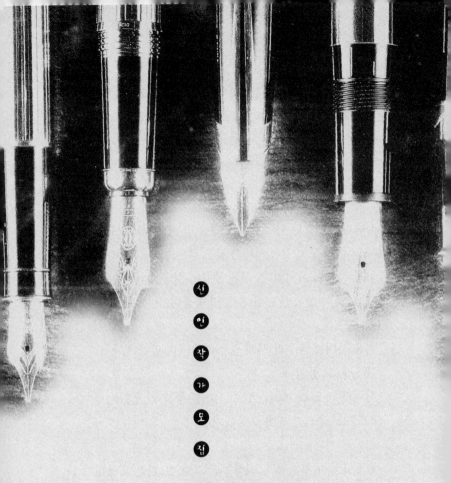

신
인
작
가
모
집

시작이 반이라고 했습니다.
작가의 길에 대한 보이지 않는 벽을 과감히 깨뜨리십시오!
청어람은 작가 지망생 여러분들의
멋진 방향타가 되어드리겠습니다.

저희 도서출판 청어람에서는
소설 신인 작가분들을 모집합니다.
판타지와 무협을 사랑하시는 분들의 많은 참여를 바랍니다.
소정의 원고(A4용지 150매)를 메일이나 우편으로 보내주시면
검토 후 출판 여부를 알려드리겠습니다.

주소:경기도 부천시 원미구 심곡1동 350-1 남성B/D 3F 우편번호420-011
TEL:032-656-4452 · **FAX** 032-656-4453
http://**www.chungeoram.com**
e-mail:chungeoram@chungeoram.com

도서출판 청어람을 사랑해 주시는 독자 여러분들께 감사의 마음을 전하기 위해 이 벤트를 마련했습니다. 설문에 응해주신 후 엽서를 보내주시면 매달 추첨을 통하여 청어람이 준비한 선물을 우송해 드립니다.

자세한 내용은 청어람 홈페이지(www.chungeoram.com)를 통해 확인해 주세요!

관 제 엽 서

보내는 사람

요금수취인
후납부담

발송 유효기간
2007. 6. 1~2009. 5. 31
부천우체국 승인
제40104호

경기도 부천시 원미구 심곡1동
350-1번지 남성빌딩 3층
도서출판 청어람

4 2 0 - 0 1 1

· 구입하신 책 제목을 적어주세요.

· 청어람 무협/판타지 소설에 바라는 점은?

· 이 책을 선택하게 된 동기는?

· 이 책을 읽고 느낀 소감은?

이름

생년월일   성별

전화번호

이메일

입소문을 통해 아는 분은 다 알고 계십니다!
올 한해 공인중개사 최고의 화제작!

1~2권 합본 | 이용훈 지음
3~4권 합본 | 이용훈 지음
5~6권 합본 | 이용훈 지음
용어해설 | 이용훈 지음

수험생 기본 필독서
만화 공인중개사

제목 : 만화공인중개사 쓰신 분에게 감사드립니다.

학원을 두 달 다녔어요 근데 과연 그 숫자 외우기 그런 게 몇 문제나 나올까 생각을 했어요
아니라는 생각이 드네요 학원강의를 뒤로하고 서점을 갔어요 내 머리에 가장 이해될 수 있는
책이 없나 하구요 거기서 만화를 발견했어요 무조건 세 번 봤어요 3개월 걸렸어요 문제집을 보라고
했는데 그건 시행을 못했어요 근데 합격을 했네요.
어떻게 감사의 말을 해야 될지…….
도서관에서 만화책 들고 다니니까 사람들이 비웃더라구요 만화책으로 공인중개사를 공부한다고
미친 사람처럼 보더라구요 근데 그거 다 감수하고 했던 내가 자랑스럽습니다.
어떻게 감사의 말을 해야 할지… 정말 감사합니다.
부디 행복하세요 제 나이 41살에 좋은 스승을 만난 것 같습니다.
엎드려 감사드립니다.

−본사 홈페이지에 독자분이 올린 메일 中에서 발췌−